于西客 著

作家出版社

第一章

一九四三年冬至这天，二道原落下第一场雪。夜里悄然而至的阴霾使金秋到立冬两个多月晴朗的日子就此结束。呼啸的狂风天亮时分减弱后，天开始拉料。雪粒密集地砸向原野和村庄。从树木、柴草、地坑院门窗发出的雪粒撞击物体的沙啦声，赶走了西北风歇斯底里的呜咽。

在这寒冷的冬季，在二道原宁静的山村，遇上落雪的天气，汉子们对被窝倍加眷恋。他们睡在热炕上，聆听着屋外的拉料声，将娘们儿搂得更紧。有钱难买天明觉，如果没有特别事情要做，汉子们的大觉睡不到饭时不肯起床。

这一天，李志斌是村里起床最早的一个人。当肆虐的西北风打住时，他拨开续妻兰红玉搂着他的一条胳膊，摸黑穿上前妻做的、被续妻洗得很是绵软的粗布衬衣，披着当专员时置的黑呢子中山装，靠着影墙抽烟。兰红玉臆儿巴怔嘟噜一句“天还早”，翻动身子，搂住他的腿又进入梦乡。

离天亮还有半个时辰，李志斌却睡不着了。他习惯拂晓坐在被窝里抽烟，萤火虫一样闪亮的烟火，在黑暗中时明时暗，他的思绪亦在烟火明灭间飞扬。他划着火柴，点上油灯，抽出夫人搂着的那条腿。在夫人嘟嘟噜噜的迷糊声中，他的脚板划过她圆滑的乳房，顿时有了碰到兔子一般的感觉。他留恋不舍地又将脚板放到兔子上，女人的温存瞬间麻醉了他的神经。

多好的女人啊！如果不是为了抗日，他真想搂着小他二十岁的心爱女人睡到中午。可是日本人打乱了他们的生活秩序，他在心里骂道：奶奶的，日本人！

李志斌穿好衣服，披着呢子军大衣，戴着三耳皮帽站到院子里的时候，寒流裹着雪粒打在他的脸上，将被窝里的暖意驱涤殆尽。如果在平时天已大亮，但由于阴霾笼罩，此时还是麻影。他低头看看尚没盖住地皮的雪，仰脸看看纷纷扬扬降下的雪料，深深吸了一口气。山风荡起的满天黄尘还没有被雪涤尽，黄土高原固有的土腥味儿浓烈地冲呛着他的肺腑。童年时代经常感受的故土气息，在他离开故乡二十多年后又找回来了。他深深地呼吸着土腥味儿十足的空气，心底升起的不仅仅是游子回归的亲切感，更是寻到根后的踏实感。

李志斌静听着从西角窑发出的闷雷般的鼾声，那是弟弟李志武还在梦乡里游荡。他有心喊醒弟弟，让他去通知抗日自卫队的几个拿事人，八点钟准时到司令部开会。但迟疑了一下，又收回跨出去的脚步。会议昨天就通知到人了，可他担心骤然降临的大雪把这几个枪法很好，但没有受过正规训练，松散得如飞扬的尘土般的地头蛇封在热炕上搂婆娘，而把会议抛到脑袋后边。可是，想到弟弟在抗日的事情上一直和他唱反调，使他这个曾经做过行署专员、可以动员全村人参加自卫队的大哥，却连亲弟弟都说服不了而十分恼火。

李志武与胞兄长得一点不像。

李志斌人高马大，身材颀长，扁担一样通条的身板，几乎寻不到一点弧线。长巴骨脸、白皮肤，浓眉下边闪烁着一双明亮的大眼，小巧玲珑的鼻子恰到好处地摆在五官的中心位置，虽然嘴巴稍大，但在一口洁白的牙齿陪衬下并不难看。他继承了父亲身材高大和母亲小巧玲珑的优点，加之受过良好教育，不管怎么看都是贤达人物。

李志武个头不足五尺，虽然有着母亲那种苹果似的圆脸形，但长着一双父亲和母亲都不曾有的小眼睛。从他稀疏的眉毛下边放出的眼光，总是闪烁着农民式的狡黠和商人的奸诈。那张老鼠嘴和狐狸一般竖着的尖小耳轮，与一表人才的哥哥大相径庭，很难想象俩人是一母同胞。兄弟们长得一点不像，做人处事的差异更大。

三个月前，李志斌从冀南出发，绕过层层封锁线到达郑州，几经周折回到故里，弟弟对兄长归来表现出短暂的热情。

正是午饭时分，李志斌和夫人骑着县长盛子才安排的两匹毛色一样，但不是同种血统的棕色马儿，快马加鞭奔出陕州城，爬了十里山路上了二道原，又走十里平路，来到南山根李家村口，他勒马收缰，心潮澎湃地看着绿木掩映着的村子。

时令已过寒露接近霜降，天气转冷但阳光明媚，收罢秋庄稼的原野显得特别空旷。适时插耧的稙麦地，由于底墒充足，豆芽般的麦苗已与垄背比高低了；殷勤人家的晚茬地已下种，被木耧耩开的垄沟散发着泥腥气，湿漉漉地铺排在田野；割倒的黑豆秧，一扑扑摆在地里等待上场；蜃气笼罩在田野低空，在阳光下闪烁着水浪般的波纹。公鸡高亢歌唱，老牛哞哞吼叫，从大树顶上飞过的麻雀群喊喊喳喳，仿佛都在欢迎远方归来的游子。就连一头拱开圈门，正在黑豆地里糟蹋庄稼的白猪，也冲他扬头翘耳地哼着。

李志斌翻身下马，棕马衔起地上几枚谷秆，有滋有味地嚼着。他拍拍这匹两岁口的伊犁马儿汗湿的脖子，马儿丢下干草，把嘴巴拱到他怀里，他嗅着马身上的汗腥气，心里说：真是一匹好马啊！他一手牵着马缰，一手搂着夫人的纤腰把她抱下马，神采飞扬地说：“故乡多好啊！没有鬼子，没有硝烟，没有腥风血雨……故乡真好……”

“真是一片难得的净土……”说话慢声细语、文质彬彬的夫人白皙的脸上尽是惊奇的神色。而她的脑海却过电影般浮现着河北平原鬼子的战车横冲直撞，手无寸铁的生灵血肉横飞的悲惨画面……

“志斌，真的到家了吗?”面对水彩画般宁静的豫西田园，兰红玉仿佛置身梦境之中。

“真的到家了……”李志斌深情地吸了一口炊烟掺和着牛粪味儿的空气。

“到家了……”兰红玉把眼睛从豆地觅食的白猪身上收回来，双手合十，说了三遍“太平真好”。

李志斌抬头看看太阳，低头看看手表，正是午后两点。在城市已是上班时候，在家乡却是吃午饭的时候。李志斌和夫人牵着马儿并行走进村里，人们劳累了一晌，这会儿都蜗居在地坑院里吃午饭。那些因腾茬晚了，尚没插犁种上晚茬麦子的农家，将牛绑在自家场上的树下喂着，竹筐篓里添着青草和玉米棒子。农忙季节，人劳累牛更辛苦，庄稼人宁可自己吃瞎一点，喝淡一点，也要给牛增加精料。农民对牛的感情，就像对待自家人娃一样。

村子还是十年前他探亲时那样没啥变化。穷人李老五地坑院崖边长满一人多高的野枣树，如果不是从院里冒出来的炊烟说明还有人气，他一定认为是座报废的烂院。烂院旁边被土墙圈围起来的几排蓝瓦房，是由父亲出资，建在自家耕地上的学校。父亲立下规矩：凡本村子弟，尽可入学识字习文。富家子弟收取学费，以供先生开资花销。贫家免交，由东家承担费用……父亲是个开明财主，可敬的地方在于他能顾及村里的公益事业，不像别的财主只把眼光聚焦在土地，靠土地积累资本，再把积累的财富拿去置地，滚雪球般占有土地的欲望永无穷尽。

秋假还没有开学，校院静悄悄的。李志斌站在学校门口，默默看着两扇新漆过闪闪反光、上了铁锁的天蓝色大门，看着门塪那块酱红底色、金粉镶嵌、名匠镂刻、本县第一笔盛老爷子挥毫书写的“李家村学校”木匾，仿佛善良的父亲就站在他的面前。可是，父亲两年前就在极度的思子病疴中去世了。

农家场上摊晒着五谷杂粮。被晒耙撸过的玉米、谷子，像田野里的麦垄一样，沟棱整齐地摊在场里；黑豆反着黑光，小豆猪血般赤红；籽棉掺夹在秋粮间晒太阳，像蓝天上的白云朵朵，又似草原上洁白的羊群。

来到自家崖头，吃过午饭准备打玉米的长工王麻子扔下棍子，惊喜地喊着：“大少爷回来了……”风快迎上来，接过他手里的缰绳，惊讶地看着穿戴洋气、花儿一样漂亮的兰红玉，缺掉门牙的嘴巴喜气洋洋地咧着，脸盘上的褐色麻子闪闪发亮。

李志斌向他介绍说：“这是夫人！”

王麻子欠身施礼说：“女主人好！”

“你好！”她说话的声音像鸟儿歌唱一样好听。王麻子兴奋地接过她手里的缰绳，把马绑在场边核桃树下，解下马背上的两只皮箱，一只扛着，一只掂着，高喊着：“大少爷回来了……”跑下了门洞。

李志武听到喊声，从屋里出来迎到门洞，接过王麻子手里的皮箱掂量几下，惊奇地问：“哥咋回来了？你咋回来了……”好像不相信站在面前的真是哥哥。

李志斌向弟弟伸出手，李志武也伸出手，哥哥握枪杆的手和弟弟握锄把的手紧紧握在一起。

杜姣姣头上顶着一条家机织的蓝道道头巾，站在做饭窑门口，把两只洗碗的湿手放在蓝护裙上反复搓着，喜悦地看着伯伯哥和嫂嫂，红通通的脸盘像桃花骨朵似的鲜艳。长工李铁熬，问候过大少东家和夫人，就扛着棍子上崖打玉米。在长工眼里只有东家，没有专员。他们称呼李志斌“大少东家”，而非“李大专员”。

李志武按风俗让哥嫂住在主窑。主窑是长辈住的，晚辈按长幼分别住在主窑两边的侧窑。父母相继过世了，主窑应由长子继住，李志武没敢占，一直空着。虽然李志斌从军从政，没把祖业放在心里，但李老爷子去世前分了两孔窑洞归长子，并留下遗嘱：家产三分之一归长子，三分之二归次子。

这样的遗产分配，李志武强烈不满。他站到重病在床的父亲跟前，当着执笔书写家产分配文书，也是证人的校长王先生的面，瞪着眼睛发难说：“伯伯这种分法，实在不公……”

李老爷子说：“你已经得了多一半家业还不知足吗?”李志武说：“我得家业是我土里刨食，用血汗换来的理应所得！你给我哥两孔窑洞几亩好地两头牛，我没有一点意见。可是，你却要给他八十亩土地，这是明显偏向老大，我不能没有想法!”

李老爷子睁大昏花的老眼，看着活像斗仗的公鸡歪脖子瞪眼睛的小儿，气得干咳一阵，有气无力地说：“嗦是你拿血汗换来的？祖上传下来的土地是你拿血汗换来的？我添置的那些土地，也是你拿血汗换来的?”李志武对家业和土地的强烈占有欲望，使他脑袋发昏，完全成了一只钻进草窝顾头不顾尾的野鸡，他怨恨地反驳道：“你不说这种话我还不来气，你像这样说，我就要和你论一论啦！你说说，祖传的是土地还是粮食？土地不长庄稼屁也不是！老祖宗埋到土里多少年了，他们还能种地吗？伯伯身体不好，土地如果不是我辛苦经营着，只怕早就荒芜得颗粒不收啦！还好意思说你置的地？置地钱从哪儿来？还不是我种的粮食换来的银钱，你才拿着去置地?”

老爷子知道小儿子孬，但没想到如此孬，即使不顾手足之情，也该守守孝道吧？可是，逆子居然六亲不认。一口浊气噎在胸腔，咽不下去又吐不出来，老爷子歪着白菜般的脑袋咔咔咔咳嗽。罢了，喘着粗气两眼生泪地说：“你……滚……滚……你给我滚……”

李志武肚子里的怨气没有释放完，他不想在王先生面前表示理屈。他对手握毛笔，戴着二轱辘眼镜，趴在桌上埋头静听的王先生说：“你听听，我伯是不是老糊涂了？我哥上罢私塾上国立，上了国立考军校，考了军校当军官，军官当够了当专员，他上学花费家里多少钱？如果细细算算，他花的现洋都要用车拉。他在外边当官发财，家里何时见过他一个子儿？我呢，从小跟着伯伯打锄头，土里刨食创造财富，又破费过家里多少钱？我哥如果穷得叮当响，伯伯给些现洋救济我连屁都不放。可我哥当大官富得流油，他缺钱吗？不缺！可是，可是我伯还要给他分家业，这叫嗦理？天下有这个理吗？”

王先生扶扶掉到鼻子尖上的眼镜轮子，亮开慢条斯理的嗓子说：“你说的也在理，可是天下哪有占尽十分理的道理？能占到七分理就算好占家了！你和你哥好比这！”王先生伸出缺少血气白如面条的手掌，对李志武翻了两次，“手心手背，都连着父母心呐！”他又摆开五根手指头，翻了两翻，“兄弟好比手指头，哪一根都连着骨血呐……”

“呵呵！”李志武冷冷一笑，不满地说：“先生这样说，是肯定我伯的做法是对的？我倒成了不讲兄弟情义的王八蛋！那好，你就按我伯的意思分吧，我的意见就全当放屁好啦！”

王先生受到污辱，白瓢脸上气得泛起了血晕，他把笔按到桌子上，摇着头发花白的脑袋，喃喃说道：“岂有此理……岂有此理……”

李志武假装歉意的样子，说：“王先生别生气，我这人是刀子嘴豆腐心，嘴厉心软。你就按我伯的意思书写吧，不过你要加上一条，有朝一日我哥哥衣锦还乡时，你可要为我做主，把他皮箱子里的金砖现洋，也拿出三分之一给我啦！记住吧王先生，你既然伸出写文书这一爪，就要把好事做到底，你把我的话写到纸上吧！”

王先生冷冷笑道：“天底下难有你这样的好兄弟呀！倭寇犯我中华，国土沦陷骨肉分离，李专员掌印的冀南府，几年前就在倭寇的铁蹄下踩踏啦！李专员不知死活音信全无，你伯思子心切一病不起，你不关心兄长祸福，却惦记着他的银子……哼！哼哼！”王先生嗤之以鼻。

李志武脑子里除过土地、金钱，从来没有想过当大官的哥哥会有嗦祸事，也不相信哥哥会有不测，他对王先生的话不以为然：“我说先生，你就别看三国掉眼泪替古人担忧啦！战争，他妈的战争，哪一仗倒霉的不是老百姓？当官的伤不到一根毫毛！再说，谁又听见枪炮响了？日本人还不知道在哪一棵大树下边歇凉呢，县里的赋税都长到十倍了！王先生吃百家饭纳百家钱，当然不知道泥腿子有多难啦！光咱村里就有好几家穷人交了税粮，锅就吊起来当钟敲了！再说，日本人占了冀南能咋着？说死老百姓我信，担心我哥有难，简直是杞人忧天！你没看见盛县长下乡骑着高头大马吗？你又看见哪个老百姓骑着高头大马，沟子后边跟着挎手枪的马弁呢？盛子才一个小县长都那么人五人六的威风，我哥比他官大，别说骑马，只怕枪炮声没响，蒋委员长就派飞机接他到四川去吃宴席了！现在，哼，现在，只怕他正在蒋委员长家里做客呢！担心他有难，真是可笑，你们的脑袋里尽想些不着边际的事儿……”

王先生不再和这个自私自利的糊涂虫一般见识，他按照老爷子的吩咐写好文书，让老爷子摁了指印，一式两份，一份由李老爷子亲自保存，另一份由他保管。李老爷子交代王先生，如果志斌在他生前回来，他就亲手把文书交给长子；如果他过世，就拜托王先生交给志斌。

这些事情，李志斌当然不知道。他更没想到，因为家业分配种下的祸根，使他和弟弟之间的矛盾更加尖锐了。

第二章

尽管七点半的时候，李志斌让王麻子站到与会仨人的崖头催叫了一次，但他们睡到九点钟还没起来，最后在他亲自催促下才拱出被窝。

这时候，雪片漫天飞舞，积雪已达半尺厚。仨人来到学校，李志斌已经把炭火生着，瓦盆里的木炭噼噼啪啪燃烧着，屋里的温度烘起来了。

李志斌想把司令部设在他的西角窑，但李志武不同意，原因是他根本不相信日本人能打到二道原。他认为哥哥根本就不该回来搞嗦抗日自卫队，应该在冀南沦陷后，到重庆去辅佐蒋委员长，给蒋委员长出谋划策。他更不该在沦陷区组织散兵游勇打游击，结果被日本人打败，差一点丢了小命。现在，他都成丧家狗了，还不好好雇两个长工，老老实实种伯伯偏向、分给他的八十亩土地，过好“三十亩地一头牛，老婆孩子热炕头”的财主生活，却不吸取教训，又要舞刀弄枪，白白浪费银钱。别说日本人不可能打到二道原，就是打来了，只凭自卫队几个土包几条破枪，就能抵挡住日本人的坦克大炮？狗屁，打仗还得靠国军。

关于李志斌在冀南打游击，被日本人打败的事情是他自己亲口说的。当时，村里的成年人接连不断地到他屋里来，说是看望他，其实是想听他讲外边的战事。在偏远的豫西山村，老百姓除了听政府歇斯底里地吆喝抗日，忍受政府以抗日的名义层层加码税粮，对战局究竟如何并不了解，他们都想知道真实的抗战局面。

起初几天，李志武天天待在哥哥窑里，听他讲七七事变、台儿庄大捷、二十九路军“大刀向鬼子头上砍去”的故事。他和众人一齐为国军叫好，后来就动脑筋了：“国军如此厉害，咋就守不住北平呢?”于是，他说：“说到天边，还是鬼子厉害！国军再厉害，东北完了，北平完了，河北全完了，连我哥组织的抗日游击队也让人家一锅端了，我哥是躺在死人堆里才躲过一劫……”

他的话立即得到听众赞同。

李志武马上把话转到日本人打不到二道原，他说：“鬼子能拿下河北，也能拿下陕州吗？我不信!”

李志斌觉得弟弟毕竟是个没见过世面、目光短浅又自作聪明的农民，他耐心地解释说：“日本是个人口多国土少的岛国，可供人口生存的陆地资源非常有限，这就决定了日本的侵略本性。从历史角度看，明、清以来，倭寇对我中华的侵犯从没间断；从文化角度看，日本是个没有文化底蕴的民族，文化根基是汉文化。由于受扩张本性决定，日本文化摒弃中华文明最可贵的仁义和善，尊崇野蛮的武士道精神。所以，与其说日本人作战勇敢，不如说日本军队充满兽性。侵略本性决定日本是个贪婪无度的民族，从九一八到七七事变，日本军队蚕食中国的贪婪欲望何时得到满足？他们的目标是亡我中华，让中国人当亡国奴。现在，鬼子的大炮就架在陕州对岸，随时都会发起进攻。弟弟不相信日本人会入侵陕州很危险，你应该清醒清醒了!”

“哥哥真是好笑！我看你是让小日本的大炮吓坏了吧？我看你是一朝被蛇咬，十年怕草绳吧?”李志武的小眼珠子滴溜转着，两片厚嘴唇翕动着嘲笑，“我虽然没有哥哥肚里墨水多，可也不是没头脑！冀南那边嗦地势？全是平原，一马平川，这话是你讲的吧？这是打仗的地势吗？没有高山大河挡着，能拦住日本人的坦克吗？再看看咱这达嗦地势？前边黄河挡着，河沿上中央军顶着，再后边有三道原拦着，三道原后边是南山，哪一道关隘不是天然屏障？就算日本人能打过黄河，中央军只要撤上三道原，在原垴挖下战壕，就是铜墙铁壁啦！日本人想上三道原，做梦去吧！”

李志斌觉得弟弟狂妄，但没想到他有这般见解。弟弟认死理，他一时说服不了他，就不和他再作争论。

有一天，他把弟弟叫到屋里说：“志武，哥有一件事情和你商量！”

李志武疑惑地问：“嗦事？”

李志斌坐在炕沿，递给圈椅上的弟弟一根纸烟。志武接过纸烟，拒绝他点着的洋火。他把纸烟塞到耳朵后边夹着，小眼睛在哥哥脸上遛着。

李志斌吐出一口烟雾，说：“鬼子进攻陕州是迟早的事情……”

李志武冷淡地说：“嗦意思？”

李志斌：“我想把村里的青壮年组织起来成立抗日自卫队，一旦战争发生保卫家园……”

“哥哥想的真是离谱！水来土掩，兵来将挡！发生战争自有中央军抵挡，如果轮到泥腿子上阵，不是脑袋都被割掉了，还说要走十八里吗？”李志武坚信日本人打不到陕州，对成立抗日自卫队不屑一顾。

李志斌已经和村里几个拿事人商量好了，这是铁板钉钉的事情。他说：“按说你在入队年龄，你既然反对，我也不强迫你加入。不过有一点，你必须服从……”他的眼光告诉弟弟，这是必须答应的事情。

李志武从来没有见过哥哥绷得像弓一样紧的脸，但他并不害怕。哥哥现在不过是个落难专员，就像戏台上的落第秀才一般穷酸无用，再也没有人跟在鞍前马后任他吆五喝六。家产上他们已经分得一清二楚，虽然还住在一个院子里，但已经是经济上各自独立，没有一点搅缠的两家人，谁也不靠谁要吃要喝。如果论玩嘴皮子笔杆子，他不是哥哥对手，要是论掌犁摇耧，他可是一把好手，哥哥给他当徒弟他也不会要的。

天下无用乃秀才。如果哥哥还掌着蒋委员长授权的大印，堂堂正正做大官，他的话保准听。他把官印弄丢了，都成落水狗了，和他一样靠土里刨食，他还怕他什么呢？何况，因为父亲分家留下的疙瘩一直顶得他心慌。所以，哥哥的话别说他不肯听，没有拉倒车就算不错了。

“哥哥说话神神秘秘，像和你的敌人说话似的！说吧，是嗦翻天覆地的事情，让你的脸绷得像庙里的泥台一样难看啊？”

李志斌抽了一口烟，往瓷碟里磕磕烟灰，说：“成立自卫队的宗旨是保护老百姓！有人扛枪就有人吃粮，队伍的花销当然要有人出！乱世之秋，国难当头，抗战大义，匹夫有责。有粮出粮，有钱出钱，方为男子汉大丈夫……”

“哼！绕了半天，哥哥是要我出银子啊！我说，你不会是哪根筋背住了吧？你明明知道我对这件事情一点不感兴趣，连听都不想听，却叫我出银钱……真是笑话！”

“没错！我不但叫你出银钱，还要你带头多出！”李志斌斩钉截铁地说。

李志武冷笑两声，轻蔑地说：“哥哥是不是做大官吃饷银上瘾了，觉得老百姓的黑脊梁肥得流油，你想咋刮就任你咋刮？我就说么，你咋这样积极要做这件事情呢？原来里边有猫腻呀！我告诉你，别说咱俩是弟兄，就是父亲再活过来，他的话对我也像过耳风一样！这件事我是要钱不出分文，要粮不出一粒！”

“你小子别把话说绝！捐来的钱一厘一毫、粮一颗一粒都要用在队伍上。谁敢贪取，就让他吃个瓦刺屙个砖头！”

“你别在我面前唱大戏！你爱咋折腾咋折腾，我再表一次态，是利不图，是害不受！你搞你的自卫队，我种我的黄土地，咱俩井水不犯河水。政府让我纳粮，我颗粒不少，政府要税银，我分文不欠。除此之外，谁想叫我出东西，就等到日头西出驴长角吧！”他从圈椅上站起来，用巴掌拍拍沟蛋子，把一只穿着黑布鞋、露着黑脚背的脚跨到了门槛儿外边。

“站住！”

李志武听到哥哥愤怒的喊声，把跨在门槛外边的脚收了回来。

“让你出钱出粮，是想树立你在乡邻中的形象！你以为自卫队离开你就不行了？”李志斌气得脸色发绿，口气也像刀砍一样落在李志武身上。

李志武被哥哥的样子镇住了，但嘴上并不倒架：“我说过是利不图，是害不受，这件事情咱们井水不犯河水……”

“闭上你的臭嘴！这些年你瞒着父亲，干过多少缺德事情，还要我一样样点出来吗？”

李志斌的眼睛冒着火星，李志武心怯了。又想，他才回来几天，怎么可能抓住我的把柄呢？就犟嘴道：“我干嗦坏事了？让你这样说我呀！你到底听谁在挑拨离间呢？你在外边做大官吃香喝辣，我在家里孝敬双亲，辛苦农耕，你却不劳而获得到三分之一土地，这就是我干的坏事吧？”

“这么说，你是个遵纪守法的好人了？是邻居们屈说你了？是我在胡说八道啊？你打着我的旗号在土地上以多报少，种二百五十亩土地，却纳一百五十亩地税，你是占足便宜了！可是你、还有村里那几个不法财主偷漏的田税，全都转嫁到穷人身上了！你以为你做得天衣无缝吗？穷人心里明镜一般亮堂！大家要不是看在父亲积德行善的分上，早就联名告你了……你蹦呀跳呀？难道这些都是假的吗?”

李志斌平时说话和气不起高调，这时声音提到了高八度，凶鹫般犀利的眼睛，始终没有离开弟弟快要红成灯笼的脸庞。李志武以为哥哥掌握了他在陕州城里干的龌龊事儿，没想到在土地上做的手脚他全知晓。这可不是小事，一旦县里追究起来，他不但要拿出加倍的罚款，而且监狱的大门也向他敞开。他完全被哥哥骂晕了，他不敢再犟嘴，不敢看哥哥愤怒的脸。他像斗败的公鸡，垂头丧气地坐回圈椅，把两只胳肘支在桌子上，糙手捧着脑袋听候哥哥数落。

李志斌看着弟弟垂头丧气的狼狈相，火气一点没减：“还有，你在野鸡坡干的好事儿，以为没人知道吗？要想人不知，除非己莫为！这些龌龊事哪一件都够你喝一壶……你还跟我较啥劲？你敢让我到盛子才面前进一言吗？不让你把牢底坐穿才怪呢……”

“好哥哥，你嗦也别说了！我捐二十块现洋，二百斤麦子行了吧?”野鸡坡是陕州城的婊子窝，这种丑事儿哥哥也知道，他无话好说了，一心想用现洋和麦子堵住哥的嘴。

李志斌对他出这么一点东西不感兴趣，他说：“像你这号富得流油，却为富不仁的土财主，出这么丁点儿东西能说得出口吗？你不感到脸红吗?”

李志武觉得自己出的已经不少了，这不是税银税粮，完全是额外负担。如果不是哥哥手里捏着他的把柄，他才不会出一粒一毫。他见哥哥不满意，不知道他的胃口究竟有多大，害怕他说出让他难以接受的数字来，连忙说：“谁家的钱粮也不是从天上掉下来的！都是沟子撅着，汗水流着，一镢头一镢头从地里刨出来的。如果哥还不满足，我再加十块现洋、一百斤麦子……”

他见哥哥没有反应，心慌地说：“这个数就封顶了！哥哥要是还不知足，我就无话可说了……”

李志斌这才开口说：“好吧，就按这个数先捐吧！你要明白，哥哥是在为你树形象！你也小四十的人了，若再去干那些下三滥勾当，天理难容！”

李志武又把头低了下来，他心里再不服气，也不敢犟嘴。

李志斌沉默一下，把话题转到另一个问题上：“我想把司令部设在西角窑，说是司令部，其实不过是头目开会的场地……”

“不行！”没等他把话说完，李志武说：“麻雀虽小，五脏俱全。赖好是支队伍，吃喝拉撒……咋能放到户家屋里呢？一来公家的东西和私家搅和，再清白也难免落下闲话。二来父亲崇文轻武，忌讳舞刀弄枪。让拿刀带枪的人在咱家出出进进，父亲在天之灵也不会安息……你还是趁早别伸这一手，另选地方吧！”

弟弟说的这些话，李志斌不是没有想过。有两个头目家里地方倒是宽敞，但他们都不想让宁静的生活被打破。他的住宅更窄狭，出于无奈，他才这么决定。他见弟弟反对，就说：“有三分将就，我也不会这么做！另选地方？你让我到哪儿另选？”

李志武的小眼睛眨了眨，来了办法：“我看学校就是好地方！”

“学校？”

“对！搁学校再合适不过了！”

“这不是废话吗？我们占了学校，学生不念书了吗？”

李志武拔下耳朵后边夹着的纸烟，从哥哥面前拿过洋火点着，说：“这你就不知道了！学校前几年有十个先生，一二百号学生。谁知道有五个青年先生竟是共产党，学校居然是警察局破获多年没能破获的《陕州之声》报的老窝。去年案子破了，铁笔、钢版、油印机赃物俱全。那五个先生提前得到消息都跑了，还带跑几个学生娃。政府把学校封了一段时间，再开学时就剩下王校长和两个老先生教书了。出了这个案子，上边只准本村娃儿就学，不许外村娃儿来咱村上学。现在，学生和先生加起来也就五十来个吧，三分之二房屋都空着呢！那地方你们用着不是正好吗？这也是咱们的家业，你正用，我没一点意见！”

就这样，学校被作为司令部。

李姓是李家村的大家族，旁姓占不到三分之一。李家又分大门、二门、三门。三大门的祖宗，都是明洪武年间大迁徙时，从山西洪洞县大槐树底下迁到二道原来的。从洪洞来到这里时，三大祖宗是没出五服的近门兄弟。老大李应德是私塾先生，书香门第，德才俱佳；老二李应彪打铁谋生，擅打农具，兼打武具，生性豪爽，乡邻敬之；老三李应农农耕为生，勤俭持家，精于农事，为人和善。

历经数百年沧桑，当初只有数十口人的李家村，如今拥有两千余众。老大李应德的后人，始终继承着先人以文化人、书香传世的儒家传统，孕育出李志斌这个骄子；铁匠李应彪的后人，出过舞枪弄棒的侠客，也出过抗击洋人的义和拳英雄。如今的代表人物是李志龙，他是村里仅次于李志武、李双合的财主。李应农的后人，除几个中小富户，多是地少人多靠扛长工、打短工养家糊口的穷人，没有出名人物。

参加会议的三个中年男子是李双合、李志荣、李志龙。李双合是保长，他比李志斌小一岁，却高一辈，是李志斌的近门小大。仨人是李志斌的忠实追随者，李志斌每次探亲回来，他们总是轮番请吃，然后骑马打枪。当初只会玩土炮打兔子的三个土财主，硬是让李志斌调教成能使双枪的枪手。

七七事变后李志斌音信全无，李老爷子思子心切抱病卧床，李双合曾出门打探过消息。他到了郑州，听说冀南沦陷了，豫北也丢了。他本来打算到河北寻找二十九军打听侄儿下落，听到这些沮丧的消息后就心寒了。李志斌曾是宋将军的秘书，宋将军坐镇北平时，任命他到冀南府为官掌印。宋将军丢了豫北被查办，部队也散了，他上哪儿寻找志斌侄儿啊？他只好打道回府，欺骗堂哥说他见到志斌了，他好好地跟在宋将军鞍前马后打鬼子呢，看上去脸盘儿又胖了点。为了让堂哥相信，他撒谎说，宋将军听说他是志斌的小大，就设宴招待他，还连敬他三杯好酒……李老爷子病容大悦，他从被窝里坐起身子，两只昏花的眼睛突然明亮了许多："你该不是骗我吧？你不会是在骗我吧……"李双合保证说句句是实，但精明的堂兄，让他拿出志斌的亲笔信，他一下子傻眼了。一切是谎，哪儿有信？他装着笑脸，继续哄骗堂兄说，战事吃紧，志斌太忙，没有写信。老爷子的脸顿时又让阴霾罩住了，从此一天也没有露过笑容。

在李双合心里，侄儿只怕是凶多吉少了，他没想到他突然回来了。惊喜之际，他对李志斌是言听计从。侄儿说，日本人祸害老百姓骇人听闻，他信；日本人肯定要进攻陕州，国军守不住，乡亲们要遭殃，他信；侄儿建议成立抗日自卫队，保护家园，他举双手赞同，并且亲自动员村里青壮年入队，表现出极大的热情和主动。

现在，四个人聚在一间寝办合一的办公室。原来住在这间屋里的先生叫张和平，是头道原上人。他是个满腹学问、说话和气、人缘不错的年轻人，可谁也想不到他会是共产党。

李志斌要用学校作司令部，王校长一下腾出八间房子。学校占地十亩，这里原本是耕地。李志斌考上保定军校，李老爷子高兴，就在这块地上建起学校。校园东、北、南三面是三排教室，每排六间瓦房；西边大门两侧各盖三间先生办公室。教室和办公室全是蓝砖做鼎、土坯垒墙、油松檩条、白杉坡椽、荆条篱笆、蓝瓦撒顶。木料、砖瓦都是李老爷子亲自挑选的上等材料，建校二十年了，依然屋不漏水瓦不烂，墙不走形椽不弯。校园被一丈高的土墙圈着，院墙东北角留一后门，可通墙外操场。

李志斌从内心觉得占用学校不大合适，毕竟是教书育人的地方，带枪的人进进出出，毕竟会影响上课。为了尽量减少影响，他选用进门两侧的房屋作司令部。这样，不会因为他们在校院内来回走动干扰上课。王校长按照他的意见，把东边一排教室，重新隔了三个单间，作为先生办公室。

四个人围着炭火，抽着李志斌散的大重九牌香烟，谝着天冷雪大的闲话。

李志斌说："今天的会议，主要有两项内容，一是自卫队任职和分工问题，二是安排训练事宜……"他停顿一下说，"通知八点钟开会，现在是九点半！如果是打仗，我们的脑袋早让鬼子砍掉了！各自说说，为啥迟到？"

短暂的沉默后，李双合把烟蒂扔到炭盆里，火光映红了他那张葫芦瓢形状、瘦削的凹陡脸，他把两只手筒到袄袖里，说："都怪这鬼天气，昨天还风和日丽，擦黑还满天星星，谁想到会下起大雪。往常都这样，大雪封门，不睡到晌午，脑袋不离枕头。今天，因为侄儿要开会，小大我才破天荒起得这么早。我没睡好大头觉，现在还浑身不自在！非要说原因的话，一来我身懒，大雪天从没起过这么早。二来嘛，这一阵子成立自卫队忙得老乏，不是筋骨乏，是心乏。所以嘛，就贪了一会儿被窝……"他吊儿郎当说了一通，把两只手从袖筒抽出来放到火盆上烤。

李志荣的脑袋圆而小，萝卜一般白的脖子与圆脑袋连在一起，好似白萝卜顶颗南瓜般滑稽。他见李双合开了头，伸了伸腰，说："我也是恋了会儿被窝！一年之计在于春，一年之闲在于冬。庄稼人嘛，土里刨食忙活一年，只有冬天才能喘口气……我敢打赌，一村人就咱几个起来了。不信，赌十块大洋……"

李志龙面如锅底，满脸络腮胡子，他见杆就爬，瓮声瓮气地说："我也和他俩一样……日本人也不是今来明来，大下雪哩，我以为不开会了呢……"他从口袋掏出铜烟袋，挖出一锅烟，递到李志斌面前说："抽一袋！"

李志斌没有接，他掏出纸烟让大家抽。仨人都说纸烟没劲，不过瘾。李志斌点上一支烟，说："理由都一样，说明什么？说明你三人合穿一条裤子，一个鼻孔出气，标准的农民式懒散！如果在部队，我要你们罚站，尿到裤子里也不许动……”

李双合说：“我亲眼见过川五团关士兵禁闭，真厉害！三天三夜不让出门，拉屎都在屋里……”

李志荣：“这是轻的！前年，塬上村两个驻军士兵，偷老百姓的鸡，被吊起来打了三十军棍呢！下来都不会站了，爬着走路……”

“其实，川军在陕州驻军里是最好的。三道原上驻扎的新二旅，偷鸡摸狗，明吃暗要，长官还睡村里女人，军纪最差……”李志龙把烟锅放在鞋底上磕磕，又点上一锅烟抽着说，“同样都是国军，差别却这么大，真要和鬼子干起来，像新二旅这号祸害老百姓的军队，只怕早就跑了……”

“我看也是！说不定川军还能打几下，有人家的军纪搁在那儿……”

李志斌见大家扯起军纪津津有味，就说：“纪律是取胜的保证！没有铁的纪律，就没有铁的军队，看来你们并不傻啊！”

三人愣了一下，李志龙说：“人家是吃军饷的正规军，咱们是豁子流鼻涕——各人吃各人的土包子！人家专门打仗，咱们专门种地，就算扛上枪，咱也是土布袋，和人家队伍没法比！”

李志斌盯一眼李志龙说：“你这是借口！难道自卫队就不要纪律吗？假若自卫队里出现像新二旅那种祸害百姓的事情，难道不管不问不制裁吗？如果鬼子来了，撅起屁股都当逃兵，还怎么自卫？”

他见大家不吭气了，说：“你们没有按时到会的理由非常清楚，也非常简单，就是留恋热炕头呗！你们觉得正常，对我就是笑话。我不想多说啥，以后再要发生类似事情，一不关禁闭，二不上大绳，我要罚款。迟到一分钟，罚洋一块，以此累计，有意见没有？”

三人相视笑笑，都说罚得够重，又都说这是天上抡石头——还不知道砸住谁呢，都说没意见。

李志斌见大家思想统一了，言归正传说："既然要成立自卫队，就要参照队伍上的规矩来。虽然我们组建的是民军，但麻雀虽小五脏俱全，必须按军人要求才行。眼下，在册六十人，步枪二十条，短枪八支，土枪三十支，子弹两千发，宜编两个小队，每队三十人。名称定为李家村抗日自卫队，我负责全面工作。李双合任副司令，因为小大是保长，所以侧重后勤和民众工作。李志荣任第一小队长，李志龙任第二小队长……"

李双合说："你上过军校，当过军官，当过专员，别说当自卫队司令，就是当保安团司令也有点屈才！我仨都听你的，你说咋干就咋干！"

李志荣忧虑地说："只是力量老弱喀……听着司令名头怪厉害，其实才领六十来人，能顶半个连，小队长还没有国军排长领人多……"

李志龙磕磕烟锅，把烟袋别进腰里说："人少是一回事儿，主要是快枪太少喀！就是有千万马能咋着？没有快枪等于零。面对日本人的机枪大炮，总不能让弟兄们拿着烧火棍去抵挡吧？"

李双合忧虑地说："人少可以扩充，但武器是个问题，武器没有着落，队伍就成任人宰割的绵羊啦！"

李志斌等他们把话说完，道："我刚从外边回来时，在县里和盛子才谈过，希望他支持一批武器，他答应了。眼下重点是壮大力量，说是李家村自卫队，招兵时不要只局限李家村，只要有人当民军就收。自卫队没有一个团，得有一个营吧？没个五六百人，也叫部队？我们要尽快把小队扩建成中队、大队！只要有了人，武器我想办法！"

"盛子才这条老狗整天给老百姓要粮要钱，他还没有坏透吗？如果他真能支持咱们武器，我就对他刮目相看！只怕这条老狗，又在耍嘴皮子!”李志荣提醒李志斌，“大哥对这条老狗不要太相信，这条狗不但会咬人，还长着一颗精于算计别人的脑袋!”

“盛子才不管对别人再坏，对咱们村还算不错。农税科接到告状信，说咱村实际土地比纳税土地多出不少，要派员核实，盛县长一句纯属诬告，就没人再提这事了。如果县上真要派调查组丈量土地，肯定要增加税额，加重村民负担！人不能没有良心呐……”李双合把椅子往后挪挪，一条烤得发热的腿架到另一条腿上晃着，他对李志荣辱骂盛县长不满。

李志龙对李志荣也不满，他狠狠瞪他一眼，说：“盛县长对咱村是真不赖，都是看在志斌哥分上，男子汉可不能恩将仇报啊!”

李志荣反唇相讥：“你们得了种多报少的好处，当然要感恩姓盛的。我是地没少报一分，粮没少纳一粒，当然不承老狗的情。别忘了，你们占了种多纳少的便宜，穷人的税粮却无形之中加大了……”

“你这是在替谁说话啊？我给穷人增加一斤税粮了吗？”李双合质问李志荣，口气咄咄逼人。

李志荣捋着八字胡，轻蔑地说：“双合大，你当然没有给穷人加码，可政府加了。政府给咱村定了五十万斤夏秋各半税粮，一两也没减少。富人隐瞒了土地，偷漏的税粮，不是转嫁到穷人头上了吗？这么简单的道理，傻瓜也懂!”

“你怎么没喝酒就醉成这样了……”李双合被李志荣点中要穴，他想再反击，却拿不出有力的话来，一时理屈词穷。

李志斌制止说：“还没有斗够啊？你们斗起嘴来个个像公鸡，不把鸡冠子啄烂，谁也不罢休！从现在起，都不许再提这些破事！我问你们，罗大炮和王铁手在哪里？”

李志荣说：“王铁手自从拜了独匪墙上飞为师，武功枪法十分了得，经常在黄河两岸出没，具体也没个固定地方……”

李志龙说："罗大炮啸聚山林，吃大户绑肉票神出鬼没，保安团剿了几次，没伤着他一根毫毛。现在他有几百号喽啰，连机枪都有啦！"

李双合笑道："你俩小子是不是通匪啊？对他们的底细，咋就这么清楚呢？"

李志荣也笑道："双合大这么健忘啊？今年夏天，罗大炮还到你家去过，你弄的菜，他带的酒，咱们还喝了一场呢！他说和志斌哥十几年没见面了，志斌哥再回来，要你一定通知他！"

李双合冲李志斌笑笑，说："志荣，你小子通匪，把小大我也扯进来了……你这货！"

"双合大本来通匪在先嘛！不过，这话只给志斌哥一人说，别人问起来，我嗦也不知道！"李志荣伸出巴掌拍拍李志龙肩膀说，"你别装的跟正人君子似的！老实说，你抽了铁手多少好烟？你以为我不知道吗？"

李志龙拨开李志荣的手，说："上学时他家穷，他没少吃我的白馍，抽他几条烟算尿！"

李志斌大喜。罗大炮、王铁手是他儿时的结义兄弟，虽然他们走的是匪道，但二人义气正直。时逢乱世，正是用人之际，他惦记着他们。他从口袋里掏出两封信，分别交给李志荣和李志龙，限他们三天把信送到二人手里。又让李双合天晴后组织人打扫东沟沿上积雪，准备组织自卫队员练习射击。

第三章

大雪下了一天一夜，第二天太阳出来了。铅灰色散退着的云雾，一团一团地在天上流动，把太阳遮得时隐时现。大地在阳光时遮时露里时阴时阳，就像小孩子说哭就哭说笑就笑的脸。当流云完全退开后，天空纯净得像海洋。大雪给万物带来泽润，陕州大地覆盖了厚厚的积雪，到处反射着白皑皑的雪光，到处都是清新的世界。

李志斌骑着那匹四蹄雪白、额头上有一块白毛的棕色伊犁马儿出了村。他穿着草绿色呢子军大衣，戴着黑色皮手套，头顶三耳皮帽，脚蹬锃亮的长筒马靴。

大雪把原上通往城里的道路封堵了，但李志斌不能等待。他要进城去见盛子才，求他支持自卫队武器和派出教官。去年回来，他在县里向他说过组建抗日武装的打算。盛子才表示支持，他要他兑现诺言。

李家村位于二道原东沟沿上，从东沟下山走三里坡路就是菜元川。菜元是夹在二道原与三道原两山之间一道三十多里长、不足五里宽的平川。从南山发源的青龙河从川中流过，把川分成东西两半，人们在两岸栖居。川里人与原上人的居住方式不同，原上人住的是地坑院，川里人住的是靠崖窑和房子。青龙河西岸的百姓都是靠土地吃饭的农民，他们经营着少量水地和大量坡地，富少贫多。由于相对东岸贫穷和靠山的原因，人们住的是紧挨山坡挖下的靠崖窑。东岸不但有比西岸多出一倍的水浇地，而且是乡公所设所之地，是全乡经济中心。每月逢十菜元街集会，菜元集是县西最繁华的农贸市场，届时二道原、三道原、县东乃至洛宁的百姓前来赶集，人山人海，热闹非凡。东岸人的眼光不是单一聚焦在土地，他们在街上开杂货铺、羊肉馆、布匹店、油坊、铁匠铺，干着本小利大的工商业或饮食业，赚取远比种地来钱多的生意。所以，菜元的有钱人都集中在东岸。

川里最有名的财主是老盛家。盛家不但拥有三百亩水浇地，而且开了三十年“盛记柿饼房”，富甲一方。不过，财富并不是老盛家出名的唯一原因，比财富更重要的是老盛家出了父子俩县长，这是陕州独一无二的事情。

二道原通往陕州城有两条路。一条是原上的大路，它是北至陕州，南到甘山，纵贯全原可通汽车的土公路；第二条就是李志斌脚下这条绕道菜元川进城的小路。平时，人们进城走大路，只有雨雪天才会绕道菜元川。因为大路要走十里长坡才能下原，雨雪天劫匪经常在那段长坡等路。小路虽然比大路多绕五里，但只需走三里坡路，劫匪也少，相对安全。

李志斌牵着马儿走下山坡，他特别喜欢这匹蹄轻脚快的坐骑。当时在陕州城，他向盛子才借来这匹马，没想到竟是一匹伊犁二转子杂交马，爬坡越涧如走平地。后来，他让王麻子把夫人骑的那匹马送进城，并把一支德国造二十响手枪送给盛子才。盛子才一高兴，就把这匹马送给他了。用枪换马，各有所爱，彼此悦意，两大欢喜。

积雪掩过膝盖，李志斌艰难地走在山路上。这条两米来宽的坡路，一边是高埝，一边是山沟。路虽难走，却没有悬崖，可以骑马，但他爱马如命，宁可牵着马徒步，也不忍心让马雪地负重。

走到半山腰，马儿突然站住，昂头叫着不肯前走。李志斌蓦地看见两个身披白斗篷、手持大刀的汉子横在面前。劫匪！他一手举着鞭子打马开步，一手伸进衣袋掏出手枪。

劫匪把刀一横，说："此路是我开，此树是我栽，要想经此过，留下买路财！"

李志斌没搭话，冷冷地打量着劫匪。这是一高一矮两个人，他们穿着下摆拖到地上的孝衫，头上勒一绺白布，脸上吊着白麻布，看不见真面目。

高个见李志斌不搭话，舞着大刀扑了过来。李志斌抬手一枪，打掉他手中的大刀。小个子挥刀冲了上来，李志斌又一枪打掉大刀，厉声警告说："再敢上前一步，要了你们的狗命！"

劫匪被完全镇住了，他们傻傻地看着李志斌，小个子的两腿筛糠似的发抖。李志斌命令他们退后两步，小个子突然跪地求饶："好汉饶命！只怨我们财迷心窍，有眼无珠冒犯了大爷！求大爷看在我们上有七十高堂、下有年幼儿女的分上，高抬贵手放我们一马……"

大个子一脚把小个子踹倒，一把扯掉脸上的麻布恶狠狠地说："孱包！我们自打干上这种营生就没有打算活着！"他把眼睛转向李志斌，脖子一扭，摆出一幅任由杀剐全然不怕的架势。

这小子三十出头，是条倔汉，如果不是劫道，李志斌断然不会把他和土匪联系到一块儿。他说："你只要如实回答我的话，或许能放你们一马！"

大汉并无惧色，他说："自打干上这种营生，我就随时准备掉脑壳！能死在好汉枪下，我白玉娃没啥说的！"

"此话怎讲？"李志斌问。

"我看得出来，好汉不是一般过客！栽到你手下，我不算窝囊！"

李志斌放下手枪，问：“听口音你不是本地人吧？”

“洛宁！”

李志斌冷冷笑道：“自古洛宁出刀客！都啥世道了，你们还拿着大刀片子抢劫？要不是老子念在上天有好生之德，你俩早见阎王了！老实说，为啥要干这种勾当？”

白玉娃说：“我们弟兄二人在洛宁犯了命案被人追杀，不得不外逃他乡！”

原来是一对杀人犯，李志斌的怜悯之心顿时化为乌有，骤然起了杀人之心：“如果你俩只图财不害命，老子会放你们一马。既然是血案在身的凶犯，我放过你们，孤魂冤鬼岂不恼恨于我！”

白玉娃说：“我死不足惜，只是不知好汉名号，不明不白地死，实在窝囊！”

小个子突然从地上站起来，撸去遮面布，露出一张眉清目秀的娃娃脸，看上去不过二十出头年纪。他靠在大汉身边，攥着两只拳头，怨恨地看着李志斌说：“头割了不过碗口大个疤！你杀了我吧，求你放我哥哥一条活路，我们真是上有老下有小啊！”

“兄弟闭嘴！天下哪有弟死哥活的道理？”大汉喝住矮子，用商量的口气说，“好汉！明人不做暗事！我叫白玉娃，弟弟白玉蛟，洛宁人氏。只因官府以战事为名，不管百姓死活增加税粮，乡丁来我家牵牛逮猪，我与他们论理，乡丁用枪托打我。我们实在咽不下这口气，才杀了两个乡丁，逃到这里劫路为生。不过，我们只劫财不害命，也从来没有遇见像好汉这样的对手！自从走上匪道，我们就把脑袋系在裤腰带上了。今天落在好汉手里，我自认倒霉。你动手吧，死在好汉枪下，我无话可说！只求好汉报上名号，让我死个明白！”说罢，他把胸膛向上有力地挺了一下。

好一条硬汉！如果不是被官府逼上梁山，他们断然不会落草为寇。李志斌暗想，眼下正是用人之际，他和弟弟分家之后，正想寻人料理农务。如果二人愿意跟他，忙时帮活，闲时练枪，战事一开，这样的血性汉子肯定会为主卖命。他把手枪装进衣袋，对白玉娃说："看在你俩都是好汉的分上，我不杀你们……"

弟兄二人跪倒雪地连连磕头。

李志斌说："你们起来，我有话说!"

俩人站起来，白玉娃说："请问恩人大名……"

李志斌报过名号，白玉娃惊喜地说："原来恩人是大名鼎鼎的李专员？小人真是有眼不识泰山!"他双手抱拳，连连作揖。

李志斌惊奇："你怎么知道我的名字?"

汉子说："李专员大名，方圆百里哪个不晓?"

他问汉子："今后有何打算?"

"承蒙李专员大恩，劫道的事情断然不再干了。有何打算，倒是没想!"白玉娃一脸茫然。

李志斌说："你们命案在身，即使侥幸逃过官府追捕，亡命天涯的日子也并非好过。如果愿意，在二道原落脚倒也安全，不知二位意下如何?"

白玉娃感激万分："李专员不杀之恩尚没回报，又慷慨收留落难之人，我们兄弟肝脑涂地，也难以报答!"

李志斌大喜，说："以后就是一家人，谢恩的话不要再说!"

二人脱掉孝服，把大刀抡到沟里，要跟李志斌上路。

李志斌说："我要进城办事，你二人顺着马蹄印走，到李家村找保长李双合，就说你们是我雇来的长工，他会安置你们的。我如果今天回不来，明天一准回来!"

二人谢过，高高兴兴往坡上走去。

李志斌下到坡底，马蹄声引来农家院里一条白狗狂吠，一狗引来众狗叫，顿时吠声一片。他上马向河边走去，这条儿时走过的路，记忆里是一条仅容大车行走的生产路，现在已被拓成汽车道。

川里的太阳似乎比原上更加明亮，雪地里几行野兔爪印显眼地伸向河边。对面山坡上被大雪覆盖着的梯田，就像巧妇蒸的花卷馍，棱瓣分明地向山顶盘旋。野鸡“咯咯”叫唤，猎手寻着叫声摸过去，打响沉闷的土枪。一只受惊的公野鸡，惊叫着从坡上飞起，展开双翅滑落在河对岸的雪地。挂满积雪的黄蒿，一片片凸露在雪地里，就像飘在天上的朵朵白云。

李志斌记得河边有一座便桥，但桥不见了，只有几根腐朽的椽头竖立在岸边，一定是夏天发水冲毁了小桥。他勒住马儿，聆听着冰层下边河水淙淙地流动。心想，顶多也就二尺深的水吧！当他打马走到河中间的时候，马蹄踩透冰层，陷进河里，河水融化了积雪，河面像热尿浇过一样，洇成一片地图。飞溅的雪浆把他的皮靴和大衣弄湿了，他看看还有五六米远的河岸，在马后加了一鞭，马儿长啸一声，呼呼啦啦跃上对岸。马儿踏着雪地咯吱咯吱走着，兔爪和马蹄在地上插着花儿，一大一小构成一幅雪地兽踪图。

大路上，一群人在扫雪。汉子们穿着黑色粗布棉衣，手上戴着女人缝制的棉花手套，头上戴着黑脑包，好像一群乌鸦站在雪地里。几个中年女人也和男人一样穿着黑色棉衣，头上勒着纺织品头巾，她们看见李志斌从河滩里走来，惊讶地对埋头扫雪的男人说：“你们看啊，过来一匹马儿！”

李志斌走到他们跟前，一个留着小胡子的黑脸汉子，拄着锨柄仰视着他问：“客官是从二道原下来的吧？难道原上没有下雪吗？”

李志斌俯视着小胡子：“原上下得比川里大，积雪掩过膝盖儿，川里的雪还在膝盖以下呢！”

小胡子：“客官有啥火燎眉毛的事儿催着，等不到冰雪消融再上路？这般猴急下山，就不怕连人带马滚到沟里吗？”他友好地看着李志斌，脸上挂着笑意。

李志斌也冲他友好地笑笑：“我是没有大事不下山！倒是你

们，不在屋里睡大觉，扫雪为啥呀?”

小胡子：“川里和原上只差一道坡，客官就如此孤陋寡闻吗?今天是盛老爷子七十大寿，想必你连盛老爷子是谁也不知道吧?就是县长盛子才的父亲，老太爷可是清末当过灵宝县长的名人呐!”

李志斌问：“这与你们扫雪有啥关系呢?”

小胡子：“客官真是好笑！如果与扫雪无关，我们不是吃饱饭没事干撑得慌么?盛县长老爹过生日，县上的头头脑脑能不来祝寿吗?说不定秦专员也来上贺礼呢！这些重要人物要来，小汽车不能走，可总得让马儿好走些吧?这下你明白为嗦扫路了吧?岂止我们，这道川每个村子都有扫雪任务。天还没晴稳，乡长就给保长派下活了，从盛家村一直扫到洛潼公路!”

李志斌心想，盛老爷子过寿，盛子才这会儿肯定在家里忙活，我何不借机去给盛老爷子祝寿，把事儿办了?当即拨转马头向盛家村跑去。

第四章

一九四一年中条山战役国军大败，日军重兵盘踞黄河北岸，不时隔河炮击陕州城，城中居民人心惶惶。人们对日军灭绝人性的暴行早有耳闻，在陕州百姓心目中，日本军队是与禽兽无异的魔鬼。然而两年多来，鬼子只是隔河打炮，并没有采取实质行动。国军在河沿上密集布防，人们不相信日军真能突破黄河，不相信中央军会被日军打垮，人们对日军的恐惧心理逐渐被蔑视和麻木替代。

十二月下旬的一天，一列满载军火的列车从陇海线由西向东开进陕州火车站。一群民工推着架子车，单等列车停稳后卸货。

雪后初晴的太阳格外明亮。从火车站向北眺望，可以看到黄河对岸鬼子的太阳旗在炮楼顶上飘扬。一切在日机轰炸前非常平静，致使突然的轰炸显得异常惨烈。

陕州火车站是陇海铁路郑州至西安段的咽喉。中条山战役后，军委会下达坚决御敌于黄河以北，不得再丢失一寸土地的死命令。于是，二十多万国军精锐部队布防在西起陕州、东至郑州二百多公里长的黄河沿岸阻敌南进。

当满载军火的列车停靠陕州车站后，两辆卡车开上了站台，从车上跳下一排身穿米黄色军装的川军官兵。一个身挎手枪的小个子军官吆吆喝喝跑到民工面前，命令他们往卡车上装军火。这时，又有两辆军车开上了站台，从车上跳下一排穿藏青色军装的国军。他们看着民工往川军汽车上装军火，就七嘴八舌地吵嚷开了。他们耐不下心来等待，也不能容忍那么多民工都给川军服务，而让他们坐冷板凳。身挎手枪的大个子排长骂骂咧咧地向小个子川军走去。小个子正在催促民工干活，没有看见大个子。

大个子伸手拍拍他的肩膀说："兄弟，哪一部分的？"

小个子头也不回地说："川军团的！"

大个子说："原来是川军弟兄！我是游击纵队的……"

小个子斜视大个子一眼，问："找我有事？"

大个子："我们奉命来拉军火，十二点前要返回防区！请看在蒋委员长的面子上，分一半民工给我们……"

小个子两手一摊说："这个不行！你们游击纵队驻在陕州河沿上，眨眼工夫就回去了。可是我们驻在陕渑交界，有上百里山路要走呢！等我们走人后，民工就全归你啦！"

小个子转过身，指挥大伙儿干活，不再理会大个子。

大个子心中火起，一把抓住小个子的领口骂道："你他妈的敬酒不吃吃罚酒！"一拳打在小个子脸上，鲜血从对方的嘴角流了下来。

小个子闪电般出手，一巴掌撸在大个子脸上，几道血指印从大个子的眉心拉到了鼻脸凹。大个子吼叫着挥拳打击，小个子抬臂挡开拳头，一个大背把大个子从头顶上扔了过去，响亮地撂倒地上。大个子伸手掏枪，却被小个子一脚踩住手臂。大个子抱着小个子的腿把他拽倒，俩人一翻一骨碌地在地上厮打。

川军士兵蜂拥上来按住大个子，拳脚、枪托雨点般砸在他身上。穿藏青色军装的士兵，端着子弹上膛的步枪呼呼啦啦冲了上去。混战中不知谁先开枪，顿时枪声大作。刺耳的警报声骤然响起，民工们扔下货物喊叫着抱头鼠窜。火并双方丢下十几具尸体，躲到汽车、房屋、电线杆子后边对射着。

一支烟工夫，陕州卫戍区宪兵队来了，端着冲锋枪的军警把混战双方包围起来。有几个川军士兵企图冲出包围圈，被宪兵的冲锋枪当场撂倒。枪声停了，士兵们把枪放到地上，双手举过头顶。宪兵给他们戴上手铐，推上汽车拉走了。

本来这是两支部队之间的摩擦，起因并不复杂，即使把主犯推上军事法庭、把参战士兵统统杀头，也应该快速处理。可作风一贯拖拉的宪兵队，这件事情处理得更加迟缓。卫戍区司令部虽然对车站实行了紧急戒严，但对几车皮军火并没有采取保护措施，结果在半个小时后遭到日机轰炸。

晴朗的天气给人们带来好心情，也给日机轰炸提供了绝佳天候。六架日机从黄河对岸飞来，对军列进行了超低空轰炸。一串串炸弹从机腹下落地，炸弹爆炸声和军火爆炸声震耳欲聋，硝烟把太阳都屏蔽了。铁片、道木、碎石被气浪抛向空中，天女散花似的落下来，砸向数里外的城郊荒野。吃到炸弹的房屋，檩椽呼啸着飞向天空，落在河岸滩头。敌机摧毁军列后，并没有把剩余的炸弹带回去，而是对陕州城进行了三波次轰炸，把炸弹全部投到城里才慢腾腾地飞走。

这是一次前所未有的狂轰滥炸，陕州城遭到严重破坏。县党部大楼门口堆放的两个石狮子被炸得粉碎，大门两侧的平房被炸飞，地上留下两米多深的弹坑。侥幸的是办公楼躲过一劫，但党部旁边的宪兵队驻地被摧毁。十几颗炸弹丢在那里，三层楼房被夷为平地，几十名宪兵和被关押起来的川军、游击纵队的两排士兵全部被炸死。原来，这两支国军部队火并时，引起城里潜藏的日特头子小坪一郎的注意。他得到车站停着军列的情报后，发电给山西第一军司令部。司令部长官亲自下令，由中条山第六航空大队实施紧急轰炸。日军达到了预期目的，同时造成一千多陕州居民伤亡。

陕州城内浓烟滚滚一片火海。哭喊声、马儿嘶叫声、房屋倒塌声、救灾汽车鸣笛声，汇成一支悲哀的合奏曲。陕州保安团全部投入灭火救人，河防军也派出一个团投入救人。士兵们从瓦砾下边刨出断胳膊缺腿的伤员，把他们抬上军车，送到陕州医院急救。陕州医院被炸塌的平房还在冒着青烟，一群市民骂着日本鬼子，提着水桶穿梭般打水灭火。

病房早已满员，新增加的床位把病房铺排得满满当当。医生、护士出出进进，忙着给做过手术和等待手术的重伤员打针输液。走廊里、院子里摆满了担架。医院的担架不够用，驻军的担架全用上了，市民们用木棍和麻绳制作的土担架更多。有些担架用砖头支起来，平放在院子里，上边躺着伤员。野战医院派来的援助军医，一部分在手术室掌刀，一部分忙着给院子里的伤员止血、做术前处理。从雪堆上融化的雪水像山泉一样流淌着，很快把院子浸成了河滩。水滩被无数双大脚踩来踏去，简直成了黄泛区，又像屠宰场般血水横溢。

从手术室里不断抬出残废人和死人。家属们被全副武装的士兵拦挡在医院外边的雪地里。他们得到亲人的死讯，哭喊着冲击着卫兵，试图搬走亲人们的尸体，然后按风俗入土为安，但驻军不允许他们这么做。

驻军派出一个团和一个汽车连进城救人，野战军医院也派出军医援助。由于伤亡惨重，陕州医院接纳不下伤员，三分之一伤员被运送到十里外城郊部队医院抢救。死亡人数在不断增多，抢救开始不到两小时，已死五百多人，并且还在攀升。

虽然是冬天，一时半会儿不会造成瘟疫，但驻防陕州城的新三十八师唐司令下令，不许零乱埋葬死人。几百具尸体要是按照家属的意思埋葬，整个陕州城到处灵幡飘荡，简直就是一座冥城。如果再容许老百姓按风俗习惯出殡，家属们要请阴阳先生看日子、请人打墓、请吹鼓手、请抬棺材的人吃席饭……陕州城简直就是一座丧城了。假若小日本趁机向城中开炮，损失将更加严重。

驻军迅速做出决定，不管是炸死的、还是从陕州医院抬出来的尸体，一律埋葬在城郊鸡足山上；经野战军医院抢救无效的死人，就地埋葬。新三十八师派出工兵营在鸡足山挖墓埋人。说是挖墓，其实像栽树一样，挖个浅坑，把人掩住就行了。从被炸毁的民房或楼房的废墟里、从陕州医院抬出来的几百具尸体，都被装到轮台上捆着防滑链的军车拉到鸡足山迅速埋掉，家属们想见上尸体一面都是不行的。掘墓的士兵根据医院提供的亡人资料，在死人坟头插上木牌，上面用墨字写着亡人姓名和身份，便于家属们日后迁葬。

陕州城到处飘着腥风血雨，连太阳的紫外线也充满血腥。唐司令在城郊的关帝庙里踱来踱去，他已将预估损失及驻军采取的救人措施，上报洛阳第一战区司令长官部。战区长官肯定了他的做法，命令尽力抢救老百姓的生命财产，力求把损失降到最低限度。

空袭发生后，唐司令一直和盛子才联系不上。发生这么大的事儿，驻军却和当地政府的县长联系不上，简直是开玩笑。情报处报告说，盛县长昨天就回老家操办父亲的寿辰了，唐司令气得拍着桌子大骂浑蛋！抢险救人、稳定治安有多少大事要县长去做，他却擅离职守，真该枪毙！

第五章

盛老爷子民国初年在灵宝当县长，其祖上并非书香门第，乃是躬耕为生的本分财主。老盛家祖辈传承着躬耕致富的小农家风，到盛老爷子祖父时，开始重视对后代的文化教育。祖父没有文化，但他热爱文化，知道文化远比土地重要。盛老爷子六岁时，祖父请来私塾先生教他认字读书，一心要把他培养成学问人。他十五岁时，已把四书五经、三字经、弟子规背得滚瓜烂熟。

盛老爷子一肚子孔孟之道，处世准则也完全是儒家的忠、义、仁、德。他经常拿“忠”说事，教育盛子才要做到“君让臣死，臣不得不死”，他生怕儿子做出逆事辱没先人。盛老爷子的绝对忠诚，对盛子才一生影响很大。尤其是在日寇血洗二道原的时候，盛子才居然为了一己愚忠，制造了同室操戈的悲剧，成为千古罪人，此是后话。

如果抛开盛老爷子的愚忠不论，他的确是个有骨气文人，也是个仁义财主。老人家辞官还乡后，在村里做了不少善事。比如出钱修路、建戏楼、修渠道等等，这是一般财主做不到的。

戏楼是盛老爷子出独资新建的。本来盛家大院里建有戏楼，老爷子考虑到村人看戏难，就投入八百块现洋在自家地基上盖起一座戏楼，并向邻里言明叫清，不论贫富人家操办红白事情，请戏班子演戏尽管使用。

盛老爷子拟定七十大寿之前建好戏楼，请名班破台，演五天大戏以飨乡邻。戏楼提前建好了，但盛老爷子执意在七十大寿这一天破台。盛子才请阴阳先生看过日子，说这一天是黑煞日不吉利，必须避开这一天。可盛老先生在破台事儿上，态度非常坚决。他认为生日是天赐吉日，如果不吉利，他能当县长吗？既然他当过县长，就是贵人之命，神鬼也要避他三分。他坚持在七十寿辰这一天，请陕州红牡丹戏班子破台。盛子才心里不愿意，但父命难违。为图吉利，他请来法师，宰了家里两只白公鸡，把鸡头埋在十字路口，以血腥堵截凶神冲撞盛府，确保破台后合家平安。

李志斌来到盛家村口，才十点半钟，贺寿尚早。他正愁没去处打发时间，忽然锣鼓声起，他决定先看会儿戏再祝寿。他虚晃一鞭，马儿小跑着进了村。

新戏楼台口三丈二，入深三丈，在农村是大戏楼了。台口正上方雕刻着盛老爷子书写的“盛家村戏楼”五个行草红字，两边松木立柱上依然是他书写的楹联：

文中有戏戏中有文识文者看文不识文者看戏

音里藏调调里藏音懂调者听调不懂调者听音

李志斌把马儿绑在场外一棵杨树上，不声不响地站在人群里。锣鼓声停，第二遍吵台结束。开演前三通鼓，一通鼓催促观众到场，二通鼓演员化妆，三通鼓演出开始。三通锣鼓响起，台下纷纷议论红牡丹戏班的响器真好，不愧为陕州第一班。

李志斌的到来，没有引起人们注意。几个穿着破烂棉衣的穷人，见他衣着不凡，惊奇地打量两眼，就把脸扭向一边，谈论着红牡丹人样儿如何好、嗓子如何亮。

三遍锣鼓声落，台上拉开四道幕布：头道幕是玫瑰红金丝绒；二道是天蓝色绵绸子；三道是草绿色绸子；底幕是绯红色苏州缎子。一般戏班的幕布都是洋布，如此漂亮的幕布，只有走州过府的一流戏班才有。李志斌心想盛老爷子一定坐在台下看破台戏，但他没有寻到人，也没看见盛子才。只见前排人堆里一个身穿黑色羊皮大衣、头上裹着羊绒头巾的老夫人背对着他坐在圈椅上。她身边坐着两个穿深绿色呢子大衣，戴金耳环的中年女人。两个珠光宝气的女人和老夫人说说笑笑，和周围的人相比，灿烂得像凤落鸦群。李志斌猜想，她们一定是家眷。

台上一阵紧锣密鼓，只见一个涂白金脸，八字眉，挂红胡子，戴红毡帽，口含朱砂的武生，身着红披，脚穿平底鞋，手持三叉登台上场。他踏着鼓点，在台上走了一圈过场，扎定仆步，精神抖擞地拉开裆，台下响起一片掌声。外行看热闹，行家看门道。就凭戏子走这几步，亮这一下相，就能看出是个好武把。掌声未落，武生先是小碎步走场，后随鼓点加急变成小跑。再一个亮相，大喝一声，如洪钟鸣响。只见他一个跟头从台角腾翻到台中间，一个马扎，接着腾空六尺，手中的三叉直戳戏楼房檐中间砖瓦匠特意留下的一片小瓦。小瓦飞落在地，武生朝戏台四周口喷朱砂后下场。少顷，他又二次登场。手提一只咯咯惊叫的白公鸡，绕场三圈，面对观众，一口咬掉鸡头，手提热血飞溅的断头鸡，将鸡血洒向戏台四周，最后吐出口里的鸡头，二次下场。一老生扮姜太公接着上场。姜太公头戴八卦巾、身着八卦衣、手持佛尘，立于台中，闭目念道："姜太公在此，众神且退……"念毕，手摇佛尘迈开八字步悠悠下场。

几个盛家族人抬着高梯，搭到戏楼房檐上。一衣着破烂、精瘦、猴子一般利索的年轻人蹦到台上，拾起滚在地上的鸡头，用一根四寸铁钉从鸡嘴穿过，手提斧头鸡头，爬上梯子，鸡嘴朝外钉在台口正中间的屋檐上。然后溜下梯子，撤梯退场。台下放一阵鞭炮，一穿戴崭新、头戴黑色疙瘩帽的老年人上台，他代表盛老爷子，把一匹红布和一个红包发给破台演员。锣鼓停息，掌声顿起。

破台乃为驱邪除魔开台大吉，是件十分讲究的事儿。能破台的戏班都是名班，破台演员是班子里把式最好的武生。若一叉挑不掉房檐上小瓦，破台武生轻则大病不起，重则暴病而亡。破台失败，主家非但分文不给，还要向戏班索赔。戏班从此名声扫地，只好远走他乡，十年八载，不敢回归。所以，破台是凶险的事情，也是给戏班扬名的事儿。

破台完毕，台上闭幕。三声板响，乐器奏响。天幕又徐徐拉开，台上出现五彩缤纷的“寿”字布景，布景前边放着彩布铺盖的寿桌和圈椅。第一场戏是盛老夫人点的《儿女拜寿》。这本来是一出传统戏《五女拜寿》，盛老爷子觉得自己儿女齐全，子孙满堂，《五女拜寿》不能代表全意，遂改为《儿女拜寿》。

李志斌正全神贯注看戏，一个戴二轱辘眼镜、穿大衫的驼背中年人来到跟前，问他：“先生，可是盛县长的客人？”

李志斌回道：“我是盛子才的同学！”

驼背听他叫盛子才，而不是叫盛县长，惊讶地看着他，弄不清楚他是哪一路神仙。

李志斌解释道：“我是盛子才的同窗好友，特意来给盛老爷子祝寿！”

那人自我介绍说：“我是府上赵管家。方才伙计说，台下绑着一匹骏马，客人在看破台戏，我就想着一定是贵宾来了。请吧，盛县长在府上呢！”

李志斌随赵管家走去。

赵管家边走边问：“敢问贵人高姓大名？”

“二道原李志斌！”

“原来是李专员！失迎，失迎！让贵人站在冰天雪地，失礼，失礼!”赵管家惊讶地连连自责。

李志斌说：“不怪！我没有看过破台戏，正好赶上了，怎能怨你?”

“多谢贵人!”

走进门楼，赵管家跑步进了二门，拉开尖亮的公鸡嗓子喊道：“李专员到——”

李志斌到礼桌上了一根金条，看着文书把礼金记到礼簿上，才走进二门。

盛子才和一个挎盒子枪的保安团军官从堂屋出来，快步上前握住他的手说：“是哪股风把老同学吹来了?”

李志斌说：“老爷子寿诞，这么大的喜事，你不告诉我，就能把酒钱省下吗?”

“岂敢岂敢！非常时期，我谁也没有惊动，连县里的同僚也没告诉。倒是老同学眼观六路，耳听八方啊!”盛子才笑道。

李志斌瞟一眼青年军官，说：“毕竟日本人还没有打到陕州嘛！寿诞喜庆，就是蒋委员长也会照办不误！这位长官，你说对吗?”

“是，是！说的极是……”军官连连点头。

盛子才说：“李兄可不敢称他长官啊！他是我的表侄王怀德，在保安中队谋事。你比我年长一岁，他应该叫你大伯才对!”又转过脸对王怀德说，“这是二道原大名鼎鼎的李志斌李专员，我们是少年同窗，还不快给你大伯问好?”

王怀德的马靴叭地一磕，敬个军礼说：“李专员好!”

李志斌见王怀德浓眉大眼，四方脸盘，二十四五年纪，英俊精干，不由心里喜欢，就对盛子才说：“是块好料!”

盛子才笑笑，把李志斌让进客厅。

盛家大院是一座砖木结构三进院落，占地十五亩，拥有六十多间房屋，住着东家、长工、女仆、打杂等四十余口，喂养驴骡牛马十多头。盛家出了父子两代县长，上耀祖宗，下泽后人，要名有名、要钱有钱，真是千般美满，万般惬意。但纵然万事如意，也有遗憾。如皓月有盈圆之日，亦有亏残之时。盛家的憾事在于人丁不旺，世代单传。祖母生下盛老爷子，便不再添龙生凤。虽然祖父又纳一妾，但小妾所产二子，皆不到七岁相继夭折。小妾三十出头，正值强盛年龄，却无端腰干。盛老爷子亦只生子才一子，他有心纳小，无奈定婚之时承诺盛老夫人一心相爱，绝不纳妾。盛老夫人亦是知识女性思想新潮，一直追求妇女解放男女平等，盛老爷子纵有纳小之心，也不敢在老夫人面前提及半字。

盛子才的夫人张艳萍美貌贤淑，乃是恩师豫省张参议之女。可是张氏生下女儿雪梅之后，肚子一直瘪着，十几年如一日并无再鼓之意。可怕的是夫妇二人盼女成凤，一心供她求学，以图日后有所作为。不想日寇侵犯，陕州吃紧，他们便把女儿送到西安女校，心想既是日军打过黄河，他们都死掉，也要保留老盛家一点血脉。可不曾想到，雪梅去西安不到半年，学校来信说她离校半月，查询是否回家。夫妇顿如五雷轰顶，钢刀剜心。经多方打听，却一无所获。乱世之秋，动荡年月，大姑娘失踪，上哪儿去找？夫妻嘴上不说，却心照不宣：凶多吉少。阵痛之日，张氏奉劝盛子才纳小，希望生得一子半女，延续盛门香火。盛子才坚决拒绝。他说，一来夫妻感情甚好，当初花烛之夜海盟山誓，要彼此忠诚，若有背叛，五雷轰顶。爱情与子女相比，当然是爱情重要。他即使没有女儿，也不能不要爱情；二来现在不是封建社会，帝王妻妾成群，庶民跟着效仿。蒋委员长提倡女权，反对一夫多妻。他身为一县之长，理应响应领袖号召，岂能无端纳小伤风败俗？三来老岳父张参议对他恩重如山，胜过再生父母。不仁不义之名他背不起，也万万背不得！张氏对夫君在外寻花问柳早有耳闻，但经他一番表白，顿时感激落泪。于是，一对断肠人相拥恸哭，罢了，相互安慰：从今往后，再也不提子女之事，要好好享受人生每一天。

世事奇妙，万事难料。就在他们为失去爱女近乎绝望之时，忽然收到盛雪梅发自陕北的来信。这真是悲从心来，喜从天降。读着书信，盛子才刚刚拨开乌云见天日的良好心情又蒙上了阴影。原来，女儿居然和几个同学投奔了延安……信没读完，盛子才就浑身发抖，起了一身鸡皮疙瘩：天啊，延安……那可是共匪老窝……女儿弄出如此糟糕的事来，将来如何收场？他恨不得像抓共党那样，把女儿从延安抓回来立即枪毙，恨不得日本人立即打到延安，捣了共党的老巢。但想到作为一县之长，却养出一个共党女儿，此事传扬出去，弄不好他要掉脑袋。他只得把满腹怒火埋在心底，独吞苦果。何况，女儿是他的心头肉，是老盛家一星香火，不管这星香火将来归向何方，幸好老盛家并没有断子绝孙。夫妇心理上得到了安慰，商定此事沤烂在肚子里，也不能让第三人知道。

盛子才把李志斌领到堂屋客厅。

堂屋是三间通房，内置隔间，设卧室、书房、客厅。盛子才常年在外，回来居住时间不多。但夫人张艳萍每到暑日，就要回乡避暑。小秦岭匍匐过来的山风吹过青龙河畔，川里到处充满凉意。清澈的河水、润湿的空气、绿色的原野，使这位省城生长的参议小姐，对大自然充满向往和热爱。

李志斌和盛子才聊了一会儿老爷子的健康状况，就谈起子女问题。盛子才当然不能说实话，这件事情除过他们两口子，对父母都是守口如瓶。他像对所有人撒谎时那样说："女儿两年前就去西安读书了，一直在那边。你呢？一定是儿女满堂，幸福无比吧？"

李志斌沉默一下，说："卢沟桥事变后，日军大举进犯华北，她们母女都死在日本飞机下面了……"

盛子才连忙抱歉地说："对不起，我不该提你的伤心事……"

李志斌苦笑笑："没关系，早就习惯了！自战争爆发以来，有多少个家庭、多少条人命，毁于小日本的炮火之下？数不清了。我们和鬼子不是家仇，是民族仇，国家恨！所以，我时刻准备着和小日本战斗……"他的拳头狠狠地砸在桌子上。

盛子才感慨地说："真是苦了你了！堂堂政府专员，居然落得家破人亡，更何况那些手无寸铁的平民百姓！中华泱泱大国，遭受倭寇弹丸小国如此欺侮，实乃奇耻大辱！"

李志斌说："战争打了六年多了，日本已是强弩之末。但这头野牛不被彻底打败，是不会认输的。日本鬼子和我们只有一河之隔，必须时刻警惕……"

盛子才见他又扯到时局上来，打断他的话说："咱们不谈时局，还是说说你吧。回来几个月了，兄弟我忙于公务，一直没空上原看你，实在抱歉。还好吧？我那位嫂夫人从河北平原来到豫西山沟，只怕不适应吧？"

李志斌觉得今天是个喜庆日子，把话题扯到战争上的确不合适。他见盛子才把话题转到家事上，就连忙说："还好！内人你是见过的，她是河北人，曾经是我的下属。冀南沦陷后，她的父母在逃难路上被鬼子杀害了。她在一次战斗中受伤，留在邯郸姑母家里养伤。鬼子在邯郸抓女人，她整天躲在青纱帐里。我是在青纱帐里找到她，一块儿回来的……"

盛子才感慨地说："乱世姻缘，患难夫妻，难得……难得啊！"

二人正说着话儿，赵管家进来，把盛子才叫了出去。片刻，他从外边回来，把一根金条放到李志斌面前说："你能来，我非常高兴，这是干啥？你正处在难处，我不能帮你已经深感内疚，怎能收你如此厚礼？"

李志斌把金条推回盛子才面前说："我又不是给你送礼，是给老人家的贺礼，代表我的一片心意，你不收下，就是抹我的面子！”

“你呀，让我怎么说呢！”盛子才摇着头说，“说吧，你有啥事要我帮忙？”

李志斌不失时机地说：“本来想改天到县里找你，既然你问起来了，我就直话直说。目前，李家村抗日自卫队有六十多号人，还在继续招兵。近日开始军训，眼下有两大困难需要县长支持……”

盛子才：“你别县长县长地叫啦！别人叫县长可以，你不能！难道也让我口口声声叫你李专员吗？”

李志斌说：“那好，我就叫你兄弟。我的困难一是武器太少，满打满算也就二十条步枪。二是队员都是泥腿子，想把他们训练好缺少教官。希望能得到你的支持，当初你也答应过……”他眼巴巴看着盛子才，生怕他食言。

盛子才想了一下说：“没有想到你这么快就拉起了队伍。这样吧，我先给你解决一批枪支弹药，不多，多了没有。教官的事儿，就让怀德去吧！”

让王怀德当教官，李志斌非常满意。从看到这个年轻人第一眼，他就产生一种亲近感。

盛子才喊来王怀德，吩咐说：“李专员组建了一支民间抗日队伍，县里支持他们二十条步枪、两千发子弹，回头你带人亲自送去。他们搞军训缺少教官，你帮他们训练吧！”

王怀德满口答应。

李志斌大喜，他希望王怀德尽快上二道原。王怀德表示，回去后就去李家村。事情说到这份上，已经无话可说了。李志斌要拜见盛老爷子，盛子才告诉他，本来老爷子要看破台戏，不想伤了风寒，就请红牡丹在家唱堂戏。

李志斌随盛子才来到客堂，盛老爷子穿戴一新坐在一把铺着狼皮的罗圈椅上听戏。他头戴黑色短绒疙瘩帽，身穿酱色绵绸衣裤，脚穿黑面千层底棉鞋，裤腿扎着白腿带。老爷子身材高大面庞白净，因为过寿辰，剃了脑袋刮了脸盘，嘴唇下边留一绺花白胡须，看上去比实际年龄要小一些。

盛老爷子坐在方桌跟前，脚边放着炭火，方桌上摆着紫砂茶具和水烟袋。两个身穿粉红色洋布衣服的丫环在跟前侍候。背后墙壁上挂的不是寿字，而是一幅出自陕州名家的上山虎中堂。当初画家送给盛子才的是一幅下山虎，老爷子认为凶，盛子才就把那幅画挂在自己居室。他不怕凶，凶虎挂在县长屋里更威严。他又向画家索要一幅上山虎挂在这里，两边配的条幅，是盛老爷子亲笔所写：

风过林木动
虎啸鬼神惊

因为盛老夫人和女儿子凤、儿媳张艳萍去看破台戏，看堂戏的就盛老爷子一个人。这时，红牡丹一段唱罢，换了戏妆怀抱琵琶上场。两声板起，琴师吱吱咛咛拉起过门，红牡丹唱起老爷子点的蒲剧《秦香莲》唱段：

接过来这杯茶，
我心中乱如麻。
夫君京都招驸马，
我流落在宫院抱琵琶。
……

红牡丹声若银铃，字正腔圆，一张涂脂擦粉脸，难掩天生丽质。两颗传神明珠眼，时而寒光怒射，时而珠泪如雨，把个被弃女子的悲愤心声唱得淋漓尽致，令人怜惜。五年胳膊十年腿，二十年练不好一张嘴。这话虽然说的有理，但对红牡丹却是夸张。红牡丹满打满算也不过二十青春，她十岁入班学戏，十五岁便唱红黄河两岸。可见她天赋之高，豫西戏迷这样夸赞她：“好戏把人唱醉，坏戏把人唱睡。看看红牡丹，不怕家里贼偷完。”

这一曲罢了，老爷子连叫三个“好”！李志斌连忙上前，从口袋掏出五块现洋赏给红牡丹。红牡丹接过赏银，向李志斌欠身行礼道：“谢谢大人！”

李志斌走到盛老爷子跟前，施礼道：“晚辈祝盛老伯寿比南山不老松，福如东海长流水！”

盛老爷子手捋山羊胡子，疑惑地看着李志斌，陕州军政要员他没有不认识的，却从来没有见过这位客人。

盛子才介绍说：“这就是我常提起的李志斌——李专员！”

“噢，李专员！稀客，稀客！”盛老爷子屁股离开狼皮椅，热情地握着李志斌的手，“你可是咱们陕州的骄傲啊！”

“过奖，过奖！”李志斌把盛老爷子扶回圈椅上说，“盛老先生德高望重，您老才是陕县的骄傲！”

盛老爷子说：“你在河北和鬼子打仗的事儿，子才对我说过。不简单，有骨气，不愧是咱豫西好汉。唉，我是老来不提少年勇喽！如果能再年轻二十岁，我也像你一样，掂着刀枪和倭寇对阵沙场，纵然被乱枪射杀马踏肉泥，也对得起列祖列宗。无奈老不中用了，眼看着倭寇在中华国土上横行霸道，老朽只能是义愤填膺啊……惭愧……”

李志斌没想到盛老先生一开口就把话题扯到抗日上，而且表现出意想不到的激昂。顺着这个议题谈下去，显然与祝寿的气氛不合，况且盛子才刚才说过不谈时局。他说：“盛老爷子一百个放心，岛国强盗想亡我泱泱中华，奴役我四万万同胞，真是蚍蜉撼树——自不量力。老爷子只管欢心做寿，尽兴听戏，打鬼子是我和子才的事情!”

琴声又起，盛老爷子摆摆手说：“暂且退下，我和客人有话要说!”

丫环领着戏子外边待命。

管家进来告诉盛子才，乡长带着乡官祝寿来了。

盛子才连忙出去迎客。

李志斌要告退，盛老爷子留住他，让丫环搬过椅子放到炭火旁边，让他坐下说：“你是真正和倭寇交过手的英雄，我想听你说说时局。报纸上的宣传，我早就看烦了。总是说国军多么英勇善战，可是怎么就阻挡不住倭寇进攻呢?北平丢了，上海、南京、豫北丢了，就连天然屏障中条山也挡不住人家。现在，眼睁睁看着鬼子的大炮架在黄河那边，对我陕州虎视眈眈。报纸上说的辉煌战果，能让人信服吗?”

李志斌对老先生的发问深表理解，也勾起内心的阵痛。他掏出纸烟递给他，老爷子摆摆手，拿起水烟袋，装了一锅烟呼噜呼噜抽着。

李志斌点着一根烟，抽了一口说：“抗战以来，国军在正面战场浴血奋战，上演了一幕幕英勇悲壮的抗战之歌。可以说，政府的宣传基本真实……”他曾经是国民政府专员，知道宣传的重要性。即使日军把整个中国全部吞并，中华儿女誓死抵抗的民族精神绝不会丢。即使战败，也有可歌可泣的民族英雄，英雄不论胜败，铁血男儿都是真英雄。他对糟糕的战绩虽然不满，但对政府的正面宣传是赞成的。

盛老爷子不敢苟同，但没有反驳。他抽罢一袋烟，把烟灰吹到地上，手握银烟袋说：“对政府的宣传暂且不论，李专员还是谈谈时局，谈谈你对战争前景的预见吧!”

“老爷子叫我专员真是折杀晚辈了，您还是叫我志斌吧!”

“晚辈就是再年轻，也是一方专员，民见官哪有直呼姓名的道理？老朽这个礼数还懂！”

李志斌说：“老爷子是子才父亲，我和子才是朋友，您老也就是我的父辈。天下哪有父辈叫晚辈官职的？何况我现在不是专员了，败军之将，说俗了就是丧家狗！老先生称我专员，真让晚辈无地自容啊！”

盛老爷子听他如此说话，遂说：“那我就叫你志斌了！好，你说说战事吧！”

李志斌说：“倭寇虽然占领中华大片国土，但已经深陷泥沼，进退维谷。一是战线拉长兵员不足，长江航运和主要陆上交通线受阻，军备物资极为短缺；二是在太平洋战场盟军不断发动攻势，日军连连失利。这两大趋势表明，战争形势已经向有利中国方面转化。不会再用多久，小日本必败。不过，狗急跳墙是一切强盗的本性，不把他们打成死狗一条，他们还要咬人，还要做垂死挣扎！”

盛老爷子捋着胡子，赞同地说：“日本一个小小岛国，想亡我大中华，撑也能把他撑死！听你一席话，老夫更是吃了定心丸，我会把你的话宣传给百姓，以求凝聚民心，鼓舞斗志，只要我们精诚团结，何惧小小倭寇！”

李志斌敬重地说：“老爷子的爱国之心晚辈深表敬佩，国人都能像您老这样深明大义，小日本早就滚出了中国！”

这时候，王怀德从外边进来请李志斌入席。

走到屋外，李志斌说：“王队长，我希望你尽快上二道原！”

王怀德说：“李专员放心，别说盛县长亲自吩咐过了，就是他不说，只要是抗日的事情，我会去做的！”

李志斌问：“你啥时候上原？我的意思是越快越好！”

王怀德说：“三日之内！”

李志斌握住王怀德的手：“太感谢你了，我就喜欢性格豪爽的人！”

突然，远处传来爆炸声。开始大家以为是鬼子又在隔河炮击，但轰轰隆隆的爆炸声比以往的炮声更剧烈，人们误以为是鬼子打过河了，顿时人心惶惶，一片混乱。

混乱最先是从戏台下边开始，不知谁喊了一声“日本人打来了”，人们像受惊的骡马，四分五散地往家里跑。他们忘不了掩藏粮食和布匹。桌椅板凳、房子、牲畜可以不要，但粮食不能不要。他们把粮食和布匹藏进提前挖好的地窖里，富户把金银珠宝装进瓦罐，埋在房屋角落。然后，人们背着铺盖卷儿，挎着干粮袋子，跑上积雪满地的山坡，那里有他们早就看好的藏身地方。

戏子们把幕布、道具往戏箱子里装填着，这些东西是他们赖以生存的本钱。没有鬼子，他们要唱戏生存。鬼子来了，照样要演戏生存。他们不像农民那样惊慌，尽管赵管家在盛子才授意下，已经给足他们银钱，但戏子们仍然聚在台上不肯离开，再说他们要给盛家演五天大戏，没演完就走，有违规矩。二来冰天雪地，他们不知道往哪里走。更重要的是，他们看到老盛家的人并没有往山里跑。尽管那些骑马坐轿的贺客，炸弹一响个个如惊弓之鸟，滴酒未沾就离开了老盛家，但盛县长还在家里，只要他不跑，戏子们就吃了定心丸。

李志斌本来想借酒席，结识一下地方官员和绅士，但爆炸声起，打乱了他的计划。情况不明，他不吭不哈出了盛家大院，快马加鞭上了二道原。

第六章

腊月二十三祭灶神。

兰红玉已经适应了原上生活。虽然她的河北口音没有改变，但能听懂乡音土话。比如，这达——就是这里，哪达——就是哪里，晌午——中午，嗉——啥，黑地——夜里……她也适应了生活习惯，过去一日三餐是早七点、午十二点、晚六点；现在改成早饭九点半，晌午饭一点半，后晌饭七点多。就连穿衣也不再是大红大绿，从城里带来的一身殷红色绸子棉衣，由于装的棉花薄，抵御不住原上的严寒，杜姣姣给她缝了一身本地妇女穿的大裆裤、裹襟袄。虽然也是一眼黑，但布料却是斜纹洋布非粗布。洋布在农村只有绅士才穿，平常人家穿的是家机织的粗布。

在杜姣姣眼里，嫂子就像凤凰一样漂亮。在兰红玉眼里，杜姣姣心肠好，对她体贴入微，她从内心感激。

吃罢午饭，李志武叫王麻子、李铁熬套上牛车往麦子地里拉雪，他骑上骡子下了二道原，去陕州城鬼混。

路开了，但积雪还没有完全融化。大雪给田野盖上了厚厚的棉被，融化的雪水足以把麦苗送到灌浆期了。李志武在经营土地上滴水不漏，从来不怜惜长工。雨天，别人的长工睡大觉，他扔给王麻子一条麻袋披上遮雨，打发他去割牛草；雪天，他同样扔给长工一条麻袋遮雪，让他们一遍又一遍地扫雪。就像现在，他没活找活地让长工往麦地里拉雪。这是一件可以不干的多余活儿，但又是干了只有好处没有坏处的活儿。李志武既不会让长工闲着吃白食，也不想让牛歇得四蹄发困。雪车不会把牛累着，权当长工放牛好了。

王麻子和李铁熬一出晌，杜姣姣就忙着烙祭灶饼。她想嫂嫂一定不会烙，就和了一大盆白面，放在热炕上发好，站到院里喊叫“大嫂”，到她屋里烙饼。

兰红玉来到妯娌屋里，杜姣姣在案板上和着发面糊，说：“今儿个祭灶，要烙祭灶饼祭灶神，你们那儿兴不兴？”

“兴，可是我不会烙……”兰红玉看着杜姣姣揉面团，身体有节奏地晃动，纯粹是一种劳动美。

杜姣姣说：“我就害怕你不会，所以和了这么大一团面，足够咱们吃了！”

兰红玉说：“姣姣真是个实在人，你对嫂子这样好，简直让我没法说了！”

杜姣姣嗔怪地说：“看嫂子把话说到哪达去了？要是我到了你门前，你肯定也会帮我吧？咱们是一家人，就别说两家话……你千万别和志武一般见识……唉……”她叹了一声，把送到嘴边的话咽了回来。

兰红玉连忙说：“你可别多心啊！其实是我们突然回来，打破了你们的宁静生活，嫂子从心里感激你们，哪会怪罪……”她嘴里这样说，心里却是另一种想法：李志斌、李志武可是一母同胞啊，两个人的差距怎么这么大呢？如果说李志斌是翱翔蓝天的雄鹰，李志武则是独守一隅的田鼠；李志斌是深明大义的贤士，李志武则是只认金钱和土地的土包。她最瞧不起鼠目寸光的人，他却偏偏是丈夫的弟弟，真是不可思议。

杜姣姣做好面饼，兰红玉开始生火。一个烧火，一个烙饼，井然有序地干着。

从踏上二道原那天起，兰红玉就开始了全新的生活。她从小生活在城里，何曾干过趴锅燎灶的事儿？她甚至连锅头都没有见过。

当初回来，她们夫妇在兄弟家里吃了几天饭。后来，李志武在院子里和了一堆麦秸泥，他把三根胳膊粗的短棒裹在泥里，做成锅头腿放在太阳地里晒。兰红玉不知道这几根泥轱辘有啥用场，她没问，志斌也没问。泥轱辘晒干后，李志武吩咐王麻子在嫂子住的窑门口立起泥轱辘，垒了一个泥锅头。这时她才醒悟，这个自私得连亲兄长也不认的小叔子，是在逼她另立炉灶。这个事实她可以接受，但这样寡情接受不下。骨肉之情都可以这样轻而易举地生分，世上还有什么亲情可言？

她明白小叔子这么绝情，是因为李志斌回来当天，把两百块大洋分给村里没有种子下地的穷人。二百块大洋，在他们眼里不算一回事，但发给穷人，可以解决他们的燃眉之急。

李志斌完全是出于官员的责任和本能这么做的。赈灾济民的事情，他当专员时经常做。李志斌把民生看得非常重要，只要是他力所能及的事情，他会尽力济贫扶困。李志武却认为二百块钱是一件伤筋动骨的大事。在他眼里，穷人贫困是天经地义，不能同情，也不必救济。他嘴上没说，心里却恼恨哥哥：还是一母同胞呢！你在外边做大官享受荣华富贵，何曾想过家里还有一个土里刨食的弟弟？你从兄弟手里搂走八十亩土地不说，还把现洋撒向穷鬼，何曾给过兄弟一个铜板？像哥哥这号胳膊肘子往外拐的人，天底下再也寻不到第二个。

兰红玉是个敏感女人。回家那天，她看见李志武在门洞掂量箱子，就感觉小叔子不是善茬子。那只皮箱里只有她的衣物用具，他却那么死劲儿地掂了好几掂，无非是想听到金属碰撞的声响，以此验证他哥哥是腰缠万贯的财神。

李志武的想法没错，他哥哥的确带有数量可观的财富。可惜他掂的那只箱子，并没有装着财富。

李志武外号李秤杆。割肉，不用上秤，他能掂出几斤几两；收租子，三五十斤的粮袋，他掂上几下，说出来的数字不会误差三两。那些习惯缺斤短两的生意人，在他门前卖豆腐总是把秤杆翘到天上。他们曾因耍花招，让李志武砸了秤杆。

没有发现黄白货，李志武很扫兴。其实那只装着金银珠宝的皮箱在王麻子肩头扛着。精明的李志武掂量了一只什么也没有的箱子，实在不好意思再去掂量王麻子肩上的皮箱，就错误地认为哥哥是一无所有的穷光蛋。直到哥哥出手扶持穷人，他才猛然省悟。但是，他想不到王麻子肩上的皮箱，竟然价值连城。

李志武对哥哥的不满，很快化成了仇恨。他要和哥嫂分锅立灶，不能让他两口子吃白食。分灶是件不愉快的事情，双方是不能当面说的，而是由家族长辈出面说事。

夜里，夫妻俩钻进被窝，李志武推开杜姣姣莲藕一般白的胳膊说：“我要让哥嫂另立炉灶！”

杜姣姣早对李志武不满。自从去年这个丑八怪从陕州城里回来，把第三条腿弄得红肿糜烂，她才如梦方醒，这个丑八怪不但腻她，而且敢在城里嫖妓了。她生气地和他论理，不但论不清楚，反而更加激怒李志武，他不知廉耻地说：“男子汉大丈夫，哪个不是三妻四妾？你以为你还是一朵花儿啊？你都成煺毛鸡了，还要把老子拴在裤带上！是不是逼我娶二房啊？”杜姣姣忍着屈辱，说：“当初是你看中我，打发媒婆到我家求的亲，我杜家可没上门求你吧？定婚那天，是你先说愿意我，我才说的愿意你。洞房夜里，我给你的是不是贞节身子啊？被子都染红了，你的眼睛没瞎吧？你说说，我一个黄花闺女给了你，把你哪一点服侍得不美啊？我还没老，脸盘还没有变成榆树皮，你就嫌弃我啦？你说，你还是个人不是啊！”

平时少言寡语的女人，结婚以来从来没有说过这么多话，李志武不由火起："你这条母狗，今黑地真让老子开眼界了。你嫁给我是黄花闺女不假，可我让你受过委屈吗？一村女人，有几个像你这样吃香喝辣？可你凭啥说我嫖妓啊？逮贼拿赃，捉奸拿双，你是把我堵在野鸡坡了，还是按住我和婊子的沟蛋了？你这只不会下蛋的煺毛鸡……"

杜姣姣为自己没能生下一儿半女内疚。虽然，她感到不一定是自己不行，也可能是男人不行，但她内心深处总是自卑理屈，每当男人拿这事出气时，她总是忍气吞声。明明是男人胡干惹上脏病，却又拿这事儿欺侮她，真是受不了啦！她生气地从被窝里坐起来，靠着影墙说："你丢不丢人呐？你那条中腿都烂得走不成路了，不是最好的证据吗？你还要怎样的证据呢？你说说，哪一个正经女人，能把男人的命根腐蚀成臭鱼烂虾啊？"

李志武不耐烦地说："我给你说过了，那是火气，不是脏病……"

"火气？你哄鬼去吧！你敢不敢让白大夫诊诊？你要不嫌丢人，咱们现在就去镇上找白大夫，如果人家说你是火气，以后你就是在野鸡坡嫖死，我连屁都不放！如果你是烂病……"

"你想怎样？"

男人口气凶狠，她本来想说出一个毒咒，但对男人的依赖和惧怕，使她见风使舵，改变了口气："如果你真是得了烂病，我还能蹦蹦死了不成？嫁鸡随鸡，嫁狗随狗，你就是再缺德，也是我男人，我还要和你过日月。如果是烂病，咱就让白大夫好好看看，看好了别再上脏地方去……"

"放你妈的屁！我以为你要另攀高枝呢！说到底还是我一条打不跑的狗啊！"李志武在女人的光腿上掐了一把，女人疼得尖叫起来，他洋洋得意地说："既然你还知道过日月，就躺下来听我给你上课吧！"杜姣姣躺进被窝，李志武说："我警告你，以后不许再提这件事，如果再提，我就休了你！你别管爷们儿的事情，想管我照样休了你！”

在这种事情上，女人永远是弱者。对男人的依赖和被休的屈辱，就像两座大山压得杜姣姣挺不直腰杆。从此，李志武隔三差五逛陕州城，宿野鸡坡，就像一匹野马，放纵在花丛柳巷。

杜姣姣坚决反对让哥嫂另立炉灶。她奉劝丈夫说：“你这样做是不是性子急了点儿？他们才回来几天呐？大哥在外当官前呼后拥，何时做过自食其力的活儿？还有大嫂，比我还小十几岁呢！瞧她细皮嫩肉的样子，一看就是娇生惯养的人。他俩都是让人侍候惯了的富贵人，另立炉灶她只怕连火都生不着呢！再说，你们是亲同胞连着骨血呐！你这样做，就不怕村里人戳后脑勺吗？”

“闭上你的乌鸦嘴！明明是他们不义，不是我无情！他们宁愿把银子撒向穷鬼，也舍不得给我一个铜板！亲人？我把他们当亲人，他们把我当人了吗？”

“话可不能这样说！大哥不是送你一支小手枪吗？那也值不少现洋吧？大嫂不是送我一件绸衫子吗？你咋能说没有给咱们一个铜板呢？”

“他知道我不喜欢舞刀弄枪，却偏要送我小手枪！说啥要打日本人，真是笑话。日本人还不知道在哪片树林里歇凉呢，他却咋咋唬唬要打日本人！瞧他那样子，巴不得日本人今天就上二道原呢！”

“哥嫂都是见过大世面的人，不像你没见过大天。哥说日本人要来，想必不会错的！”

“你爱听他放狗臭屁！我看他是当官当上瘾了，不弄几个人来管管心里痒得慌！”

“那是你的想法，我看大哥不是那样的人！”

李志武对杜姣姣替哥哥说话，和他不能保持一致很生气，遂醋意很浓地说："大哥没回来以前，你在我面前一点也不敢大声说话。现在不但敢犟嘴了，而且一味地替他说话。你是不是觉得大哥是一朵鲜花，你男人是一堆臭大粪啊？如果是这样，你就跟着大哥过日子好啦，我被窝里卧不下你这盘龙！"

他一把扯开杜姣姣身上的被子裹在身下，把杜姣姣精光地晾在一边。杜姣姣往被窝里拱着，生气地说："你说出这种丧德乱伦的话就不怕电打雷劈啊？有你这样侮辱自己女人和哥哥的吗？你以后别说这种没风没影的话中不中？让外人听见要笑死你的，他们一准说你是条外人也咬，亲人也咬的牙狗！要是让大哥听见，看他不扯烂你的嘴！"

李志武嘿嘿笑道："开句玩笑看把你吓的！我哥是嗦人呐，他会看上煺毛鸡？别看他道貌岸然一副君子相，可比我日怪多了。四十五六的人，却把小她二十岁的兰红玉弄到被窝里，让那只小母羊死心塌地服侍他，你说哥是不是太有本事啦？是不是太缺德了？兰红玉不管咋着和他有代沟，完全可以叫他大大啦！哥哥这条老牛有小母羊滋润着，才充个正人君子样儿，要是没有小母羊暖被窝，他只怕早就成野鸡坡的常客了……"

杜姣姣见他越说越离谱，自知管不住这条牙狗，她唉声叹气地说："你还是积点口德吧，你胡说八道，早晚要吃臭嘴的亏！"

李志武说："好吧，言归正传，还是说说另立炉灶的事儿吧！我想由你出面和嫂子说，最好不让外人插手，能自己解决最好……"

杜姣姣本来就反对这件事，他却让她当炮灰，她立马拒绝说："你想咋疯就疯去吧，别把婆娘做挡箭牌，趁早别扯我！"

李志武说："让你出马是老子看得起你，你不干事情就搁那儿了吗？离了你这只母鳖，地球照样转！"

就这样，李志武让王麻子扎了一个小锅头，逼着哥嫂开口说话。

李志斌对弟弟的寡情很气愤，但他没有理睬。李志武坐不住了，他找到王校长，说要和哥哥分家，请王校长出面，因为王校长手里有父亲留下的分家遗嘱。

王校长私下和李双合沟通，觉得既然志武起心了，还是早日分了好。弟兄俩在一个锅里搅得时间长了，反目成仇不美。

分灶进行得很顺利，李志武一反常态表现得很仁义。他不但完全按照父亲遗愿，把八十亩土地分给哥哥，还把去年受旱灾影响，佃户欠的九千多斤麦子、八千斤玉米，转交哥哥名下。连年大旱，穷人命都保不住，哪有粮食交租子？李志武这样做，不过是送哥哥空头支票顺水人情罢了。他又考虑到来年新麦下来，哥哥没有地方囤积租子，便把崖上三亩空闲宅基地，划出一半给哥哥，让哥哥下一座新院子。他虽然对哥哥不满，但一心希望哥哥像他一样成为财主。毕竟是同胞兄弟，再远也比外人近。

王校长没想到李志武表现得这般通情达理，一场预感比较麻达的分家，却一点麻达也没有就分开了。可是，李志斌的举动更让说事人和李志武惊讶。他接受了佃户欠粮，对宅基地却没动心。他只接受父亲遗嘱上分给他的土地和两孔窑洞，拒绝遗嘱以外的恩惠，并且做了一件所有人都想不到的事情。

李志斌让李双合和王校长在镇上摆下酒席，把欠租粮的二十四家佃户请到街上，当众烧掉欠条，宣布旧债全免，地租减半，他什么时候需要，什么时候交粮。佃户当场下跪磕头，称他是活菩萨。李志斌拉起几个辈分比他大的老汉，指责他们给他下跪是在折他的寿。老汉们说，他们是给恩人磕头，不是给晚辈磕头，上天有眼，会给他加寿。

烙祭灶饼的棉籽油满村飘香。

往年这时候，富家过年，穷人过关。富人忙着要债，穷人愁白了头。今年的小年过得比往年和谐。李志斌免了穷人的旧债、减了明年租子，带动一些开明财主免债减租，佃户和财主的矛盾得到明显缓解。原本准备勒紧裤腰带年关还债的穷人，因免债减租有了白面吃，精神面貌焕然一新。

杜姣姣烙了一大盆祭灶饼，她要分给兰红玉一半，兰红玉却只拿了八个。她知道姣姣是一片好心，但不想因为这个惹事。她风言风语听说小叔子寻花宿柳，心里为杜姣姣抱不平。她不明白贤慧的妯娌，哪一点配不上歪瓜裂枣的小叔子，也不明白人高马大的妯娌，为何在那个矮子面前表现得如此懦弱。她心里虽然不平，但作为刚返乡归来的嫂子，无论如何不能当面指责志武。李志斌对弟弟已经灰心，他认为弟弟已经坏得不可救药。他对兰红玉说，志武这种人不是用道理可以拯救的，他非要碰得焦头烂额不可。

兰红玉劝慰杜姣姣别生气，她说："你睁开眼睛看着吧，善有善报，恶有恶报，不是不报，时候不到，时候一到，一切都报！志武这样作孽，是要得到报应的！"

杜姣姣领嫂子的情，但她不敢惹丈夫，怕他一纸休书不要她。

兰红玉只拿八个祭灶饼，她已经分配好了。饼子足有菜碟大，她有一个就行了。李志斌吃两个、白氏兄弟饭量大些，每人两个半也够了。重要的是她掌握了烙法，她可以下手做了。她已经学会蒸馍、擀面条、炸油饼、做腊八饭、烙油烙馍，还会缝衣服，这些家庭主妇必须会的女工，她都能做了。

杜姣姣并没有让嫂子拿上饼就走，她在教她祭灶神。她和所有农村妇女一样，对神明崇拜得五体投地。她相信神明能给一切富人和穷人带来好运，她害怕不懂民俗的嫂子不敬神明引祸上身，她祈求神明赐一切福与她们。

杜姣姣把三个热饼放在灶爷像下边，拉着兰红玉给灶神磕头。兰红玉说她信佛不信道，杜姣姣说："我也信佛，但没有皈依。嫂嫂也没有皈依，算不上真佛徒。按咱这达风俗，就是皈依佛门也得祭灶神。灶神管着一家人锅头碗勺，是最直接的神灵，咋敢不敬呢?”不容兰红玉分辩，她拉着她跪到地上磕了仨头。从地上起身，她扯下灶神像，要往灶火添。兰红玉挡住她，要过画看着，只见画中灶神头戴花帽，红脸长胡很像门神画秦琼。等她看罢，杜姣姣把灶爷画揉成一团扔到灶膛，神像顿时化为灰烬。

兰红玉不明白，问：“你把灶神火葬了，不怕得罪神灵吗?”

杜姣姣说：“腊月二十三，送灶神去上天。灶王爷天黑上天，天亮回来，明天破晓就贴出新神像了!”

祭完屋里，杜姣姣又打扫院子。毕了，跑进头牯窑端出一筛子谷草撒在院子里，再舀来清水洒在谷草上。然后，洗手洗脸，点响三个双响炮，一挂千头鞭。这才搬出小方桌放到当院，往桌子上放了祭灶饼和香火，跪到地上对天磕头，咕里咕噜说着兰红玉听不明白的话。

杜姣姣表情严肃极虔诚，好像神灵就在身边监视她，心不诚就会遭报应似的。兰红玉不明白为啥要往地上撒草、洒水，这些对她全是谜。杜姣姣起身拍拍手上的泥水，告诉嫂子：“祭灶神时不能大声说话，那样对神不敬，要遭神灵惩罚。撒草、洒水是给灶王爷的马儿吃喝，灶王爷骑着神马上天，马儿在路上要吃草喝水。桌子上敬的饼子，是灶王爷上天路上的干粮。灶王爷上天言好事，咋能让真神忍饥挨饿呢?”

兰红玉是第一次祭灶神，觉得很有意思：“我听懂了，也看懂了。不过，你刚才神神秘秘地念叨些啥呀?”

杜姣姣说：“我在祈求灶王爷上天言好事，下界保平安呀!这是祭灶神的根本啊，人人都这样祈求呐!”

“上天言好事，下界保平安”，原来是出自这样一个典故呀!兰红玉对这句话并不陌生，但对这个典故却是第一次听说。

兰红玉准备亲手烙祭灶饼。可是，天擦黑时，家里来了一群女人，都是送祭灶饼来的。

李志斌宴请佃户减免地租，佃农感激他，东家送来面粉，西家送来麦子，足够他们吃两年了。现在，他们的女人又送来祭灶饼。兰红玉不肯收，女人们不由分说，报过自家男人姓名，放下篮子就走了。

女人们走后，兰红玉叫来杜姣姣，问那些女人都是谁家的。杜姣姣一一告诉她女人和女人男人的姓名，兰红玉一一记在本子上。山里人厚道，她觉得心里暖暖的。看着一篮篮祭灶饼，她仿佛看到乡亲们一颗颗诚挚的心。

海阔凭鱼跃，天高任鸟飞。丈夫在家乡的土地上扎下根了，他的抗日热情和设想，就要在民众中掀起高潮，兰红玉真为他高兴。

第七章

冬至以来，气温一直徘徊在摄氏零下十度左右。原野、山峦、沟壑里到处是白皑皑的雪光。

从地图上看，三道原是秦岭余脉延伸到陕州境内由南向北呈"山"字形展开的三道小平原。由于黄土高原由西向东蔓延的缘故，古人亦从西向东称三道小原为头道原、二道原、三道原。头道原张汴原和三道原东凡原的面积差不多，二道原面积相当于它们的总和。站在三道原放眼眺望，一条峡谷长蛇般从秦地绵延过来，黄河就在峡谷里流动。由于陕州地势高于秦地渭南，河水到此流速缓慢，显得十分温驯。

这时候，陕州城里除过房屋废墟盖着积雪，道路已清理畅通。这座洛阳以西，西安以东最大的古城，经历敌机轰炸之后，依然萌生着生机。古城东有崤陵之险，西有函谷之固，南有甘山屏障，北有黄河天险，地势险要，实为历代兵家必争之地。

卢沟桥事变以后，蒋委员长发表庐山讲话："我们希望和平，而不求苟安；准备应战，而决不求战。我们知道全国应战以后之局势，就只有牺牲到底，无丝毫侥幸求免之理。如果战端一开，那就是地无分南北，年无分老幼，无论何人，皆有守土抗战之责，皆应抱定牺牲一切之决心……"

讲话发表后，全国掀起备战抗战热潮，从前线到后方，一切可用之砖石木椽，不管民用还是公用，只要能阻挡鬼子的铁蹄侵犯，或捐或拆都用到抗日上了。

陕县官员动员数万民众拆城墙，支援河防军筑工事，从一九三八年九月始，到十一月止，雄伟恢宏的陕州城墙被扒得一片狼藉。拆下的几千万块大砖，全部被运到河沿上建碉堡。延续两千多年的陕州古城，仿佛一只煺毛鸡，三面光秃，一片荒凉，要多难看有多难看。

如果拆掉城墙楼阁修筑碉堡能够阻挡日军铁蹄进犯，也不失为上策。中华民族到了危急关头，人都活为鱼虾了，何言一砖一木？可是，一九四四年爆发的河南战役，数十万国军被几万日军打得狼狈溃逃，陕州守军放弃阵地全部西撤，使隔河相望的山西日军，轻而易举地渡过黄河，占领了陕州城。可惜河沿上用祖先文化遗产构建的工事，没有派上一点用场，就转手成为日军的堡垒。

祭灶这天，李志斌、李志武兄弟俩分别进了陕州城。彼此不知道对方行踪，下原目的也不相同。李志斌是会朋友，李志武是到野鸡坡嫖“绿钢皮”。

李志斌带着白玉娃一同进城。他收留白氏兄弟二人后，弟兄俩就成了他的贴身护卫。他吃啥饭，他们吃啥。两孔窑洞，他夫妇一孔，兄弟俩一孔。他们盖的是夫人缝制的新被子，穿的是夫人做的新棉衣。干的是扫院子、挑水、打柴、喂马活儿。李双合见李志斌住的地方窄狭，就把马儿牵走，和他的黑骡一块儿喂养。白玉娃来后，喂马的活儿就由他干了。

大男人干喂马活儿，白玉娃实在不愿意，就对李志斌说：“东家，你不能让我吃闲饭啊！我得干活，我要种地！”

李志斌说：“地都租人了，你喂好马儿就是！”

白玉娃想想说：“我住李保长头牯窑里吧，保证把马儿喂得滚瓜溜圆！我一个下人，和东家一样吃住，还是下人吗？别人以为我是二掌柜呢！”

李志斌笑笑：“谁说你是下人？你就是二掌柜啊！”

白玉娃连连摆手：“李专员真是折杀我了！命是你给的，又把我当人看，我常以不能报答感到惭愧。我吃几斤几两，自己心中有数。我这就去李保长头牯窑里住，你这样待下人，我受不了！”白玉娃抱着铺盖卷儿要上崖。

李志斌拦住他说：“你以为我白养你吗？”

白玉娃莫名其妙地看着他。

李志斌问：“你会打枪吗？”

白玉娃说：“会打土枪，在老家打过兔子。虽然没有打过快枪，但看过中央军打靶，知道打步枪缺口、准星、靶纸三点要成一条线。我还会定标尺，二百米标尺二，三百米标尺三……”

“你弟弟呢？”

“去李保长院里喂马啦！”

“我是说他会不会打枪？”

“他也打过土枪，没打过快枪，不过会推碾子就会推磨……”

“好！你俩到自卫队去，跟着王教官学射击。国难当头，正是英雄施展本领之际。我不要你当农民，要你当英雄。你若能练成神枪手，就是对我的最好报答！”

自卫队已经发展到一百三十多人，这与李志斌减免地租关系很大。穷人都听他的号令，青壮年踊跃入队。现在，民军拥有步枪七十五支，手枪十支，轻机枪两挺。武器分别来自盛子才给的二十条七九步枪，财主捐出的三十条老套筒，李双合、李志荣、李志龙捐十支手枪。这仨人跟着李志斌学会打手枪，就迷上了短枪，各自花大钱从兵痞手里买下几支驳壳枪。李志斌捐了四支勃朗宁手枪。他带回来六把手枪，一把德国造二十响驳壳枪送了盛子才，换来那匹伊犁马。一把“马牌”撸子送给李志武，想让弟弟和他一心建自卫队，没想到这个孬货和他唱反调。两挺轻机枪和二十五条步枪，是李志斌让李志荣在陕州城里用金条从黑市套的。现在还有几十名队员没有枪，他正在想办法。

李志斌近来经常梦见在冀南战场，鬼子的铁甲车横冲直闯。老百姓拖儿带女在大平原上奔跑，坦克冲进人群，履带下边血肉横飞。日本兵端着明晃晃的刺刀，戮杀倒在血泊里的人们……半夜醒来，他心活得难以入睡。

尽管他断定，鬼子迟早要打过黄河，但仍有少数人认为日本人不敢过黄河。他一方面加强对自卫队进行形势教育，增强民军的敌情观念，强化忧患意识。另一方面加强军事训练，要用最短时间让民军掌握军事技能，提高单兵作战能力和部队整体战斗力。

他非常赏识王怀德。在他离开盛家村第三天，王怀德就带着两个教官，把枪支弹药送上了二道原。李志斌得到王怀德，如虎添翼。他抽出身来，带着李志龙奔走在陕州、洛宁两地购买枪弹，王怀德则把自卫队编为五个小队，狠抓军训。

一天下午，李志斌去操场看队列操练。王怀德穿着崭新的保安团军装，戴着白手套，手里提着马鞭，喊着口令，指挥大家左转、右转、向后转，齐步、正步、跑步走。队员们听从口令，步调一致，队列整齐，如果他们穿上军装，与正规军没有什么区别，李志斌非常高兴。

看罢队列操练，他又看了有依托打靶。队员们趴在地上，把步枪支在土堆上，每组七人，打一百米外的靶标。教官躲在靶场旁边的窑洞里，每组打毕，就出来验靶、报靶。王怀德对打得好的不予表扬，对打在七环以下的队员抽鞭子。第三组队员就位后，一个年轻人被虱子咬得难受，他只顾抓痒没有按时射击。王怀德提着马鞭走过去，狠狠地抽他。那人躲着马鞭，口里连连说道："该死的虱子……虱子……"王怀德收住马鞭，骂道："你这头蠢猪！如果在战场，子弹早把你的猪头打开花了！”

白玉娃、白玉蛟各打三枪。白玉娃打出全队最好成绩，两发十环一发九环。白玉蛟仅次于哥哥，两发九环，一发十环。王怀德又特意让兄弟俩展示无依托打靶，二人都打出九环以上的好成绩。

李志斌高兴得拍着白玉娃的肩膀说：“你就是耍枪杆的材料！”

白玉娃也高兴地说：“李专员对我这么好，打不出好成绩愧对恩人！”

李志斌说：“你的步枪打得不错，不知手枪如何？”

白玉娃说：“我没有打过手枪，但肯定能打好。我说过，会推碾子就会推磨！”

李志斌从口袋掏出撸子，说：“手枪不比步枪，只要遵循三点一线要领就能打好。手枪射击精度没有步枪高，要练成高手，必须下苦功！”

李志斌演示了手枪射击要领，要求白玉娃带着弟弟，每天晚上在窑底后边摆上香炉，对着香火练瞄准，一炷香尽才能下枪。白天，他们坐在河边的沙坑里，手抛石块，对空瞄活靶，每天练枪六小时。

半月后，李志斌检查二人功课。二人持枪瞄准一小时，手不软气不喘。他发给每人三发子弹，打二十步外的香头，结果枪枪命中，无一脱靶。

第八章

李志斌骑着伊犁马儿、白玉娃骑着黑骡子从东门进城。他在陕州中学念书时，城墙上的楼阁雄伟壮观，他和盛子才经常登高，欣赏城中美景，抒发胸中志向。

现在城墙被拆，州城就像被人剥去衣服的男人，毫无遮挡地展现在眼里，实在很丑。城墙遗址上残砖废土铺排在地，一群肋骨暴露的野狗，在废墟上刨寻食物。一条黄毛牙狗翘着一条腿在撒尿，旁边一条白母狗蜷着后腿，把腰努成弧形拉屎。李志斌的心情蓦然沉重起来。他不知道盛子才是怎么想的，这么好的古城建筑，先人留下的文化遗产，怎么可以在他手里毁掉呢？如果毁掉祖先留下的青砖大瓦修建工事，可以抵挡日军进攻，那么，万里长城不是完全可以阻挡日军铁蹄于关外吗？糊涂啊！他在心里埋怨盛子才。

李志斌把马寄养到一家骡马店里，二人厮跟着往城北走去。

陕州城被敌机炸得百孔千疮，道旁被炸折的国槐，树顶让人拉走当柴烧了，半截子树桩杵立着，露着骨头一样白的劈茬儿，活像被砍掉脑袋和四肢的半截人身。商业街、居民区到处是倒塌的废墟和弹坑。今天是遇难者五七祭日，满城都是身穿孝服手提丧棍的孝子。孝男们扛着铁锨、提着纸笼和女眷一道去上坟，他们前边走着，女人跟在后边哭丧，音调抑扬顿挫长短有致。这是祖先传下来延续上千年，乐感很强的哀歌。哭词的大意是：我离不了的妈啊或大啊、我那可怜的妈啊或大啊，我再也叫不应的妈啊啊啊……如果死者是晚辈，长辈多在家里哭，不去上坟，哭词大同小异。日机造成众多死亡，五七又是七数里的重要祭日，一群群孝队走在街上大哭小号，陕州城简直是一座丧城。

乞丐们腋下挟着打狗棍，怀里揣着豁口碗，两手袖在吐着棉絮的袖筒里结伴走着，敏感地扑捉着饭馆里进出的食客，瞅准机会上前讨食。如果不给，他们就像水蛇一样缠着不走，食客不得不往要饭碗里挑上一筷子面条或扔进一块烧饼。

乞丐都是来自豫中、豫东的可怜人。日军攻占徐州后，蒋委员长为保中原下令炸开郑州花园口，企图以水代兵，结果造成数十万人死亡，无数难民西逃，陕州城乡到处都是乞丐。

李志斌今天要和两位匪道厉害人物秘会。月前，他让李志荣、李志龙送信给罗大炮、王铁手，约好腊月二十三中午十二点在钟鼓楼上相会。

李志斌来到北大街钟鼓楼下才十一点，他让白玉娃到羊角山“古城饭店”准备酒席，独自登上了钟鼓楼。

钟鼓楼是州城中最高古建筑。凭高眺望，二百米外宝轮寺塔拔地而起，众多信徒在塔下焚香磕头。

这是风和日丽充满平安气氛的一天。人们对死亡已经麻木，在他们脸上看不到哀伤和恐怖。日本人打炮时，他们藏起来避炮。炮击停止，照样逛街、做生意、嫖妓。至于死人，就像日落日出一样成为习惯。悲痛时哭一哭，然后笑容又挂在脸上。死者已脱离人世苦海，活人还得在苦难中受煎熬，从某种意义上说，死比活着更好。悲痛让人心智麻木，大家相互安慰着，好好活着吧，悲痛只能徒劳无益地折磨自己！日本人的炮弹没长眼睛，今天落在死去的人头上，明天说不定就落在自己头上。战争使人的观念也发生了变化，就连那些守财奴，也知道大把花钱了。有钱人除了备好逃亡路上足够使用的现洋，大把存钱都拿出来吃肉喝酒。不怕一万，就怕万一，万一炸弹丢到自己头上，钱就成为粪土。

平日不正干的男人更是放荡不羁，他们没白没黑地泡在鸡足山下赌城和烟馆。平时还注意点品行，偷偷摸摸进出野鸡坡的嫖客，变得胆大如虎，一点脸面也不要了。他们大摇大摆地出进花窑，把现洋花在从苏杭过来的一两金、小白鞋、绿钢皮三个名妓身上。熟人碰面也不再像过去那般搪塞，彼此打着招呼："你也来啦?""兴你来，就不兴我来?"相互笑笑，各自去寻喜欢的婊子。那股自然劲儿，就像人们见面相互问候"吃饭了没有?""吃了"或者"还没吃"。罢了，一个个像被抽了筋似的无精打采地从鸡窝里出来，喝着烧酒，不知羞丑地谈论嫖过的婊子身上多么白，骄傲地拍着胸膛说，就是让日本人一炮打死，也值：吃了、喝了、日了，死了不亏!

阳光灿烂，城里既没有常见的迷茫冬雾，也没有黄土沙尘。一群斑鸠，扇动着轻盈的翅膀飞出丛林，降落在宝塔上。可爱的鸟儿瞪着绿豆一样圆的小眼睛，俯视着人们。在这些飞鸟心里，人类和它们是友好共存的至善精灵。可是，日本人的炸弹让它们受到杀伤。鸟儿从此认识了人类的凶残，对人类保持着提防。

钟鼓楼下来了几个穿大裆裤、黑棉袄，头戴黑脑包的男人，他们袖着手在楼下转悠着。李志斌数了数共六人，凭直觉断定是罗大炮的人。他从那些人的脸上，看得出都是些吃匪食，被不义之食滋润得很有精气神的土匪。他们表面上和老百姓没有两样，但棉衣下边别着短枪。他们是浮在水面上的小鱼，大鱼都沉在水底。只有水面上没有危机，大鱼才会露头。

一对穿戴不俗的男女挽着胳膊，在众目睽睽之下旁若无人地向钟鼓楼走来。他们后边跟着两个身材高大的汉子，分明是保镖。男的一米七以上个头，脸色白皙身材匀称，不胖不瘦，身穿灰色皮大衣，头戴三耳皮帽，戴黑皮手套，脚蹬米黄色长套马靴。女人身材苗条，脸庞白里透红，十分漂亮。她穿着玫瑰红狐皮大衣，戴紫红手套。头上包着淡黄色围巾，一端搭到腹部，一端搭到后背。黑色长筒皮靴遮在皮衣下边，皮衣下摆随着脚步呼呼扇扇地摆动。她目中无人地搂着男人的胳膊，俨然是一对至爱情侣。女人如此张扬，惹得路人瞠目相视，他们却视若不见。

这对男女登上城楼，女的走到一边观景，男的走到李志斌跟前，冲他微笑着。李志斌见他右眼窝长着一颗黑痣，认出他是罗大炮。

李志斌没有惊喜，官场生涯使他的性格变得冷漠而沉稳。再大的喜事，他心里就是燃着一把火，也不会喜形于色；再大的悲苦，把牙齿咬碎也不会让愤怒挂在脸上。

罗大炮以为李志斌没有认出他来，提醒说："三十年前，在李家村念书，一个财主子弟，总是拿白馍让我吃，李专员可曾记得？"

李志斌道："你不就是陕州名匪罗大炮嘛！有漂亮女人搀着我没认出你，离开女人就是烧成灰我也认得！"

罗大炮嘻嘻笑道："二十年不见，一见面大哥就骂我土匪……"

李志斌纠正道："不是土匪，是名匪，著名土匪！"

罗大炮说："别人叫我土匪我认，大哥叫我土匪听着别扭！"

李志斌板着面孔："陕州偌大地盘，有几人敢干绑票祸民的事情？你自恃武功高强，欺男霸女，还没把坏事做绝吗？"

罗大炮听着话头不对，阳光灿烂的脸刷地就拉长了："我冒着风险应约进城，你先来个下马威！你是官，我是匪，咱们虽有交情，却不同道。如果不是我把哥哥装在心里，别说你一张烂纸就能让我来见，就是八抬大轿也难让我下山！说吧，你是要绑我送官，还是要亲手正法？你若下得去手，我罗大炮连眼也不眨！"

李志斌呼哧一笑：“看把你吓得那个㞞样！看来你还是知道世界上有羞丑二字呀！我也听说你做过不少济贫扶困的善事，功过相抵，你还不至于无药可救……”

罗大炮紧绷的脸皮舒展了：“我就说么，李专员再无情，也不至于见面就取我脑袋吧！”

在他们说话的时候，一个头戴黑色栽绒棉帽，上身穿黑色洋布对襟棉袄，下身穿黑洋布大裆棉裤，打着灰色裹腿，佝偻着腰的背锅上了钟鼓楼，径直走向站在西墙头的女人。他一定是把女人当鸡了，因为像女人这般打扮洋气，只有野鸡才会。野鸡多是年轻女人，她们不愿在妓院受罪，一心想找有钱男人养着。

不知什么时候起，钟鼓楼上经常出现穿戴奢侈的年轻女人。只要单身女人出现，必然有衣着得体的男人跟着出现，他们经过短暂交谈，就会成交。背锅认定女人是鸡在寻生意，他向她伸出三个指头，是牲口交易市场捏指头的手势，表示三块现洋来一盘。女人冷冷地看着他，背锅以为她嫌少，不停地变换着指法，最后把拳头伸到她面前，把食指弯成钩，意为九块钱，这是行里的高价钱。女人突然喷了背锅一脸唾沫，怒容满面地羞辱道：“也不尿泡尿瞧瞧你那嘴脸，长着一脸驴毛，还想偷吃马料！”

背锅受到猝不及防的污辱，恶狠狠地说：“你这条母狗，看着人模人样，性子倒像牙狗一样凶！就凭你吐老子一脸唾沫，我非要把你骑在胯下不可！”他伸出精瘦、指头像鸡爪子一样的手抓住女人的胳膊要耍野，突然一件硬邦邦的东西顶在他的腹部。他连忙松开手，女人手握撸子怒目而视。两条黑衣大汉，从楼下飞奔上来抓背锅，却被背锅三拳两脚打翻在地。黑衣汉子伸手掏枪，却见背锅手里两把左轮指着他们。背锅出枪之快，实在罕见。

双方正在对峙，身后响起罗大炮的声音：“都把家伙放下！”

背锅连忙收枪，惊讶地说：“二哥咋进城来了？”

罗大炮说:“有人约我，哪敢不来?”

罗大炮指指李志斌，王铁手没认出来。他看看女人，问:“敢问二哥，这位女侠是哪路英雄?”

罗大炮说:“你可曾听说过山里红的名号?”

王铁手惊讶地说:“她就是山里红?”

山里红脸若冰霜:“你这条骚虎，要不是罗哥说过他有个背锅兄弟，我早把你的锅打碎啦!你这个丑鬼!”

王铁手嘻嘻笑道:“久闻山里红容貌如花，果然名不虚传!如果能与女侠共眠一宵，死在你枪下也不后悔!”

山里红骂道:“骚虎蛋，早晚要死在女人裆下!”

罗大炮道:“她现在是你二嫂，哥哥的女人，你休再满嘴喷粪!”

王铁手冲山里红抱拳致歉道:“原来是嫂夫人啊!真是大水冲了龙王庙，一家人不认一家人!王铁手再好色，也是色出有道!既然是二嫂，就是仙女下凡，我也不敢枉生邪念!二哥二嫂，兄弟这边赔礼了!”

罗大炮笑笑说:“我知道你这只兔子从来不吃窝边草!”他指着李志斌说，“你真的不认得他了吗?”

王铁手看看站在一边和白玉娃说话的李志斌，疑惑地摇摇脑袋。

罗大炮说:“他是志斌大哥啊!”

王铁手再仔细看看，说:“你不说，我还真的认不出来呢!”

李志斌先下了城楼，白玉娃过来对二人说:“李爷请爷们到古城饭店一叙!”

古城饭店，是一幢建在太阳渡岸边，依山傍水的仿古式小楼，李氏开的百年老店，经营的牛羊肉味美色鲜闻名遐迩。军阀、匪首、政客、地痞、乡绅都以吃过此店的烤全羊为荣。

日本人占领黄河北岸，隔三差五往这边打炮，食客锐减，饭店生意惨淡。李志斌选择这里做聚会地点，他认为最危险的地方也是最安全的地方。他那两个兄弟都是豫省通缉的重大案犯，安全至关重要。

李志斌先一步来到预订好的古城雅间。前些年探亲时，盛子才设宴接待他时就在这个雅间，有意思的是白玉娃预订的也是古城雅间。他对这个房间记忆犹新，一切如旧，只是墙壁上多出一幅盛老爷子手书的“百年老店，童叟无欺”装裱横幅。陕州城的书家都是些故作清高唯利是图的贪婪家伙，他们相互吹捧，你说他是王羲之，他捧你为颜真卿，以此抬高身价，把本无正价的书法价格涨到天上去，从而牟取暴利。实际上，他们都是些三流书匠，别说走出豫省，连洛阳都走不过去。

盛老爷子是真正的陕州第一笔，人品像他的字一样可贵。他除过给诸如戏楼、学校义务题字，从不卖字，从不让他的墨迹染上铜臭，所以在商业场所很少见到他的手迹。

跑堂提着茶壶进来，见李志斌在赏字，殷勤地说，这幅字是老板求盛县长请盛老爷子写的，分文没掏。

王铁手进屋就向李志斌抱拳致歉：“大哥这一身打扮，十人见了九人当你是账房先生呢！小弟一时眼拙没认出来，给哥赔礼了！”

李志斌笑道：“你认不出我，我可认出你了，你背上那口锅，就是金字招牌！”

罗大炮取笑道：“兄弟，别看你长着一双劈砖开石手，却没有锅名气大，你干脆改名叫王背锅好啦！”

山里红道：“你还有闻香识女人的臭本事，叫骚虎头也挺好！”

王铁手不红不白地笑道：“锅是父母给的谁也不埋怨，说我是骚虎头，可有点冤枉。如果我身边有个像二嫂这样漂亮的女人暖着，我也会一心一意浇灌这朵花哩！反过来说，如果二哥没有你滋润着，他只怕比我还猴急呢！”

李志斌制止他们说："别再逗嘴，都入坐！我可是诚心诚意请兄弟喝酒，都把本事使到酒碗上，别耍嘴皮子！"

罗大炮说："咱仨可是结义弟兄！二十多年来，我和铁手肯见面，和大哥一面也没见过！原因嘛很简单，哥是官，我为匪，走的是两股道。如果今天不是大哥相邀，我还以为哥哥早把兄弟忘了呢！"

王铁手道："二哥说得对！大哥是执政一方保民平安的官员，我等是祸害一方、人人喊打的过街老鼠。哥没抓我们就够意思了，我哪有脸去见哥呢？那天接到大哥的书信，相约一聚，我才知道哥哥还记着兄弟。不过，我不知大哥也约了二哥。我的活动地盘多在陕州城里，二哥在三道原一带。他是啸聚山林的混世魔王，穿山钻林是他的本事，但进到城里就成旱鸭子了。他今天能来，我真是没想到！"

酒菜上齐了。白铁皮肉盘里放着一只分解成块的烤全羊和切肉刀具，外加一盘酱牛肉。这是古城饭店的两道特色菜。再配上油炸花生米、咸鸭蛋、黄河鲤鱼、干炸河虾和烈度西凤酒，便是一桌上等酒席。

跑堂殷勤地斟酒，李志斌赏他两张法币，把他打发走。跑堂走后，他向大家介绍了白玉娃。

罗大炮对李志斌说："山里红是洛宁杆子头，手下有一百二十号人，长短枪八十多支。三个月前，因驻军在她的村子里糟蹋妇女，她就灭了那个排，把排长的人头挂在槐树上。中央军出动一个营围剿她，两个回合下来，她就剩下二十个人了。我接到她的求救信，火速前往，才救她一命。后来中央军剿我，我就上了甘山。那山大啊，方圆百里山山相连林木蔽日，我们钻进山来，就如鱼跃大海虎归南山，中央军连屌毛也找不到一根，瞎折腾一阵滚蛋了！现在，我有四百多人马，使不完的钢枪，中央军想剿我们，真是赖狗吃日头，门儿都没有！"罗大炮讲到兴处，眉飞色舞，手捋胡须嚯嚯大笑。

王铁手道：“我就纳闷了，豫西女侠咋会无缘无故成了我的二嫂呢？原来二哥上演一出英雄救美，美人以身相许的好戏啊！”

山里红在王铁手脊背拍了一把，道：“臭背锅，少满口喷粪！”

罗大炮得意地说：“你说的没错！山里红向我求救时，条件是嫁我为妻。我这叫兵马未行，情事先定！”

山里红解开黄头巾，露出瀑布般的秀发。她瞟一眼故意卖弄的男人，道：“你不说谁当你是哑巴啊？有你这号得了便宜还张扬的臭男人吗？”

罗大炮余兴未尽，继续着话题：“别害羞，咱俩的事对任何人可以不说，对我最好的兄弟不能不说。她对我有情，我不能没意。我向她起誓，她只要做了我的女人，我绝不再找别的女人。内当家，你汉子说话算数吧？”

山里红心里得意，嘴上却说：“明里没发现，谁知你暗地里有没有？男人十有九贼，你也好不到哪儿去！”

罗大炮嘿嘿笑笑：“你这不是昧良心说话吗？如果你这样认为，我可真要去野鸡坡疯两趟了！”

王铁手对山里红挤眉弄眼地说：“二嫂别怕，如果我二哥起了歪心，你就跟着兄弟走吧！你如果嫁给我，我决不再沾别的女人。要是我做不到，任凭你点天灯！”

山里红又在那口锅上拍了一掌，嘻嘻笑道：“我们夫妻说话你插啥嘴？想占嫂子的便宜，等到日头西出驴长角吧！”

李志斌见玩笑开得差不多了，端起酒杯说：“为咱们兄弟相聚，干杯！”

众人连干三杯，李志斌带头下手吃烤羊肉。

罗大炮掂着一块烤羊腿，啃了几口，端起酒碗敬向李志斌：“大哥这些年名为做官，实乃在刀尖上滚肉。今日能平安归来，乃是祖上广积阴德，兄弟们大幸也！我给哥哥敬酒了！”

李志斌示意他放下酒碗，说：“二位兄弟、弟妹！大哥虽然从政为官，但时刻没有忘记你们。只是我为官员，你们为悍匪，又身处外地，来往更难。常言说官匪一家，但我是官匪不容。大哥当官，是党国委以重任，民众寄予厚望。如果昧掉良心与匪为伍，上对不起党国，下愧对黎民百姓，与禽兽何异？我曾痛恨你们不走正道，但你们毕竟是我的好兄弟，故无时不念。现在，倭寇犯我中华，杀我同胞，辱我姐妹，正是男儿保家卫国之时，如果你们还以打劫为业，祸国殃民与倭寇何异？”

沉默片刻，罗大炮说：“哥哥的话没错！我相信哥哥不会和土匪勾结，也不会当贪官。你没有忘记兄弟，兄弟也时常挂心哥哥。抗战以来，陕州饱受旱灾、蝗害之苦，粮食连年减产，去年几乎颗粒不收。穷人都揭不开锅了，可是政府的税粮不但不减，还以抗日为名往上加码。去年田赋征实达到每元折合十五斤粮食，这个数是过去的三倍多啦！税赋如虎，这不是要命吗？如果让老百姓砸锅卖铁，能把日本人赶出中国，老百姓会去做。古往今来，外强也好，内盗也罢，打过来打过去，受害最大的是谁？老百姓！抗战也不例外，老百姓出钱出粮养着官员，养着军队，可这仗打成狗屎了！军队抵挡不住溃了跑了，小日本的铁蹄下踏的是谁？老百姓！日本人从东北一路打到咱们豫西，还没有过黄河，赋税就像大山一样要把老百姓压死了！如果国军再抵挡不住鬼子进攻，中国非灭亡不可！”

王铁手点上一支烟抽着说：“二哥说得对！国军简直是泥捏的，碰到日本人就跑，哪一仗倒霉的不是老百姓？道貌岸然的政府官员，哪个不是男盗女娼？就说盛子才吧，好色贪财，迟早我要点了他的天灯！”

李志斌认为盛子才是个不错的官员，虽然也听到一些关于他的风流韵事，但他认为那是小节。于是，他替盛子才辩护说：“不管铁手和盛县长之间有多大怨仇，我不许你动他一指头！他是有不少毛病，但也有明显优点。在田赋征实上，老百姓对他意见大，甚至抗粮。可平心而论，作为地方官员，他愿意加重百姓负担吗？愿意得罪自己的子民吗？他不征不行啊！陕县境内几万驻军要吃喝，作为县长他难啊！他在抗日上，做得还不错。国难当头，只要抗日不当汉奸，就是团结对象！你们明白吗？”

王铁手不服，但面对李志斌严肃的目光，只好说：“服！”

李志斌说：“弟兄们都是明理人，今后不许再提收拾盛子才！”

罗大炮见李志斌不肯喝他的敬酒，一气喝干说：“兄弟先干为敬，大哥能不能听我说两句？”

李志斌：“讲！”

罗大炮绷着脸说：“听大哥的话意，你和姓盛的是不是比我和三弟还亲啊？”

李志斌说：“如果论抗日，你们都是我的好朋友，如果论弟兄，你俩才是我的好兄弟！”

罗大炮脸上堆着笑容：“说得好！我以为大哥官官相护呢，原来在你心里，我俩比姓盛的重要啊！”他斟满一碗酒说，“为咱们弟兄情义海枯石烂不变心，干杯！”

几只碗相碰，发出一片叮当响。

放下酒碗，王铁手抓起一块羊腿啃着。山里红用餐刀扎起一块肉，送给只顾斟酒很少说话的白玉娃。老乡相见生也成熟，白玉娃也不推辞，接过肉吃着。

山里红两碗酒喝下，脸蛋被酒精烧成了晚霞。她端起酒碗敬向李志斌：“弟妹给大哥敬酒了！祝大哥大吉大利，万事如意！”

李志斌推辞道：“我召弟兄们到此，实乃有事相求，理应我先敬大家才是！”

罗大炮说：“我知道你没大事不会打动我们，你就喝了弟妹的敬酒吧！喝下这碗酒，你让我上刀山下火海都成！”

李志斌接过酒碗，说：“既然你们喧宾夺主，我也无话可说。

哥哥虽然不胜酒力，但弟妹的酒必须喝！”

李志斌连干两大碗，脸红成了猪肝。白玉娃要替酒，他说：“我弟兄仨喝酒，从来不许顶替！”白玉娃只好作罢。

李志斌喝下第三碗，把酒碗翻过来亮在头顶。

大伙都说：“好！”

他示意白玉娃斟酒，白玉娃不想让他再喝，说：“司令别喝了，平时没见你喝过这么多……”

李志斌说：“叫你斟酒……你就……倒，平时是平时，能和我们三兄弟聚会相比吗？”

王铁手见他有了醉意，劝道：“大哥就以茶代酒吧！论文化你比我们深，论喝酒不行，你别硬撑啦！”

白玉娃见王铁手发话，把端起的酒壶又放下来。

李志斌瞪着他说：“你今天咋啦？是不是见了他们，就臭味相投，匪性大发，想重操旧业啊？”

白玉娃不敢犯犟，只好拿起壶倒酒。

李志斌端着酒碗说：“大哥干了三大碗，也不能冷落你们！我敬你仨每人三碗，先敬女士！”

山里红连忙站起来道：“不瞒大哥，我也就二两酒量。初次见面又不能不喝，只好打肿脸充胖子。现在头都大了，再喝就趴下啦！”

罗大炮替夫人开脱道：“她真的是二两酒量！”

李志斌说：“我信！弟妹就喝下这一碗吧！”

山里红见他这么说，就一饮而尽，放下酒碗道：“谢大哥手下留情！”

白玉娃连忙斟酒。

李志斌端起酒碗，对罗大炮说：“弟妹酒量不行，她剩下的两碗酒由你代劳！”

罗大炮嚷道：“是你准许她喝一碗的，你俩的事与我何干？

哥哥不是存心整我吗?”

李志斌说:“既然是我俩的事,谁要你插嘴啊?”

“我没插嘴!”

“没插嘴?是谁说山里红真的是二两酒量呢?”

“这也叫插嘴啊?”

王铁手说:“你就喝了吧!君让臣死,臣不得不死。大哥就是咱俩的君,他的话你敢不听?二哥找死啊!”

罗大炮干了两碗替酒,李志斌又让他喝了三碗敬酒。罗大炮嚷嚷说,哥哥不讲理。

李志斌不予理睬,依次敬了王铁手和白玉娃各三碗,然后才扯上正题说:“趁弟兄们还没醉酒,哥有两件事情和你们商量!”

大家啃着羊排,认真听着。

李志斌说:“第一件事,日本人就要打过来了,不知你们有嗦想法?”这一阵子,他的口音慢慢本土化了,最常用的“啥”字,也变成“嗦”字。

罗大炮说:“黄河沿上中央军多得像蝗虫,日本人能打过河吗?就是打过来又能咋着?我钻我的山林,小鬼子能把我咋样?在我的一亩三分地上,中央军、保安团灭不了我,小日本照样不能把我咋着!”

王铁手抽着烟,洋洋得意地说:“我是官府悬赏两千大洋的飞贼!他们连我的尿毛都没有抓住一根,日本人照样抓不住我一根尿毛!”

李志斌呸口唾液,骂道:“都是些缩头王八,充嗦好汉?平时偷鸡摸狗,日本人要来了,还想继续当缩头王八?这就是你俩的能耐?王八蛋!”

“哥哥这话说错了!如果黄河沿上的国军都干不过日本人,让我们这几百号人上去,不是拿着鸡蛋砸碌碡吗?”罗大炮不服气地说。

李志斌说："几百人当然不行，十个几百呢？一百个几百呢？"

罗大炮说："大哥有嗦想法，直说吧！"

李志斌说："想必你们听说了，我拉起了抗日自卫队，眼下有一百多人，八十多条枪。这点力量的确很弱小，我想把你们拉过来拧成一股绳。一旦开战，仨兄弟共同打鬼子！"

罗大炮想了想说："哥哥的话虽然在理，但毕竟你是官我为匪。跟了你，不是给你带灾，就是给我惹祸！这事暂时不做为好！"

王铁手和山里红赞同地称："是！"

李志斌说："自古乱世出英雄，我是想带你们走一条正路。土匪有嗦好下场？注定是身败名裂，殃及子孙！蒋委员长说战端一开，地不分南北，年不分老幼，无论何人，皆有守土抗战之责，皆应抱定牺牲一切之决心！这无疑是给你们指了一条明路，只要你们抗日，政府不但不会难为你们，还会接收你们，改编你们为正规部队……"

王铁手拔出嘴里的烟头扔到地上，说："政府说话如放屁，干卸磨杀驴的事多了，靠不住！"

罗大炮说："政府用着你时，不管你是贼是匪，能用不能用都用。用不着你时，就龇牙咧嘴要吃你！卸磨杀驴、过河拆桥，是政府的能耐，我才不干这种傻事！不过哥哥放心，日本人真要打来，我的人马任你调遣。现在要我拉过来，对你对我都不利！"

王铁手说："我的意思也是这样，真要开战，我随时听候大哥召唤！"

李志斌要的就是这个结果。他何尝不知现在拉队伍时机不到。他是想摸摸他们的心思。毕竟二十多年没见面了，二人变成怎样的人，他心里没底。现在，他们做出了承诺，他的心也落在了心窝。

他端起酒碗，说："凭你俩这番话，哥干了这碗酒！"

放下酒碗，他说：“第二件事，我现有一百三十人，只有八十支枪，你们要帮哥一把!”

“没问题！三天后送哥哥五十条枪咋样!”罗大炮拍着胸膛说。

李志斌大喜，他亲手给大家倒满酒，说：“我们三人少年结义，肝胆相照，虽非一母同胞，却胜似同胞兄弟。不管世事如何变幻，我们必当有福同享，有难同当。为了兄弟情谊，干了这碗酒!”

都说：“干!”

第九章

春节后几天短暂的倒春寒，气温就回升到零度以上，积雪开始融化。太阳落山后，温差又降到零下，雪水开始结冰。白天化水，夜晚结冰，机械的物理变化重复到正月底气温才相对稳定，空气清新湿度宜人，田野里蚯蚓翻开泥浪，春天真正来了。地温起来了，土地解冻了，庄稼人套上牛车，把粪送到田里粪青麦苗。好的墒情，再施上一茬好肥，等到六月，麦子会像流水一样流入粮囤。

陕州城里的柳丝抽出黄盈盈的嫩芽，鸡足山上长出片片嫩绿的驴蓟草。麻雀在树林里欢叫，斑鸠在房前屋后觅食。啄木鸟扇动翅膀，在林间找虫子。公野鸡翘着长长的尾巴，在林地啄食。

战事却异常紧张起来。不知从哪里传来的消息，说日本人正从关外用火车把关东军运到黄河对岸，战争会随时爆发。河防军换防了，原来驻扎陕县河段的川军两个团奉命东移。可能是怕引起城中混乱的缘故，换防是在夜里进行的。川军撤出太阳渡，由新三十八师全面接防。

新三十八师是西北军，中条山战役时，六千人打得只剩一千多了。后在陕州得到休整和补充，现在拥有四千人。唐司令自知责任重大，日本人万一从太阳渡过河，将是一场你死我活的恶仗。

一天，唐司令正在掩蔽所里观察对岸敌军动向，突然城里响起咚咚锵锵的锣鼓声。他感到纳闷，自去年冬天敌机轰炸古城，造成军民重大死伤，陕州城就风声鹤唳死气沉沉，没有一点喜庆气氛。县党部大院里的高音喇叭除了播送战事要闻，再也听不到欢快的音乐和女人甜美的歌声。陕州剧院也没有上演过一场大戏，连县里每年必演的春节晚会也停办了。官办的文化娱乐活动停止了，民间诸如祝寿、婚事、三年、添丁等喜庆也停了。常驻陕州剧院的红牡丹戏班，也因生意冷落远走渑池县。

锣鼓越来越近，最后停在羊角山下敲打。唐司令不知是谁在办喜事，命人察看。片刻，手下报告说，是盛县长开着汽车，前来慰问守河官兵，正朝师部这边赶来。

唐司令心里说，这个盛子才，部队刚换防就出来慰问，还真有头脑。

日机轰炸陕州城那天，盛子才为老爹祝寿擅自离岗，气得唐司令怒火冲天。他本欲追究责任，可盛子才以感谢新三十八师抢险救灾为名，送来十万大洋。这笔钱对于装备落后、军费不足的二流师可谓雪中送炭。于是，他网开一面，不再追究。

唐司令带着随从走出掩蔽所，咚咚锵锵的锣鼓向这边敲打过来。他不想让盛子才来司令部，就让一个侍卫前去告诉盛子才，他在三山花坛迎接。他怕盛子才大张旗鼓地犒军，一旦招来日军炮击，势必造成无辜伤亡。

三山花坛是城里最大的林中花园，在东、西、南三面树林拱围下，鸟语花香，十分清静。这里，以往游客不止，现在一片冷清。两只为情争斗的麻雀，在草坪上展着土黄色翅膀啄击对方。一群红嘴寒鸦，在泡桐枝头俯视斗架的麻雀嘎嘎叫着，好似在说："你瞧，这两个没出息的家伙！"

汽车在锣鼓声中开了过来。寒鸦从树上飞走，麻雀决斗的劲头却一点没有放松，它们扇动翅膀，攒足劲儿攻击对方。直到锣鼓打进了花坛，它们才飞上枝头。

士兵们分两排站着，唐司令站在凉亭下边迎接。盛子才坐在第一辆军车的驾驶室里，车厢里装着一面大鼓，两名头包黄巾，身穿黄缎子服装，腰里勒着大红腰带，脚脖上系着红色腿带，脚登乳黄色翻毛皮鞋的鼓手对立站着，每人手里握着两根一尺多长的桐木鼓槌，使劲打着鼓谱，鼓槌在手中变着花样上下飞扬。四个敲锣掌镲的中年汉子头包红巾、身穿红色缎子服，把锣和钹击得甚为响亮。他们见到唐司令，玩得更加起劲。鼓手在车里跳跃，从空中把鼓槌砸向大鼓，铜器手把响器举过头顶咣咣咣、嚓嚓嚓使劲击打。

离唐司令还有五十米远，盛子才从汽车上跳下来，满面笑容地跑过来，唐司令也迎着他走去。盛子才拔掉白手套伸出手，两双手握在一起，他用力勒了两下。

唐司令脸上挂着笑容，口里却责怪地说："这件事情，你怎么不提前打个招呼?"

锣鼓喧天，盛子才没有听清，把耳朵侧向唐司令说："啥?"唐司令嘴巴对着他的耳根又说了一遍，他反过来把嘴巴送到唐司令耳边说："这是县长的事儿，保国安民是司令的事情。我不告诉你，是想给你来个突然惊喜!"

盛子才笑着，唐司令也笑着。

汽车开进士兵夹道里停下，从第二辆汽车上下来五个穿戴讲究的商人。盛子才向他们招招手，几个人走了过来。

锣鼓手们还在起劲敲打，一帮拿着打狗棍，蓬头垢面的乞丐围在汽车跟前看热闹。唐司令向锣鼓手摆摆手，他们明明看见了，却装作没看见，仍然可劲儿敲打着家伙。直到盛子才挥着胳膊，喊叫"停止"，他们才收场。

盛子才向唐司令介绍五个商人：商会会长陈启民、古城珠宝店老板刘自民、陕州布匹店老板夏玉民、州城木材行老板许益民、陕州烟酒店老板朱子民。

唐司令向大家抱拳施礼道："久闻陕州商界五民大名，幸会幸会！"

陈启民个子高人瘦削，长脸庞白面皮，蛤蟆眼鲤鱼嘴，他放开公鸭般沙哑的声音说："唐司令乃是抗日名将，有唐将军这员虎将镇守陕州，量那倭寇不敢来犯。如果胆敢犯我河山，前有将军的虎狼之师抵挡，后有十几万陕州民众支持，要粮有粮，要钱有钱，军民一心，同仇敌忾，小日本必败，唐司令必胜！"

其他几人随声附和："对哉、对哉！有唐司令镇守陕州，实乃州城大幸，民众大幸！"

唐司令觉得陈启民身上有股奸诈之气，不是因为他长相丑陋，而是其言谈举止间的虚伪，让他对这个人产生了莫名其妙的敌视。

盛子才说："陕州工商界的仁义之士，出于对唐司令的由衷敬意，出于对守城国军健儿的由衷感激，诚意筹措物品，捐赠大肉千斤，白酒百箱，香烟百条，犒劳壮士。唐司令一定埋怨本县不该这么张扬吧？其实，这并非本县的意愿，完全是商界名流的心愿。自从日机轰炸州城后，城里死气沉沉没有生气，正像民众说的那样，州城成了一座鬼城！大家咽不下这口气，要大张旗鼓地犒军，要用锣鼓压住小日本的鬼气，还州城一片阳光，一片繁荣！"

唐司令讲道："各位工商界的朋友们，州城的父老乡亲们！新三十八师奉命驻守州城以来，民众待唐某部下亲如子弟，社会各界捐钱捐物屡献爱心，唐某深表感谢！在此国难当头，民族蒙耻之日，唐某决心率部抗战到底！如果日寇胆敢犯我，唐某誓与州城共存亡，血染黄河，绝不后退！誓死上报党国之信任，下报民众之拥戴！"

盛子才带头鼓掌，名流和百姓跟着鼓掌。

毕了，盛子才收尾道："在此外敌入侵，民族蒙耻，百姓遭殃，生灵涂炭的多难之秋，能征善战的新三十八师将士们驻守陕州御敌抚民，实乃民众之造化，州城之大幸！日寇想渡河南犯，好比鸡蛋碰石头，胳膊拧大腿，实属自不量力。唐司令的讲话令本县感激、感动，我代表陕县十六万民众表态，一旦战事爆发，全县民众将竭尽全力支援唐司令御敌作战，即使自己忍饥挨饿倾家荡产，也要保证国军将士有饭吃、有衣穿！我相信，前有国军健儿英勇作战，后有十六万民众作坚强后盾，陕州河防就是铜墙铁壁，陕州城固若金汤！"

盛子才要把慰问品亲自送到前沿阵地，唐司令没同意。他让副官押车把慰问品送走，请盛子才到司令部说话。

盛子才来到帐篷搭起的战地司令部，感到非常惊奇。在他眼里，长官司令部应该设在远离前线的安全地方，设在前沿他是第一次看到。他素闻唐司令作战英勇身先士卒，不由肃然起敬。

勤务兵沏上茶水，盛子才品着。

唐司令问："城中百姓撤离的咋样了？"

盛子才说："根据唐司令提议，本县利用广播、布告等形式发动居民有亲投亲，有友靠友，到农村去，到山里去。目前有一部分人开始行动，但多数人不想离家，原因是不相信日本人能打过黄河……"

唐司令："故土难离，历来如此。我相信部队的作战能力，但是打仗有诸多突发性因素。我们一定要从最坏处着想，做到防患于未然就能少流血。就算鬼子打不过黄河，可敌军的炮火足以摧毁州城。这件事情必须宣传到位，组织到位。对那些真正不愿走的居民，也不能强迫。我们要让民众认识战争的残酷性，又不能搞得人心惶惶草木皆兵！"

盛子才连连点头："唐司令说得极是！本县一定认真去做！"

唐司令问："备战进展如何？"

盛子才说："县里成立了抗日国民兵团，由本县兼任司令，各乡镇民军由县兵团统一指挥。坚壁清野方面，行动好的如二道原李家村，三分之二农民已经把粮食藏了起来。在这个村的带动下，二道原各村都在积极藏粮藏物！"

唐司令说："这件事情必须抓紧做，要把所有粮物都藏起来。一旦打起来，还不知道啥时候才能停战。只有把粮食藏好了，老百姓才不至于挨饿，也才有粮食支军！"

他突然问道："李家村是不是李志斌那个村？"

盛子才说："是！李志斌从外边回来就组建抗日自卫队，他对战争前瞻和唐司令看法非常一致！"

唐司令说："我久闻李专员是条汉子！抽时间咱们上原看看他！"

盛子才说："如果唐司令有空，现在就去！"

唐司令说："走！"

第十章

几天前，县里成立抗日国民兵团，盛子才兼任兵团司令。要求十六至四十五岁的男子加入民兵，有枪用枪，没枪使刀，准备打仗，同时动员民众坚壁清野藏粮藏物。

李志斌对坚壁清野并不陌生，他在河北打鬼子时经常采用这种战法。他和李双合召开村民大会，讲了全国抗战形势，分析了鬼子侵犯陕州的必然性，要求人们搞好坚壁清野。

会后，他带着甲长们到西沟沿察看了崖窑。那是光绪年间，先人们跑刀客在悬崖上打下的十几孔窑洞，上不着天下不挨地，是藏粮藏身的好去处。这些废弃已久的崖窑，这时又派上了用场。

这一天，李志斌把自卫队拉到西沟去打靶，村里却发生了一件意外事情。

那天中午，五个扛着长枪的国军逃兵，不知道从哪里冒出来，大晌午下到李志武院里要吃要喝。李志武又进城鬼混去了，长工吃罢早饭，就扛着锄下地干活。兰红玉在学校给教官们做饭。本来李志斌要请一个厨师，兰红玉自告奋勇要做饭。她说，大家都在练兵备战，让她闷在家里难受，她要为抗战做点事。兰红玉看着文静秀气，其实性格倔犟，认准的事情非做不可，李志斌就答应了。

院子里只有杜姣姣一人。

杜姣姣为人实诚，心地善良。穷人们常瞅李志武不在家时，向她开口借钱借粮。杜姣姣不管是谁，只要张口没多给少，从来不抹面子，并且不向李志武提起，害怕他知道后向穷人加息滚利。夫妻俩在人们心目中一个是阎王，一个是菩萨。

杜姣姣正坐在炕上搓花捻。她身边放着一包弹好的棉花，腿上放着窗扇。她揪一把棉花放在窗扇上拽成条形，一手把高粱秆压在棉花上虚握着，一手在棉花上呲噜呲噜搓着，棉花一圈圈缠到高粱秆上，形成一根花捻。她把花捻抹下来放在旁边，等到搓够五十根，就扎成一捆。虽然她是地主婆，但从小养成了热爱劳动的好习惯。地里活儿有长工们去干，缝补浆洗纺线织布都是她亲自出手。她一边搓着花捻，一边在心里盘算一包棉花能纺多少棉穗，经多少棉线，织多少棉布，织布要用多长时间，织出来的布能做几件衣服、几条炕单、几个被里。

突然，院里的响动惊扰了她。透过玻璃窗，她看见几个歪戴帽子斜挎枪的国军站在院子里。

她赶紧溜下炕走出屋，问："你们要干嗦？"

一个身材矮小、头胖、圆脸，小三十年纪的士兵拄着步枪说："要吃白面条、猪肉片！"

杜姣姣说："你们来得不凑巧，白面有，猪肉没有！"

小胖子横眉冷眼地说："老子在前方卖命，骚娘们儿在家里搂男人，美死你啦！却连猪肉都舍不得让老子吃，你福享够了找抽啊？"

杜姣姣赔着笑脸："军爷，我不哄你！屋里真是一两猪肉也没有，要有我哪敢不拿啊？"

小胖子蛮横地说："你少撑着笑脸要老子！我就要吃白面条炒肉片！"

杜姣姣见来者不是善茬，赔着笑脸搬来小板凳请他们坐，拿出暖壶和糖罐给他们拌糖水，见小胖脸色温和了，她说："军爷先喝点水，我去给你们买猪肉！"她要上崖，却被小胖子挡住："别走，还是先给我们做面条吧！猪肉不吃了！"

小胖的眼睛盯住鸡架上咕咕叫唤的鸡。杜姣姣进屋和面，小胖子放下步枪，扑到鸡架逮鸡，鸡群惊叫着满院飞。一只芦花母鸡惊叫着跑上了地坑院，一个兵沮丧地骂句"妈个×"，关上哨门逮鸡。

鸡是杜姣姣从庙会上买的半大鸡娃，养了一冬天，刚开始下蛋。她听到鸡叫，跑出屋骂他们是土匪……兵们不理睬她。

两个兵好不容易逮住一只鸡，不知咋的一掂脸，鸡扑棱扑棱飞到了杏树上，别的鸡也跟着飞上树。

杜姣姣恼了，骂兵们没走人门，走的是畜路。兵们不懂人门和畜路是嗦意思，还是没有理她。她骂着骂着就把兵们与鬼子连到一达，她说："你们是国军吗？国军有这号见院下院，见鸡逮鸡的货色吗？"

小胖子白她一眼，端起步枪"咔"地顶上一颗子弹，瞄都没瞄叭一枪，黑母鸡从杏树上栽到地上死了。小胖子又把枪口指向树上，杜姣姣扑上去抓住枪杆，骂道："你不是中国人，你是日本人！你是比日本人还坏的鬼子……"

这下小胖子恼了，他一脚把杜姣姣踹倒在地上，又顺手给了两枪托。杜姣姣滚在地上妈呀大呀地哭喊。

小胖子瞪着杜姣姣吼道："你以为你是啥？母老虎？母夜叉？你骂老子是土匪，老子能容忍！骂老子是鬼子，就容你不得！你再敢骂一句，我崩了你！"他把枪一横，指住杜姣姣。

杜姣姣被镇住了，躺在地上哭泣着，却再不敢骂人。

小胖子说："把树上的鸡，全部打下来拿走！"

兵们一边称赞小胖子枪法好，一边歪着脖子放枪。

逃兵的暴行，让站在崖头窥探的一个女人看到，她跑到学校告诉了兰红玉。兰红玉骑上李双合绑在洞垴杏树底下的白马，跑到东沟沿告诉了李志斌。

王怀德问她有几个兵？她说五个。王怀德向李双合一挥手，就带着几个人冲向村子。

队员们练兵百日正愁没有活靶子，都嚷嚷着要进村。李志斌制止住大家，命令继续训练。

兵们正打得起劲，突然一彪人冲下院子，黑洞洞的枪口指向他们。

逃兵傻眼了。小胖子见王怀德穿着军服，点头哈腰地说："大哥，都是自己人，别误会……"

王怀德的手枪抵住他的胸膛说："你披着国军皮，不打鬼子却来祸害老百姓，看老子怎么收拾你！"

杜姣姣见自卫队员把逃兵捆了，一骨碌从地上爬起来，一巴掌挖在小胖子脸上，小胖子立马成了血脸。她还要再挖，却被下地回来的王麻子抢了先。王麻子见女主人浑身是土，院子里有五个衣冠不整的国军，知道女主人受了欺侮。他二话不说，操起铁锨把小胖子打翻，小胖子躺倒地上杀猪般叫唤。

王麻子的肺都要气炸了。光天化日之下，逃兵竟敢欺侮女主人，岂不是在太岁头上动土吗？他抡起铁锨，向小胖子劈去，小胖子一滚，躲过一击。他再度抡起铁锨，王怀德见这个平时蔫儿巴唧的长工招招下的是杀手，连忙挡住说："国有国法，村有村规，还是交给李保长处理吧！"

王麻子骂骂咧咧放下铁锨，盯着李双合说："没嗦好说的，砍了他们！"

李双合把人带到崖上，逃兵跪地求饶。李双合一把提起小胖子，四同伙也跟着站起来。李双合背着双手，在他们面前踱着说："国有国法，村有村规，像尔等这号非奸即盗的东西，理应以匪论处，鞭打三百，悬吊三日，是生是死，就看谁的命大了!”

小胖子苦苦求饶：“大爷饶命！我家有年迈老母，我一死她咋活啊……”他呜呜哭着，其他几个也跟着干号。

王麻子得知女主人只是挨打，并没遭到污辱，悬着的心才落地。他在小胖子沟蛋上拍了一锨头说：“你妈的也有老母，我以为你是猪哺狗养呢!”

小胖子给王麻子又叫爷又磕头。李双合鄙视地啧口唾沫说：“横行时贼胆大，装㞞时最软蛋，没血性的东西!”

他本来想按村规打个半死，然后放掉他们。可是，这时候李志龙从西沟回来制止了他。

李志龙没有参加训练，他带着五个队员去西沟探崖窑。他扛着一把窄镢，浑身是土的来到场上。听王麻子说了事情经过，他悄悄告诉李双合：“我本想下崖窑亲自察看，刚放下软梯就听到窑里有大蛇甩尾的声音，刷刷刷太寒碜。年轻娃们都不敢下，不如叫这几个家伙……”

叫兵痞下崖窑除蛇，免伤自己人，是个好法子。李双合对小胖子说：“你几个做下缺德事，本该按村规重治，可是国难当头，中国人不能自相残杀。我派你几个去干活儿，愿意不愿意?”

小胖说：“只要不处死，叫我们干啥都中!”

李双合指指李志龙，说：“他是李甲长，由他给你们派活。活一干完，就放你们走人!”

王怀德见事情基本处理妥当，就留下几个队员返回东沟。

李志龙押着逃兵去西沟，王麻子扛着铁锨跟在后边。女主人蒙受屈辱，把逃兵千刀万剐，也不解他心头之恨。

到了沟边，李志龙把软梯一头固定在沟边的松树上，另一头放下悬崖，给兵们发了斧头和镰刀，要他们砍掉网着窑口的蒿草和灌木。下崖窑对兵们不算冒险，但他们不知崖窑里有大蛇，更没想到村人会用这种方式要他们的命。

拇指粗的牛皮绳放到崖窑洞口，窑洞里静悄悄的，没有一点响动。李志龙坚信大蛇没跑，不在此窑，就在彼窑，因为崖窑里边有过洞相互穿通。他叮咛兵们说：“任务我已经交待清楚了，你们下去后，我再把扫帚和铁锨放下去。几时把活干完，几时上来，听清楚没有？”

小胖说：“明白了！”他把斧头别到裤腰袋上，让又矮又瘦、十七八岁模样、名叫五娃的小兵打头。小兵二话不说，踩着梯子就下去。小胖子又让一个老兵随后。老兵把军帽从头上抓下来，褊到武装带上，露着花白的短发，战战磕磕踩上了软梯。小胖子往手心呸了两口唾沫，第三个下去。接着第四个、第五个。五个兵间隔两个梯撑，踩着摇摇晃晃的软梯，一步步接近崖窑。

李双合站在沟边向下看了一眼，顿觉头晕目眩。他连忙站到松树下边，不难想象逃兵掉到沟里是嗦结果。但为了乡亲安全，别说死掉五个兵痞，就是死五百个，他也不会心慈手软。

窑洞口长满蒿草和酸刺树，老兵提醒小兵，小心窑里有虫子。小兵答应着，伸长脖子往窑里窥探。突然，一群葫芦蜂受惊，从酸枣树上一哄而起，蜇得老兵和小兵爷佬叫唤，高处三人顺着软梯就往上蹿。

李双合听到惊叫上前来看，见兵们被蜂蜇了，心想：本来叫他们下窑除蛇，谁想到杀出一窝葫芦蜂？蛇可以抵挡，蜂咋抵挡？谁也不怨，只怨他们作恶多端，天不饶人。

王麻子拄着铁锨嘿嘿发笑，他见逃兵狼狈不堪地往上爬，就用锨纳着土往下撒。土打人并不疼，但迷得人睁不开眼睛。兵们求他，他边扔土边威胁：“谁敢上来，老子一锨头拍到沟里！”兵们站着不动，他就停止，兵们一动，他又扔土。扔土时毒蜂嗡嗡叫着散开了，锨一停又落到兵们身上狠蜇。老兵惨叫一声掉下梯子，塌在小兵身上，二人尖叫着跌下悬崖。只听沟底两声闷响，便没了声息。

人们沉默了，王麻子的铁锨也停下了。三个兵从悬崖爬上来，个个被蜇得鼻青脸肿。小胖子怒视着王麻子，胳膊一挥说："走！"仨人踉踉跄跄面南而去。

大家默视着三人走远，一时陷入沉默。逃兵丢了两条人命，三个人被毒蜂蜇得半死不活，惩罚实在太重。李双合让人用苇席，把跌到沟里的俩兵就地掩埋。李家村是仁义之村，没叫冤魂野鬼暴尸荒野的习惯。这俩兵虽有罪，但不管咋说也是为村里办事跌死的，理应入土为安。

第二天，李双合找来几个胆大的年轻人，要再次清理崖窑。这一次他没从松树底下放软梯。他下到沟底看好方位，绕过蜂窝放梯子。他把两根钢钎楔在崖垴，固定好软梯，打开一瓶老白干，倒进瓷碗里，让汉子们一一喝了，说："小子们，眼看就要打仗了，父老乡亲的命就赌在崖窑上！崖窑里有野蜂大蛇，为了父老乡亲，斩蛇除蜂，就看你们了！"

一个汉子说："我们是李家村儿男，别说野蜂大蛇，就是妖魔鬼怪，也要见个高低……"

李双合扫视一遍大家，把五把磨得锋快的大刀送到他们手里。汉子们穿着棉衣棉裤，头戴防蜂面罩下了崖窑。

他们斩杀崖窑里两条黑乌梢，放火烧掉垒在酸枣树上的蚂蜂窝，清理掉窑门口的荆棘，把窑洞打扫得干干净净。李双合让人在窑里铺了苇席，按每个窑洞二十人编号，对号入住。又发动村民把粮食、面粉，水缸、锅碗瓢勺提前藏进崖窑，一旦时局有变，就先把妇幼老弱放下崖窑。

这时候，唐司令上了二道原。他直接去了东沟，和李志斌就时局和全民抗战作了简短交流，彼此大有相见恨晚之感。

唐司令观看了自卫队员实弹射击，他对李家村备战工作给以高度评价，并奖励自卫队步枪三十条，轻机枪三挺，子弹五千发。

第十一章

一九四四年春夏之交，日军发动了一号作战。豫中会战从四月打到洛阳城陷，历时三十七天，国军失城三十八座，创下日失一城的惊世败绩。

五月中旬，陕州城沦陷。日军地兵团先遣队在陕县南山伏击了国军第三十六集团军司令部，造成李家钰总司令阵亡。骄横狂妄的日军，企图一举拿下灵宝，夺取潼关，威逼西安，遂发起灵陕战役。第一战区溃军和第八战区国军，在陕灵南山与日军展开血战。

陕州专员秦之清要求陕、灵两县地方武装全力配合国军作战，使来犯之敌陷入全民皆兵的泥沼。

日军的进攻遭到中国军民坚决抵抗，小秦岭成了侵略者无法逾越的屏障。开战数日，敌人伤亡过万毫无进展，地兵团本村千代太旅团长触雷身亡。这个一手造成李家钰将军蒙难的日军少将，在李将军殉国后第二十一天死在国军手上。敌人西进的妄想在陕州破灭，遂在陕灵两县交界处构筑坚固工事，据守陕县桥头堡，与灵宝境内中国军队形成对峙局面。从此，陕县百姓在日寇的铁蹄下饱受蹂躏，民军与侵略者展开了殊死搏斗。

在太阳出山的一天早晨，一支日军来到李家村口。小林中队长骑在马上，用望远镜向村里观望一阵，派两个鬼子进村侦察。一会儿，侦察兵回来报告说村里无人，小林才下令进村。鬼子一进村，就逮杀老百姓来不及赶走的猪羊。

小林骑着大洋马在村里转悠一圈，选中李志斌的地坑院作中队部。

吃罢午饭，鬼子扯下校院里旗杆上的青天白日旗，挂上一面膏药旗。夜里，鬼子分三块住在村东、学校和村南寨子里。

虽然甘山有一个大队的鬼子占据制高点和国军抗衡，邻村也驻着日军，但小林害怕民军骚扰。民军都是些神出鬼没，能打来几下，不能打抬腿就跑的山里猴。皇军人生地不熟，经不住零打碎敲吃哑巴亏。他让一个小队在村东宿营，因为村东那条坡路，是连接二道原和菜元川的重要通道。他们一旦遭到民军袭击，部队可以应对来自坡下的敌人；土寨子是村里的制高点，占了寨子就控制了村庄；村西是麦田和山沟，沟对面是头道原刘寺村，那里也驻扎着皇军；即使出现敌情，岗楼和寨子里的火力可以击退来自西边的威胁；北边是塬上村，住着大队部和一个中队皇军，不会发生来自北边的危胁。在学校宿营的皇军可以高枕无忧地睡大觉，因为来自东沟和南部的危险由驻扎在寨子里的皇军顶着。

小林不像士兵们害怕地坑院，好像那是埋葬他们的坟墓，吓得连门洞也不敢下。他觉得这种民居挺有意思，既然中国人敢居住，就一定有其道理，他饶有兴趣地要亲身体验。

小林和何翻译官、两个勤务兵住在李家大院。他嫌主窑烟熏味难闻，就让何翻译和勤务兵住主窑，他住北窑。勤务兵把北窑打扫干净，铺好被褥，往墙上贴了军用地图，小林才从院里走进屋里。

何翻译见小林对地炕院颇感兴趣，就献媚道："太君，这种奇特的民居在中国难得一见，我也是第一次看到！"

小林脸上挂着笑意，说："中国真是一个愚蠢的民族，居然能想出这种动物般栖居的方式!”

何翻译点头哈腰地附和：“中国就是一个愚蠢的民族，能造出这种稀奇古怪的民居，充分证明这个民族的愚蠢和落后……”

何翻译满脸笑容，俨然他也是个纯种的日本人。

小林把军刀解下来放到影墙上，屋前屋后走了一圈，问何翻译：“你的说，住在这种地方，干什么事情最好?”

何翻译嬉皮笑脸道：“只要关上洞门，谁都进不了院子。如果有花姑娘陪着太君，那可是再好不过的美事!”

小林嘿嘿笑笑，皮肉在精瘦的脸颊上抖动：“花姑娘、花姑娘……”

何翻译奸笑着伸出拇指：“有花姑娘陪太君，真是人生快事!”

“叭嘎!”小林突然翻脸，“花姑娘的不要！征服民心大大的!中日亲善大大的!”

何翻译连忙点头哈腰：“是……是……征服人心大大的!”

小林问：“老百姓的哪里去了?”

何翻译：“他们害怕皇军，统统藏起来了，一定不会走远!”

小林嗯了一声，眼睛停留在何翻译脸上。

何翻译说：“中国人，任何时候都不会舍弃家园!”

“吆西!”小林脸上又挂上了笑容。

第二天清晨，鬼子集中到学校操场出操。值日军曹戴着红袖章，口里噙着铁哨，士兵们在他的指挥下走步、跑步。

晨风刮得旗杆上的膏药旗猎猎作响。

小林拄着战刀，默默看着士兵出操。

二十分钟后，小林向士兵训话：“大日本皇军的勇士们！没有老百姓的村庄不是村庄，不是村庄的地方毫无意义。根据这一带地形，老百姓可能藏身在野地和山沟里。早饭后，三小队守家，一小队去东边，二小队去西边寻找老百姓，要把他们统统赶回村庄……”

训话完毕，日本兵排队吃饭。早饭是白蒸馍烧猪肉，白面是日本人缴获国军的战利品，肉是屠宰老百姓的猪羊。

吃罢饭，小林和黑田小队长骑着洋马，带着六十多个士兵，到村东一带寻找老百姓。小林坚信老百姓不会走远，就藏在麦地里。小林在东沟沿上麦田逐块搜寻，搜完李家村的麦地，又搜邻村的麦地。从日头出来到正午，连一个人影也没找到，他只好悻悻地打道回营。

宫本小队在西沟沿上搜寻，同样一无所获。

下午，宫本小队又来到西沟坡垴。宫本骑在马上俯视山沟里雾气腾腾的刺槐林，脸上露出轻松的笑容，他断定老百姓不在麦地里，就在树林里。他翻身下马，让士兵在坡垴架起机枪，他带队下沟搜寻。

藏在崖窑里的人们，听着崖垴麦地里鬼子走来走去，女人把孩子摁在奶头上哄着，老年人忍着咳嗽不敢出声，生怕弄出响动招来灾祸。李双合和王麻子站在崖窑门口，听着头顶上的动静，脸上毫无表情。

本来崖窑是安排老弱病残藏身的，杜姣姣因为生病跑不动也下来了，她是被那几个国军连打带吓气病的。鬼子来时，李志武把家里的现洋装进瓦罐埋藏后，带着金条进了陕州城再也没有回来，有人看见他带着婊子“跑日本”往西走了。

王麻子想跟上自卫队打鬼子，但女主人有病，东家又不在跟前，他就要求下崖窑照顾女主人。李双合不顾李志斌反对，坚持留下来，和王麻子一道保护崖窑里的人。

麦地里动静消失后，李双合长出一口气，王麻子悬着的心也放了下来。他说：“鬼子光在崖垴上瞎折腾，发现不了咱们!”

李双合看他一眼，说：“别侥幸！鬼子不会就此罢休，说不定一会儿还要来!”

李双合传话各窑洞禁止做饭，防止烟火暴露目标，所有人白天啃冷馍喝凉水。

宫本小队在槐树林里折腾一个下午，没有找到老百姓。他发现了崖窑，用望远镜仔细观察，黑咕隆咚的什么也看不见。他放下望远镜，问士兵："窑洞里有没有老百姓？"

一个士兵说："我看没有！上不着天下不着地，老百姓怎么进去？怎么出来？怎么喝水？"

宫本说："你的说，这些窑洞是干什么用的？"

士兵想了想说："一定是丧葬用的，里边可能放着棺材和死人！"

宫本说："中国有一种悬棺葬俗，没想到就在豫西山里！"

日落前，宫本下令收兵。

黑田小队在东沟一带搜寻，日头落山时准备回撤，却意外发现前面村子里有炊烟升起。鬼子像一群急于捕食的豺狼，迅速冲进村里。

在村里做饭的人是那三个逃兵。

当日他们被葫芦蜂蜇个半死，气呼呼地想进南山投军报仇，但身上奇痛难忍，再也走不动了。俗话说，葫芦蜂蜇三下顶一颗枪子儿。为了活命，他们连爬带滚进村求救。但人们都跑日本逃光了。他们从炕筒里找到面粉和粮食，虽然不至于饿死，但蜂毒发作，身上开始溃烂，黄水从疮口流出，又痒又痛，得不到治疗迟早得死。

日军与国军在南山激战的时候，他们躺在地坑院里等死：不死于蜂毒，就死于鬼子。生死关头，人急生智，小胖子想到用尿消毒，治与不治，都得试试。他们和成尿泥敷伤，居然收到奇效。几天后肿气塌了，毒疮见好，再过几天，就能康复。

鬼子冲进村里时，小胖子正坐在院子里剁柴火。他蓦地发现崖边站满鬼子，一个挎着王八盒子、胖头大脸的军官，凶神恶煞般俯视着他。他想往窑里跑，叭的一枪打在脚下，吓得他一屁股坐在地上。

窑里的俩人跑到门口，看见鬼子，又缩回窑里。

黑田命令他们统统上来，不然死了死了的……

小胖子和同伙举着手走到崖上，他拿定主意：借日本人的刀，报复李家村。

夜幕拉下后，月亮上来了，崖窑里的人们开始活跃起来。炊烟升起，融进夜色。啃了一天冷馍的人们，终于能吃上热饭。李双合把软梯放到沟里，用麻绳放下木桶，王麻子踩着软梯下沟底弄水。

李双合悬着的心暂时放了下来，但今儿黑地平安，明天嗦样？他说不准。

拂晓，王麻子说：有动静……

李双合一骨碌从地铺上爬起来，崖窑顶上响着杂乱的脚步。鬼子就在崖垴，他感到情况不妙。

太阳出来后，沟对面站着一排日本兵，枪刺在日光下闪闪发光。

突然，锣声响起，何翻译喊话："崖窑里的老百姓听着，皇军要你们统统出来，回家过好日子！"

人们提心吊胆地听着。鬼子烧杀奸淫无恶不作，谁会相信汉奸的鬼话？

何翻译："乡亲们要相信皇军呐，绝对不抢不杀！"

一阵沉默。

何翻译咣咣咣敲一阵铜锣，穷凶极恶地喊道："要是不出来，统统地杀头……"

叭嘎！小林一声呵斥，他连忙改口："乡亲们呐！皇军和你们友好亲善，要你们回家安心过日子！你们躲在悬崖是办法吗？不吃饭可以，不喝水行吗？你们往沟底看看吧，都是皇军呐！"

李双合这才发现沟底也站满鬼子，几挺机枪瞄着崖窑。

人们顿时乱了。

“乡亲们呐！我也是中国人，能害你们吗？都出来吧！要是不听话，皇军大炮一响，可要流血死人呐！”何翻译不停地喊叫着。

崖窑里一阵骚动，传出小孩尖厉的哭声。

小林向旗语兵下达命令，鬼子挥动小旗，崖塄上的鬼子迅速后撤。架在小林身边的三枚小钢炮，咣咣咣吼叫着，炮弹落在对面悬崖上，顿时尘埃飞扬。

崖窑里一片嘘声，人心彻底乱了。

炮击过后，沟底的机枪又响了一阵，子弹嗖嗖嗖嗖射进崖窑。

机枪一停，何翻译喊道：“老乡们！皇军刚才只是警告，要是还不出来，炮弹就扔到窑里了，真要死人呐！”

事情到这个份上，李双合作大难了。别说炮弹落到窑里边要死人，就是不打炮水咋办？鬼子封锁了水源，不出三天必生内乱。

窑洞里乱糟糟的，有人嚷着要出去，有人挡着不让出，有人要和鬼子拼，有人说不中。李双合知道，拼命无疑是拿鸡蛋撞石头。

鬼子发出最后警告，再不出来，就向窑洞开炮。

突然，一个窑洞里伸出棍子挑着的白褂子，跟着几个窑洞也伸出了白褂子。

何翻译道：“都出来吧！不要害怕，皇军绝对不伤害你们！”

两副软梯从崖窑落到沟里，有人抓着梯子下沟。

出去会是嗦结果？李双合心里没底。他想阻止大家下崖，但没人听他的。就连最听他话的王麻子，也说：“李保长，大势已去。与其叫鬼子困死，不如出去碰碰运气。若真像汉奸说的那样，兴许能逃个活命……”

李双合铁青着脸，他把腰里别着的双枪塞进粮袋里，无可奈何地让先老人后小娃，最后是妇女的次序下沟。鬼子糟蹋女人的事情骇人听闻，女人们能不能逃过一劫他不知道。但他相信，男人们决不会眼看着鬼子糟蹋女人。如果真的发生了那种事情，他们就和鬼子拼命，死也要拼。

人们大都下到沟里，只有十个老人和杜姣姣没下来。这些日子，杜姣姣胸口有一块东西堵着，噎得吃不下饭，人消瘦许多。她宁肯死在崖窑里，也不愿活在日本人铁蹄下。

第十二章

向老百姓开刀的不是鬼子，是那个叫马步汉的小胖子。

鬼子把人们赶到李家大场，小林拄着战刀站在场里。他的左边站着高个精瘦、脸庞又窄又长，头戴战斗帽，身穿黑褂子黄军裤，脚蹬黑皮鞋的何翻译。右边站着身穿国军服装的三个逃兵。

小林和何翻译官说了几句话，翻译官对人们训话说："皇军不远万里来到豫西，是为了建立大东亚共荣圈。简单地说，就是叫你们过上好日子！皇军不但不杀老百姓，而且和老百姓大大的亲善。只要你们听从皇军的话，不做损害皇军的事情，就是大大的良民！良民，皇军会加以保护……"

"八格牙鲁！"小林打断何翻译的话，叽里哇啦说了一阵日语。何翻译道："太君说，老百姓统统回家当良民，跑到沟里钻树林子是办法吗？热天下雨，淋点湿不怕，冬天下雪要冻死人，也不怕吗？赶快让你们的亲人都回来吧，别在外边自找苦吃。只要不对抗皇军，皇军会保护你们。如果对抗皇军，统统死了死了的！"

小林又叽里哇啦一阵，何翻译说："太君说，眼下正是收麦季节，你们要抢收麦子！不能让麦子坏到地里，那可是你们的血汗，也是指望啊！麦子熟透，你们不收，等着吃风喝沫啊？”

粮食是庄稼人的生命，他们岂能眼看着成熟的麦子落籽到地里？不管以后是嗦局势，人们都要磨快镰刀收麦子。

人们安好锅灶，就绞水泼场，套上碌碡碾场。在鬼子侵入家园的第一个夏天，夏收开始了。

鬼子在村北搭起一个八米高的哨塔，塔上架起机枪，哨兵昼夜站岗。小林不怕国军袭击，南山有皇军控制着制高点，原下有他们的兵营，这一带在皇军控制之下。他加强警戒，是防止老百姓逃跑。他要让老百姓安心收麦子，让他们顺从皇军。他对部下严明禁令：不准伤害老百姓；不准抢老百姓的财物；不准骚扰妇女，对擅入民宅、污辱女人者从严处治……

小林让王校长把以上几条禁令，用白纸墨字张贴墙上，让家喻户晓，妇孺皆知。一时，人们纷纷私下议论：日本人并不像讹传的那么坏。

这一天，小林带着马步汉和两个鬼子在村里巡视，每到一户麦场，小林就对干活的人说几句日语。小胖子不懂日语，但看到小林一脸和气，他也和和气气地对老乡说：“你们要好好收麦子！太君夸你们是大大的良民……”小林对汉语虽不精通，但他能听懂小胖子的话意。他对小胖子察言观色、善解人意很满意，他伸着拇指，满脸笑意地说着“吆西！”。

小胖子弯腰点头，学着小林的样子，把拇指伸到他面前，说：“太君的吆西……”

他们来到李双合崖上，李双合正掂着桑杈积麦垛。小胖子见到李双合眼睛就红了，他说：“老家伙，你抬起头来，看看爷爷我是谁？”

李双合往麦垛上扔一杈麦子，默默地干着活儿。

小胖子一把抓住他的领口，恶狠狠地说：“没想到吧？马大爷我回来了！”

小胖子目露凶光，一脸煞气。他要报仇，要为死在崖窑下边的两个弟兄报仇。

李双合丢下杈，赔着笑脸说：“长官，有话好说……”

啪！一记耳光打在李双合脸上。

李双合猛然回击一拳，鲜血从小胖子的嘴角淌了出来。马步汉没想到刚才还对他奴颜婢膝的汉子，眨眼就变成一头发怒的狮子。他又一记耳光打在李双合脸上，李双合又一拳捣在他脸上。二人你一巴掌我一拳，打得难分难解。

小林喊声“八嘎！”，两把明晃晃的枪刺抵在李双合胸前。

小林拨开刺刀，扇了小胖子两个耳光。小胖子被打得晕头转向，鸡吃米般连连点头。

小林换了一张笑脸，对李双合说：“你的保长，在村里说话的算数，我的知道！吆西！”

李双合被弄糊涂了。他知道日本人不是好子儿，但他心系全村人安危，心里再恨，表面只能笑脸相迎。青壮年跟着李志斌进山了，他是人们的主心骨。他要忍辱负重与鬼子周旋，尽量避免乡亲们受祸害。他不懂“吆西”是嗦意思，但从小林友好的笑脸上看出并没恶意。

小林向他摇晃着拇指说：“你的这个大大的！”

小林在夸他，他也向小林伸着拇指说：“太君这个大大的！”

小林说：“你的组织老乡收麦子，皇军奖赏大大的！”

李双合明白了，鬼子要他领着乡亲们收麦子。他不明白日本人到底想咋样，但眼下只有走一步说一步。只要日本人不杀人，不行凶作恶，他愿意配合。他说：“太君放心，老百姓都是良民，我愿意听太君的话，组织他们收麦子！”

小林笑容灿烂的脸上，忽然蒙上煞气。他转过身，冷不丁又给了马步汉一个耳光，兀自向别处走去。马步汉像一条打不跑的狗，紧紧跟在他后边。

小林回到李家大场，王麻子和李铁熬拉着麦车从场边经过。院子被鬼子占了，他们把麦子收到李双合场里，人也住在保长院里。

小林认识王麻子。他占了李家大院，知道他是李家长工。尽管小林一脸和气，但王麻子认定他不是好东西。因为，鬼子宰了东家怀有牛娃的母牛。王麻子强装笑脸点头哈腰，心里却恨死这个笑面虎。是他搅乱了人们的生活秩序，是他下令开炮炸崖窑，躲藏在崖窑的女主人，不知是死是活。

马步汉狠狠地盯了王麻子一眼，眼光很毒，王麻子不敢看。他真后悔，当时在软梯上，没有一铁锨拍碎他的脑袋。如果打死这三个坏家伙，就没人给鬼子引路。他在心里埋怨李双合：保长平时做事心肠硬茬像个爷们儿，唯独在这件事情上心慈手软，像个娘们儿。打蛇不死，反被蛇咬，都怪他！

太阳落山的时候，王麻子和李铁熬把最后一车麦子拉到场上。二人卸罢车，赶着牛下到院里。

李双合下晌早，他已经擀好面条，单等二人回来下锅。日本人来了，一切秩序都被打乱。就连东家和长工的关系，名义上没有改变，实质上亲密多了。

小林禁止皇军伤害老百姓，但跑出村的大多数人还在等待观望，他们不会轻易相信日本人的话。鬼子不杀不抢，大老远来中国做嗦？跑到二道原做嗦？

李双合的老婆跑日本躲在山沟里去了，王麻子搬过来住，正合他的心意。他认为，志武这两个长工都是厚道之人。志武对他们不是很好，但侄媳对他们好，二人对东家也算忠心耿耿。

下午割麦子时，有几个人来到李双合地里，和他商量下崖窑的事情。日本人炸了崖窑，里面的人不知死活，揪着他们的心呐。李双合不让他们轻举妄动，说他自有安排。崖窑里不光有人，还有粮食。稍有不慎，让鬼子把粮食弄走，落个人财两空，往后的日子就没法过了。

那些人走后，李双合去了一趟西沟。他下到沟底，仰望崖窑，发现有两孔窑口并没有被炸塌的黄土掩实，他打算夜里和王麻子下崖窑。

李双合下好面条，仨人坐在院里端碗吃着。往年收获季节，李双合总要弄个四碟六碗，白馍肉块，再来两瓶“陕州烧酒”，让苦力吃好饭。现在别说没处弄酒肉，就是有，谁也没心情吃喝。别看小林嘴上说让老百姓安生过日子，但谁都知道日本人没安好心，都有今夜睡着，明天不知道能不能穿上鞋子的危机感。

吃罢饭，王麻子洗锅碗，李铁熬饮牛。李双合掂着铜烟袋抽着旱烟，眼光却落在头牯窑。他见窑里乌黑，就走进去点上灯，顺手往料盆加一瓢麦麸，用料棍搅拌着说：“麦天头牯苦重，多加点精料！”李铁熬应着，接过料棍搅拌。

李双合说：“你饮好牛早早歇着，我和王麻子上崖有事，别等我们！”

李铁熬没问他有嗦事儿，习惯性地唉了一声。

李双合从头牯窑出来，小声对王麻子说去崖窑。王麻子说：“保长和我想到一块儿了！我和铁熬在地里还说起这事呢，正要和你说呢！”

李双合抬头看看天，天上没有一丝云彩，星星很亮。他收回眼光，说：“软梯在农具窑放着，我一会儿在前边走，你背上软梯在后边跟着，悄悄出村，别惊动鬼子！”

王麻子进到农具窑，把软梯卷成一轱辘，用牛皮绳捆了背出来。

李双合说：“走！”头前走进哨门洞，王麻子后面跟着。

傍晚的山村一片宁静，空气里飘逸着成熟麦子的芳香。

李双合站在洞垴，看着不远处灯火闪烁的学校，那里响着日本人的异国俚语。

他们避开岗哨出了村钻进麦地，一路潜行来到西沟。王麻子把软梯一头绑死在松树上，一头放下崖去。白天，李双合在沟底看到松树下边那孔崖窑没被炸塌，所以选定在这里放软梯。

王麻子下到崖窑，仰着脸对上边轻喊一声“下吧”，李双合就抓着绳索，敏捷地下了崖窑。

李铁熬喂过黄牛就熄灯睡觉。这个忠实的长工，给主人效力总是用足十分力气，从来不会耍奸玩滑。鬼子来了，主人走了，但他仍像往年一样，踏踏实实为东家效力。当李保长和王麻子在西沟沿上下软梯的时候，极度困乏的他居然忘记关哨门，呼噜就打得山响。或许他正在做着好梦，睡眠里脸上挂着微笑，一点也没有想到厄运临头。

三个逃兵并不是死心塌地当汉奸，他们时刻想着报仇。那天，鬼子把他们封在地坑院里，小胖子突然产生借日本人的力量报仇的想法，并得到葛、曹二人赞同。于是他们就投靠鬼子，带着小林把藏在崖窑的人们赶回村子。小林让小胖子住到中队部，便于利用随叫随到。

小林是个有思想的下层军官，他认为多年征战，之所以未能征服中国人，正是血性镇压适得其反的结果。皇军烧杀抢掠奸极尽暴力，除了遭到更强烈的反抗一无所获。更糟糕的是，战争已将皇军拖入汪洋大海前景暗淡。时下，皇军要采取“怀柔”“感化”方式，以此笼络人心征服中国，他热衷此道，并努力实施。

白天，马步汉和葛玉坤、曹玉刚商定，要在今夜灭了李双合和王麻子，然后连夜逃走。

半夜，马步汉躺在炕上难以入睡，惹的同睡一炕的何翻译也难以入眠。他问马步汉：“你是不是想娘们儿了？”

小胖子：“这年头，头都夹到裤裆里做人了，别说没有娘们儿，就是有也没兴趣！”

何翻译觉得话里有话，问道：“你不想为皇军效力？”

小胖子连忙说：“我是说世道太乱……”

何翻译沉默一下，告诫他说：“你少说点二话吧！要是小林太君发现你良心坏了，你肩上扛的那颗二斤半就要搬家了！”

小胖子自知失言，他一面解释对皇军的忠诚，一面感谢何翻译的提醒。他说，可能是晚饭吃多了不太熟的猪大肠的原因，肚里难受，要上茅屋。何翻译说他不该贪嘴，不知饥饱地吃牛肚猪肠。他警告他别上茅屋，拉屎上崖。马步汉提着裤子溜下炕，掂着哨门背后白天藏好的斧子，轻手轻脚上了崖。

马步汉来到李双合洞垴，葛玉坤、曹玉刚拿着绳子从麦垛后边出来，他俩在学校给鬼子喂马先到一步。

葛玉坤说：“我俩来有半个时辰了，院里的鼾声比猪鼾还大！”

曹玉刚说：“你俩放绳，我下院开哨门！”

马步汉说：“别急放绳子，先下洞看看，如果哨门闩上了，再顺崖下院！”

曹玉刚走下门洞，片刻上来，兴奋地说：“哨门开着！”

院里仨人住哪个窑洞，马步汉摸得清清楚楚。他告诉葛、曹二人，先解决牛圈窑两个长工，再解决正西窑李保长。

崖窑里的十一个人，除了鳏夫李老二被炸死，其他人安然无恙。

杜姣姣的病受到炮弹惊吓，居然好了起来。当崖窑里只剩下她和十个男女老人时，她仿佛注入了强心剂，突然精神起来。她拿起铁掀把李老二从土堆中刨出来，确认已经归天。

人们问她：“人毕了？”

她说：“毕了！”

众人个个表情呆板，脸如石板。

杜姣姣小声抽泣着。李老二给她家打了半辈子短工，干活实在不会要奸。她想到死人生前的好处，心里就难受。一个老太太劝她说：“志武屋里别哭了，人死不能还阳……现在不是哭的时候。日本人说不定还会来，让鬼子听见，就都毕了……”

另一个老太太咳吁着说：“李老二生就鸡刨食的命，给谁家干活都不惜力气，也没有小偷小摸的毛病，是个好人……唉……说毕就毕了！要不是跑日本，他兴许能多活些年……”

杜姣姣在一埝烂窑里挖个土坑，用苇席卷了死人埋葬。

李双合没想到还有这么多人活着。来的时候，他嘴上没说，心想肯定躺着一片死人，等着埋葬呢。王麻子因为杜姣姣活着而高兴。他下崖窑，就是为看女主人。这个外地流浪汉，来到李家村当长工，李志武对他横眉冷眼，他也看够了东家的脸色。

有一年麦天，他拱在麦垄里割麦子，汗湿衣背。李志武头戴凉帽，背着两手，不知从哪达冒出来，嫌他割的麦茬子高了，恶狠狠地骂道：“养你还不如喂头猪！养猪还能换俩钱……你吃人饭，却不干人活！”王麻子顶撞道：“东家心也太狠了！别人麦茬留有一拃高，东家又不是不得见。我的镰刀刮着地皮过，麦茬连一寸都不到，你却说高！东家是不是要我连麦根刨出来呀？”李志武没想到王麻子敢顶撞，他恼怒地说：“我看你这个要饭吃的，是不是吃得肠子硬了？要是撑得慌，你就滚蛋！”

王麻子扔下镰刀，卷起铺盖卷儿要走人，但被女主人挡住。

杜姣姣夺过铺盖卷儿说：“你咋能和东家一般见识呢？你不说我也知道我那口子是个嗦人！你也不是不知道他是个嗦人！他对我不也是想打就打，想骂就骂？我知道你受的委屈，他不好是他不好，我对你咋样，你心里应该有数吧？看在我的面子上，你哪达也别去！火麦连天，龙口夺食，你要走了，我不依你！”杜姣姣拿出两包纸烟塞到他口袋里，那是李志武平时抽的“哈德门”。

从那时起，每到农忙季节，杜姣姣就把放了白糖的茶水送到地头。吃饭时，总把锅里的肉片往王麻子碗里舀。收罢秋庄稼，天气变凉了，杜姣姣把王麻子的铺盖拆洗一新，烂套扔了换上新棉花。从此，不管李志武咋说怪话，王麻子从不还口，也不说走。

王麻子惊喜地问候过女主人，一时没话说了，他也不能和女主人多说什么。女主人对他好，他只能记在心里，平时不能表达，现在更不能表达，他们之间不单纯是身份区别，重要的是性别区别。

大家问李双合鬼子杀没杀人？抢没抢东西？祸害女人没有？李双合说：日本人让老百姓收麦子，安心过日子。没有杀人，没有抢东西，没有祸害女人……老人们长出一口气，连连说："这就好……这就好……"

李双合却在心里说："好个屁！要是鬼子好，不窝在日本，漂洋过海到中国来做嗦？今天他不祸害人，谁敢保证明天不祸害？"他之所以没有说出心里话，是不想让大家担惊受怕。

李双合提上马灯，查看了窑洞里的存水和粮食，对杜姣姣说："志武屋里，存水能吃十天半月，到时候王麻子会来帮你提水。你现在是崖窑唯一能拿得起放得下的人，这些老弱病残就交给你了！"

杜姣姣说："大大放心，我知道咋做。倒是大大要处处小心，听说日本人不是人……"

李双合说："知道……"他解开一个粮袋，掏出藏在麦子里的双枪和子弹，用衣襟擦着说："我们走了，这里就辛苦你了！"

杜姣姣把二人送到窑口，李双合先上去。

王麻子对杜姣姣说："收麦子的事有我和铁熬，东家别担心。你有病在身，还要照顾这些老人，负担可不轻嘞！"

杜姣姣说："我没事，你可要处处提防日本人……"

二人顺着原路回村。刚到村边，突然村里响起乱枪，喊声四起，手电光交叉映照。

李双合不知发生了嗦事情，他和王麻子蹲在麦地里，子弹从头顶上嗖嗖飞过，手电光在麦地上空来回扫描。李双合紧握双枪，听着鬼子走动的脚步声，随时准备射击。

脚步没有走过来，而是停留在地头。一个声音叫骂着，在夜幕里格外刺耳。片刻，灯光向村里移走，骂声也跟着灯走。李双合握枪的手松了，手心竟攥出汗水。叫骂声是豫东腔，分明是仨逃兵中的一个。李双合不明白鬼子为嗦要抓他，逃兵可是汉奸啊！

王麻子手里握着一把斧子，方才比保长更紧张，这时虽然心松了，头上却挂着冷汗。他小声问保长："鬼子为啥抓自己人？"

李双合推断说："可能是逃兵想跑？"

"也可能！"王麻子心有余悸地说，"鬼子再往前走十步，咱俩的小命就不保了……"

李双合说："真到了那一步就拼了！杀一个够本，杀两个赚一个，绝对不能赔本！"

王麻子沮丧地说："你是赚本，我只怕斧头还没挨住鬼子，就吃枪子儿了！老本都贴上了，哪有赚本……"

直到没了动静，二人才潜回村里。李双合发现哨门敞开，觉得奇怪。哨门都是天擦黑就闩上的，他又专门交待李铁熬出进关门。即是今黑地他要出去，李铁熬就是留着门，也不该敞开不掩吧？他发现牛圈窑的门也大开着，就走进屋里，蓦然闻到一股血腥味儿。

王麻子惊慌地叫着"铁熬"，没人应声。他点着灯，看见李铁熬躺在脚地，浑身是血。

王麻子一边往崖上跑，一边喊：铁熬死啦……铁熬被人杀了……

王麻子的喊声，就像警报拉响，整个村庄在夜幕里沸腾了。人们相继来到保长崖上。虽然都忙碌了一天，但睡得并不踏实，人们在梦里也惧怕鬼子祸害。

鬼子架在岗楼上的探照灯扫了过来，接着兵营里响起急促的哨声。鬼子来了，他们把老百姓包围起来。

有几个试图跑出村子的人，刚到村口，就被岗楼上的枪弹封了回来。

小林不知道发生了什么，他拄着战刀，冷眼观看。

人们用木板把李铁熬抬到大场。

小林从人们愤怒的脸上，意识到老百姓认为是皇军干的。

何翻译和小林说了一会儿日本话。

小林命令部队放下枪，他用战刀指着李铁熬，问士兵："是谁干的?"

一片沉默。

小林让何翻译说话。

何翻译清清嗓子，说："老乡们！小林太君对死人深表同情。他看得出你们对皇军的仇恨，但这是个误会，皇军绝对没有杀人……"

"这么说，是我们杀人不成?"

何翻译从声音捕捉到说话的人，他走到李双合跟前说："你是什么人?"

"中国人!"

"我问你是啥角色？保长？甲长?"

"保长！村里的事，我说了算!"

"好！你说说，到底是怎么回事儿?"

李双合说："这事是秃子头上的虱子——明摆着。李铁熬被人杀了，不是一个人干的。你说不是日本人干的，那是谁干的?"

何翻译看看李双合，又看看愤怒的人们，走到小林跟前嘀咕着。

小林对士兵讲了一通话，一个军曹报告说：他们抓到两个企图逃跑的人关在学校，事情可能是他们干的。小林让军曹去提人。

何翻译说："乡亲们！皇军纪律严明，这事绝对不是皇军干的。是谁干的，皇军一定会查个水落石出，一定会给大伙一个交代……"

片刻，几个鬼子押着两个浑身是血的人来到现场。

那三个家伙打死李铁熬，却没有找到王麻子和李双合。他们刚跑到村边，就被鬼子哨兵发现。哨兵鸣枪警告，他们跑得更快，但探照灯号住他们了。一阵乱枪，葛玉坤当即中弹身亡，曹玉刚被打断右腿。马步汉有机会逃跑，但为救曹玉刚，被鬼子抓住了。

小林凶狠地扫视着小胖子和断腿曹玉刚。

小胖子意识到末日来临，拖着哭腔调说："太君……我……对太君……大大的忠心呐……"

小林一挥手，两个士兵把他架到李双合跟前。

何翻译说："李保长，人是他杀的！要杀要剐任你处置！"

刹那间，人们谩骂着，无数拳头砸向小胖子。

小林朝天上放了两枪，控制住场面。

何翻译说："事情已经查明。小林太君说，虽然凶手是皇军的人，但他们败坏了皇军的声誉，他要亲手严惩，以正军纪！"

话音刚落，马步汉像一条猎狗，突然扑上去把小林按倒在地。只听小林一声惨叫，小胖子骑在他身上，张着血口仰天长笑。几把刺刀插进小胖子后背，他的身体向上一挺，软软地倒在小林身上。鬼子兵搬开尸体，小林站起来抹一把血脸，举起战刀吭哧吭哧捅尸体。罢了，战刀从曹玉刚脖子斜劈下去，将脑袋和一条胳膊活生生斩落在地。

人们看见小林少了一只耳朵，鲜血染红了他的半个脸庞。

何翻译训话说："小林太君为处治这两个坏蛋不幸受伤。皇军的亲善，你们亲眼所见。事情已经过去，你们要安安生生过日月，一心一意收麦子。谁要是胆敢逃跑，统统杀头，绝不轻饶！"

东方泛白，天要亮了。

人们亲眼看着小胖子咬掉小林耳朵，小林刀劈活人的骇人一幕。他们说不上鬼子有多坏，也说不上三个国军有多好。他们痛恨小胖子，又打心里敬重他是个英雄。

第十三章

陕州沦陷前，县政府发布一份通告，内容有三点：一、为了抗击日本侵略者，陕县境内一切民间武装力量纳入国民兵团，归兵团统一指挥；二、政府给予土匪武装杀敌立功机会，对其实行收编。收编后人马不打散，不调入不调出，所需军饷由兵团供给；三、对不服从国民兵团指挥的武装、不接受改编的土匪武装，按汉奸罪论处。对抗战捐躯的壮士，不论军民人等，县府皆授予烈士称号，其家属享受烈属待遇，政府给予优厚的抚恤金。

通告一出台，地主武装纷纷投到兵团麾下。罗大炮、云飞子在李志斌动员下接受了改编，分别任大队长、中队长。

李志斌不反对收编，但对盛子才心存质疑。他横征暴敛，民怨深重，拿什么赢得民众？临时收编的地主武装成分复杂，人心能齐吗？土匪历年与官府对抗积怨甚深，一旦指挥失灵，势必土崩瓦解。与其那样，不如别蹚这潭浑水。当盛子才带着兵团副司令兰德贵来到李家村时，他明确表态拒绝收编自卫队。

那天早上，天下着小雨。李志斌和王怀德来到寨上。这是清末为防刀客，李志斌祖父出钱依据土丘筑起来的寨子。墙厚一丈，外高四丈，坐南向北，东、西、北三面筑墙，南边临沟，面积十亩，寨内有一百米长土洞直通沟里。刀客来时，人们躲进寨里避防。刀客没有重武器，从来没有攻进寨子。

小时候，李志斌曾在寨子里躲过刀客。长辈们得到刀客上了东沟的消息，立马蜂拥进寨，掩上一拃厚的柏木寨门，插死门闩，在墙头用火枪、快枪打刀客。土洞是防止万一寨子失陷，人们下沟逃命用的。由于刀客从未破寨，所以没有用上。

二道原方圆百里一马平川，一旦被敌围困，如何保存力量，冲出重围，李志斌不得不考虑。原上东西是沟，有利于民军打游击。也可以利用沟坡相连的优势，把队伍拉到头道原、三道原与敌周旋。那里和二道原一样，都是好战场。但若遭到敌人大规模围攻，多是梯田少有树木的黄土沟坡，不能给自卫队提供隐蔽屏障，很难躲过炮火打击。如果在原上陷入重围，民军犹如笼中之鸟插翅难飞。由于心存忧患意识，他走遍了沟沟坡坡，对原上每一处地形都了如指掌。

他站在寨墙上，深深地吸了一口气，田野里散发的麦草气味很是清新。他看着寨子周围葱郁的麦田，把眼睛定格在雨雾迷蒙的沟里。这是一道与别处不同的山沟，它从菜元川伸进李家村，像一把大剪刀，在沟里剪开一道豁口。坡上长满洋槐树，树林从北向南连绵十多里，伸向梢树蔽天、山山相连的甘山，形成一道绿色天然屏蔽。在这里守，可以利用寨子抗击敌人。退，从土洞下沟钻进树林，敌人纵有千军万马也无可奈何。

“真是一处好战场!”李志斌对穿着米黄色军装、挎着双枪的王怀德说。

王怀德赞同地说：“是一处好战场!”他指指西墙头几处豁口，说：“那里需要加固!”

“现在就干!”李志斌说。

“现在？日本人还在洛阳以东呢，没必要冒雨抢修吧?”王怀德说。

李志斌说：“鬼子虽在洛城那边，但形势瞬息万变。一旦国军战败，必然势如山崩，日军则势如破竹，长驱直入。在我眼里，洛城并非远在三百里外，而是近在眼前！”

王怀德不以为然地摇摇脑袋：“李专员也太长敌人志气，灭我们威风了！”

王怀德虽是军人，但毕竟年轻，只有放在血与火里摔打几回，才会老练。李志斌没有和他争论，他对身后的白玉娃说：“通知李副司令，派人加固寨墙！”

王怀德看着白玉娃走去的背影，说：“司令真要冒雨修寨子？”

李志斌说：“下雨和泥，不用绞水，正是时候！”

王怀德这才明白他的用意，说：“趁墒筑墙，这样也好！”

这时，从村外跑来五骑人马。马队跑到寨子跟前停下。盛子才身穿浅灰色中山服，和四个保安团军人翻身下马。

李志斌和王怀德出寨迎接。

盛子才伸着双手跑向李志斌，四只大手握在一起，盛子才用力勒了勒，笑着说：“到了你的司令部，得知你上了寨墙！李专员未雨绸缪，身先士卒，可谓抗日楷模，实在可敬！”

李志斌说：“大敌当前，岂敢懈怠！盛县长顶风冒雨莅临小村，若非为抗日大计，不会如此辛苦！”

盛子才说：“知我者，志斌也！”他指着身边一个身材魁梧的保安团军官说，“国民兵团副司令，兰德贵！”

兰德贵一个立正，向李志斌敬一个军礼，道：“久闻李专员大名，今日得见，三生有幸！”

李志斌已经注意到这个人高马大、紫铜色脸上有道刀疤的中年汉子，他向兰德贵抱拳行礼道：“兰司令，幸会幸会！”

盛子才说：“你们都是行伍出身，陕县有二位坐镇抗敌，此乃天赐百姓造化也！诚望二位精诚团结，不负党国期望，百姓厚望，齐心协力，保家卫国！”

李志斌听着话里有话，便说：“老同学百忙之中来到小村，定有要事吧？请到司令部说话！”

盛子才摆摆手说：“不，不！”眼光盯向寨墙上打杵的汉子。

李志斌说：“这座先人防刀客的土寨子易守难攻，战时或许可以借它一用！”

盛子才不以为然地说：“土寨子抵挡大刀步枪能行，抵挡坦克大炮也行吗？”

李志斌当然明白这个理儿，但战时一草一木都是可利用之物，何况这是一个完整的寨子。盛子才不过是外行之见，庸人之见，他没有再作解释。

李志斌说：“盛县长冒雨前来，不会是为这个土寨子吧？”

盛子才转过身走着说：“当然，我是前来告诉你一件大事！”

“什么大事？”李志斌赶上前和他并行走着。

兰德贵和三个护兵牵着马儿走在后边。

盛子才说：“郑县丢了，日本人就要进攻洛阳了，洛城能守多久说不准。一旦洛城沦陷，日军就会长驱直入，威逼陕州。上峰命令我们以县为单位，整合一切抗日力量，准备打人民战争，让侵略者陷入汪洋大海，有来无回！”

对形势保持清醒头脑，不乐观不消极，组织民众打人民战争，盛子才的观点与李志斌是一致的。他说：“盛县长如此客观地看待局势，如此积极组织民众抗战，李某佩服！我向你表态，李家村自卫队誓死抗敌，决不妥协！”

盛子才点点头说：“我今天前来，是想知道李专员对整合抗日力量的态度，希望老同学给我一个明确答复！”

十天前，李志斌和王怀德到县里参加整合抗日武装会议。会上，盛子才作了讲话，并抽调一批保安团官兵由匪属带着到土匪窝子里去“招安”。会后，盛子才把他留下来，一起在“回民羊肉馆”吃羊肉泡。盛子才对他提出三点希望，一是请他出山，就任陕县国民兵团副司令或参谋长，由他任选一职，希望他和他一道指挥国民兵团对敌作战；二是希望他带头接受改编，把李家村自卫队改编为国民兵团一个大队，隶属国民兵团直接指挥；三是要他出面说服罗大炮、云飞子接受改编。

李志斌心存顾虑，列出四大理由回绝：一、他不能离开自卫队。建立这支武装的本意是抗日保家，鬼子就要打到家门口了，他却到县里高就，于情于理都不合适，没法给父老乡亲交待；二、他是落难专员，败军之将何以言勇？他现在是一介平民，平民如何担得起国民兵团高官重任？出山之事，绝不可言；三、李家村抗日自卫队是村民自己的、不接受本村以外任何势力领导和指派的抗日武装，他虽然赞同县里整合武装，但自卫队有章法限制，实难接受改编；四、他和罗大炮虽有交情，但已是往事。如今，他为民，罗为匪，是两股道上跑的车，非为同道。不过，为了抗日大计，他愿意为盛县长奔走劝说。

不管怎么说，李志斌觉得回乡半年多来，盛子才对他不错。在支持武器、派遣教官、培训队员上，他做得无可挑剔。他今天提出三件事情，他拒绝了两件，面子上着实不好看。如果第三件事再不答应，就显得他不够意思。何况，大敌当前，收编土匪抗日，对匪人可谓一生难逢的好机会。消除匪名，清白做人，利在眼前，泽及后代，这可是有百益而无一害的事情。李志斌乐意去做，也有信心促成此事。

当天夜里，他带着白玉娃上甘山说服罗大炮接受改编。罗大炮抹不下他的面子答应了，并说服义弟云飞子也接受改编。罗部被编为“陕县抗日国民兵团第三大队”，云飞子与盛子才积怨太深，本不愿改编，看在李志斌和罗大炮的面子勉强答应。但他有言在先，愿归罗大炮旗下，听从罗大炮调遣，不受国民兵团直接指挥。盛子才接受了他的条件，把其所部二百多人，编为罗大炮部第三中队。罗大炮大队拥有兵力六百余众，成为一股重要的武装力量。

这件事情，李志斌办得很好，盛子才相当满意。他专门宴请李志斌表达谢意，不再提改编自卫队的事情。李志斌本以为事情已经到头，可盛子才冒雨前来又谈这事，不由心生反感。既然他已经表明态度，又兑现了诺言，盛子才重提改编实在不该。

李志斌不高兴地说："改编自卫队，我已经明确态度，你为何又提此事？"

盛子才说："你是表明了态度，可我并没有明确答复你……"

"你也没有明确反对！你在沉默，沉默等于赞同！"李志斌嗔怒地打断他的话。

盛子才严肃地说："李专员是高级干部，应该知道执行命令吧？整合武装，是奉省党部指示，并不是我盛某个人意愿。前几天，你说自卫队不愿接受改编，我没有表态，是碍于老同学的情面。可是现在，有几股武装拿你当榜样效仿，拒不改编。他们说，只要你接受改编，他们屁也不放。如果你不改编，他们也不改编！"

李志斌心里窝火，尤其那句"高级干部，应该懂得执行命令"，无疑是在教训他。他强压着怒火说："我算啥高级干部？我是落水狗！被日本人打败了的落水狗！你说我不懂命令，这话对！因为我不是专员，是落水狗！既然是狗，当然不懂命令，自然不会执行所谓的命令！"

盛子才一时很尴尬。他撂出那句话就后悔了，但覆水难收。李志斌把自己比作狗反讥他，他赶紧换一副温和面孔说："你看看，我说一句，你就扯出这么多话来！刚才是我说话不对，我向老同学道歉！"他双手抱拳说，"不过，老同学也要体会我的难处……"

盛子才一认错，李志斌的气消了。

匪首成分复杂，多是官逼民反的血性汉子，只有少数为害一方。国军兵败如山倒，陕县危急。在此紧要关头，匪首大都能从抗日大局出发接受改编。县政权一时相对稳固，政民关系得到改善，盛子才作为党政军一把手，也得到民众拥戴。民众勒紧腰带纳粮纳物，拥军支前。盛子才把凝聚着老百姓血汗和希望的钱粮布匹，分拨到国民兵团各大队。对收编的土匪武装，每个大队增配捷克式轻机枪四挺、子弹五千发，他的威信一时大增。

陕县的抗日热潮空前高涨，但盘踞南山的李铁锤抗日义勇军，对政令不予理睬。盛子才派李铁锤的老部下兰德贵赴南山洽谈，开出让他就任国民兵团司令，他甘愿“让贤”的特别条件。但李铁锤担任保安团长时，盛子才为了在保安团提拔亲信排除异己，利用李铁锤弟弟李铜锤是共党分子的理由，在秦专员面前挑拨离间，屡次迫害。如果不是白莲出手相救，他早就丢了小命。二人之间的沟壑，实在难以填平。李铁锤对党国忠心耿耿，盛子才却对他百般加害，他对党国早就绝望。从拉起队伍那天起，他就起誓与盛子才誓不两立。遂修书一封，断然回绝：

盛子才大人：

你的通告本司令知悉，又派兰副司令前来说愚，并以兵团司令一职诱吾，足见大人之诚心，不胜感谢。战火将至，大人作出整合抗日力量之决定非常适时，亦非常明智，愚举双手拥护。不过，愚对你的人品实在不敢恭维，且心存忌惮。你虽出让国民兵团司令一职，让愚就任，但县党部书记、县长两职仍是大人一肩所挑，国民兵团处在党政双重领导之下，你让与不让司令一职有何意义？论军事才能吾在你之上，论流氓奸诈，愚不是你的对手。愚与你今生缘尽，道不同，岂可为谋？吾向你保证，我们的共同敌人是日本鬼子，在战场上我不会向你放一枪一弹，也不会打你黑枪。诚望你言行一致，别再心存诡异，图谋同道。否则，积怨深重，愚不打你黑枪，难保别人不打。本司令看在抗日大局上，向你进一句忠言：大人玩笔杆行，打仗不行。素闻二道原李志斌专员乃抗日英雄，忠勇之士，在此陕州危急关头，何不授以重权，请他统军？如得李公出马，必得众望所归，实乃民众之幸……

盛子才看罢，气得七窍生烟。他是真心与他和好联手，他不接受也就罢了，却如此污辱他。他恼羞成怒，把信撕碎扔到地上，骂道："天生的土匪坯子，拉不回头的倔货，等着吃枪子儿吧！"

盛子才这肚子气还没消，派出去的几路人马又相继报告：二道原塬上村霍军礼民团、头道原卢军礼民团、大营村吕军礼农民自卫队，均不接受改编。他们声称，只要李家村自卫队接受改编，他们就接受改编。李专员的队伍单干，他们也单干。盛子才仔细想想，这些事都和李志斌相关。他这才认识到改编李家村自卫队势在必行，于是就冒雨上了二道原。

李志斌听罢盛子才叙说，这才明白他因何重提改编。除过李铁锤他不熟悉，霍军礼、卢军礼、吕军礼三人是换帖弟兄，他都认识。他和卢军礼父亲卢永堂是姑表兄弟，他为弟，永堂为哥，卢军礼叫他表叔。当年探亲时，卢军礼带着霍军礼、吕军礼看望过他。那时，他仨都是二十来岁的小伙子，李志斌只知他们是财主，没想到都成为拥有上百号人的民团头子。国难当头，这三股武装四五百号人，如能攥成拳头共同对敌，定是好事。如果各自为战，无疑是伸开的五指一盘散沙。从这一点上说，接受改编利大于弊。

李志斌权衡再三，作出有条件让步，他说："为了配合县里，我愿意接受改编。不过，我部的名号应叫'陕县国民兵团独立大队'为宜，隶属你领导，但我部拥有开展抗日活动自主权……"

盛子才以为李志斌不会合作，所以，他是抱着挖破脸而来的。他没有想到箭已上弦，弓还没有拉开，李志斌就答应接受改编。他当即换了一副笑脸，说："老同学如此开明大度，与其说是支持我，不如说是陕县民众之大幸!"他向兰德贵招招手，兰德贵走到他跟前，他说，"李专员的人马打'陕县国民兵团独立大队'旗号，陕县地盘任他驰骋！你给独立大队拨四挺轻机枪，五千发子弹，外加二十条步枪，一万发子弹，你要亲自办理!"

兰德贵握住李志斌的手，激动地说："武器我下午就派人送来！李专员能以大局为重，不愧是党国高官，敬仰敬仰!"

李志斌要留盛子才吃午饭，他说还有事情要办，午饭记下，下次补上。李志斌也不挽留，盛子才跃马扬鞭，冲进雨雾。

李志斌心情非常复杂。他是个性格固执、说一不二的人。他有超前眼光，这种能力不是人人具备。好比下棋，庸才走一步看一步，高手能看四五步。正因为他是高手，所以才不会轻易顺从庸才。就整合抗日武装来说，盛子才没有做错，如果是他，也会那么做。但他心里不踏实，总有一种潜在的危机感。危机不是来自改编后的武装，而是来自官方，来自盛子才。

为了大局，他虽然违心地接受改编，但争取到了自主权。这是他给自卫队留的后手，有了自主权，就有了机动权。自卫队几百号兄弟的命运系他一身，来不得丁点含糊，他不得不留后手。

第十四章

秦岭经潼关入豫西化为崤山、熊耳山、伏牛山三支余脉，山岭叠复沟壑纵横，构成不可逾越的天然屏障。

灵陕战役打响后，独立大队奉命拉到头道原南山配合国军作战。

六月上旬，敌人两个联队八千余众向草庙山、岘山、函谷关国军发起攻击，其增援部队遭到民军阻击。在洛潼公路，函谷关援敌进入吕军礼大队雷区，时进时停前进缓慢；岘山援敌遭到李铁锤义勇军伏击，这些山里猴神出鬼没，来无形去无踪，打得鬼子晕头转向。

进攻草庙山的一个大队日军伤亡过半，二百多援敌、两辆战车，从头道原出发火速驰援。队伍行进到寺坡时，一段三百多米长的土路被民军炸断，日军只得修路行进。由于路面狭窄，施展不开，鬼子爬上路边高埝取土。

填平第一个大坑，坦克前进了百十米，又被第二个深坑阻拦。日军如法炮制，取土填路。突然，密集的手榴弹从埝上飞来，炸得敌人鬼哭狼嚎。密集的枪弹，打得坦克叮当作响。

鬼子发现阻击他们的是穿便衣的民军，并非国军，立即还击。

卢军礼出师大吉，一顿手榴弹就炸翻十几个鬼子，他挥着驳壳枪边射击边骂：“小日本，老子以为你们是铁头铜腰，刀枪不入呢！原来也是肉包子！日你奶奶，揍死你！”

民军旗开得胜，军心大振。他们依据地形优势，居高临下猛烈射击。有人将脑袋伸出老高，想看一看鬼子中枪的惨相。一排枪弹扫过来，几颗脑袋瞬间开了花。民军大乱，有两个年轻人，提着步枪跑进麦地想开溜。

卢军礼骂句娘，一梭子打过去，子弹落在逃兵前面。二人愣了一下，又向前跑。又一排子弹打在脚下，俩人调转屁股回到阵地。

卢军礼拿枪指着他们的脑袋骂：“尿包！再跑一步，老子要你的小命！”

俩人抱着步枪可劲儿打，但失去准儿的子弹，不知打在什么地方。

子弹打坦克，好比蚊子咬大象不疼不痒。在敌我双方猛烈对射的时候，坦克快速倒退至坡下。连汽车都很少见过的民军，以为断路阻挡了这两个铁家伙，手榴弹把它炸怕了才往坡下跑。

卢军礼一面射击，一面喊：“鬼子要跑！弟兄们狠狠打！打跑了鬼子，去盛县长手里领大洋！”

枪弹更加猛烈地射向敌人。

鬼子卧倒路上还击，他们从枪弹密度程度，知道面前不过是一队民军。国军尚且不在皇军眼里，民军岂是他们的对手？

坦克退到坡根停下，卢军礼躲在树后边疑惑地张望着。他不清楚坦克要干什么，想逃跑？还是想冲上梯田？他正在天真地猜测着，坦克的炮塔转动着，炮口指向他们。

卢军礼突然意识到了危险，他惊叫着“撤退！”，一部分人提着枪往麦子地里跑，大部分人打得正酣。他们好像没有听到命令，几挺捷克式轻机枪在射手们怀抱里狂叫着。卢军礼对空放了两枪，机枪才停止射击。这时，坦克开炮了。炮弹一颗接一颗在阵地上爆炸，有两个机枪手被炮火送上了天空，尸骨飞扬。刹那间，民军被打放羊了。卢军礼可着嗓子喊叫趴下，但队伍失控了。民军在拼命向南奔跑，一心想逃到阴阳嘴的树林里，只要跑到那里，炮弹就打不着他们。

然而，他们完全暴露在炮火之下。炮弹在人群中开花，弟兄们一片片倒下。卢军礼和两个机枪手趴在地里，等炮击停止才撒腿跑下沟里，直到阴阳嘴战斗打响，他才从沟里出来收拢部队。

卢军礼奉李志斌命令在寺坡阻击日军。卢军礼、霍军礼、吕军礼不肯接受改编，李志斌接受改编后，他们情愿归顺独立大队。盛子才本来不同意，可不答应他们就拒绝改编。盛子才勉强同意了，但心里怪怪的。他治理陕县多年，还没有哪一支民军像忠诚李志斌那样，心甘情愿归顺到他的旗下。他将卢军礼、霍军礼的人马编入独立大队。以吕军礼部离二道原较远为由，指定其活动范围在大营一带，破格将其编为“大营大队”。

独立大队实际拥有本部两个中队和霍军礼、卢军礼两个中队，计四个中队六百余众。霍军礼部随大队活动，卢军礼部依然驻扎头道原。

李志斌在寺坡和阴阳嘴布下两道阻击线。

卢军礼中队在寺坡打阻击的时候，他在阴阳嘴设下连环套，要再打一个伏击战。

他站在岭上松树林里，从望远镜里看到民军被炮火炸得一塌糊涂，焦急地喊叫：“卧倒！卧倒……”

王怀德愤愤地骂道：“听到炮声就乱窜，岂不是当活靶吗？卢军礼他妈的怎么带的兵？”

李志斌瞪他一眼，说：“你要知道他们都是泥腿子，不像你是军人！盛子才只知收编，却不训练，他们知道怎么防炮吗？”

王怀德怒气不减地说：“那也不能听见打炮就放羊，给炮弹当靶子！”

李志斌说：“他们敢打就了不起！”

王怀德不再争论，他对白玉娃说：“传令下去，严密隐蔽，准备战斗！”

白玉娃跑下松树坡，向埋伏在半山腰的民军传令。

李志斌说：“半个小时后，敌人就会到来，咱们上阵地！”

王怀德说：“我上去！”他叮咛白玉蛟：“保护好司令！”就带着几个人跑下山坡。

王怀德是独立大队副司令兼参谋长。

当初在盛府，李志斌发现王怀德是个军事人才。军训结束，王怀德要回保安团，李志斌要留他。王怀德很为难。留下吧，他是拿现洋的军官，自卫队是吃农粮、无军饷的泥腿子。拒绝吧，李专员是他敬仰的一条汉子，实在抹不下脸面。秦之清、盛子才哪个打过仗？他们整天高喊抗日，纵有一腔热血又能如何？这是打仗，他们会打仗吗？俊鸟择良木而栖，英雄择明主而事。国难当头，铁血男儿自当追随英雄豪杰杀敌立功，岂能屈居庸才，泯了报国志向？他有心留下来，但怕表伯不依，一时不知如何是好。

李志斌看出了他的心思，让他三日后回话。

第二天，李志斌去到县城，当面和盛子才商谈王怀德留任自卫队、任副司令兼参谋长一事。王怀德是盛子才的嫡系，他舍不得放手。但想到副司令兼参谋长，是在李志斌一人之下，百人之上重权在握的人物，把表侄放到这支队伍中，一则顺从了李志斌心意，二则他和这支队伍可结下不解之缘。近期，李志斌可以帮他实现整合抗日力量之大计，远则可以使这支队伍听令于他，成为他除保安团之外又一支重要力量。他决定答应李志斌，脸上却挂着为难的表情。先说他舍不得，又说不知道王怀德愿不愿意？李志斌见他松了口，就胸有成竹地说：只要保证王怀德在保安团身份不变、待遇不变，事情就能成。盛子才犹豫地答应了。整合抗日力量时，他和王怀德商量，要首先改编自卫队，但遭到李志斌拒绝。李司令明确支持整合，怎么又拒绝改编自卫队呢？王怀德难以理解。在他眼里，李司令和表伯关系亲密，岂知李志斌对盛子才早有提防。

李志斌让护兵把马儿拴在岭角树林里，他站在高处用望远镜观察冲出寺坡的坦克。由于中伏击延滞了增援时间，战车像两头疯牛，丢下步兵快速向阴阳嘴冲来。

十里外，草庙山激战正酣，枪炮震耳欲聋。

战前，李志斌对这一带地形作了实地勘察。阴阳嘴是浅山和深山的分界线，北为浅山，南为深山。浅山坡势稍缓，深山坡陡岭高。寺坡虽属浅山，但那段三百多米长的胡同路，高埝相狭，埝上荆棘丛生，便于设伏。并且梯田层层，战车冲不上地埝。他把卢军礼部放在那里打伏击，主力则在阴阳嘴设下第二道伏击点。

豫西山区温差明显，从头道原到浅山区相差三四度，从浅山到深山，又差三四度。浅山到深山温度变化的焦点在阴阳嘴。浅山艳阳高照，深山常常会大雨倾盆。故有“过了阴阳嘴，南北两重天”之说。

阴阳嘴一岭独立，两面临沟。东边沟深五里，与二道原隔沟相望。西边一条大路，由北向南从岭下穿过，直通深山。路下是百丈悬崖，窥不见底，十分险峻。在此设伏，只要鬼子进入伏击圈，南不能进，北不能退，东攻不上高地，西临百丈深渊，二里多长的路段就是一道鬼门关。

鬼子步兵冲出了胡同，一个军官扬鞭跃马前头跑着，士兵跑步紧跟。

战车发动机的轰鸣声已到岭下。

李志斌放下望远镜跑下山坡，卫兵们紧跟着跑下山。

李志斌来到王怀德跟前说："放过坦克，消灭步兵！"

王怀德趴在一挺架在艾蒿丛中的机枪旁边，随即传令："放过坦克，消灭步兵，没有命令，不许开枪！"

王怀德担心李志斌的安全，劝道："司令下去吧！这儿交给我，就那几个鬼子，全部干掉没问题！"

李志斌说："不可轻敌！这是自卫队打的第一仗，我怎么能下去呢？"部队已经打起"独立大队"旗号，但他改不过口，依然称自卫队。

王怀德叮嘱白玉娃保护好司令。

李志斌说："你在这边堵后路，我到前边打蛇头，我不开枪，谁也不许打！"

王怀德猫下腰，顺着战壕去了北边。李志斌向南端跑去，白玉娃、李麦贵和三个护兵跟在身后。

李志斌来到一中队阵地，看见李志龙把手枪放在战壕里，盘着腿在脚上抓痒痒。一个民军坐在他身边，伸着巴掌拍虻蝇。他一发力，啪的一响，一只正飞的虻蝇掉在地上，他用脚拧着虻蝇，头上的柳条帽不停地晃动。

李志斌踢了李志龙一脚，又踢了那个民军一脚，骂道："他妈的！没有听见隐蔽的命令吗？你们想暴露目标招引炮弹吗？"

那个民军见是司令，伸伸舌头趴了下来。

李志龙挥舞着手掌驱赶在眼前飞来飞去的虻蝇："这些吸牛血的东西，一定是把爷们当成牛了，隔着衣服嘴都能刺进肉里，太难受了！"

李志斌骂道："闭上你的臭嘴！大战在即，就是毒蛇咬你、咬死你，你也要像钉子钉在这里！谁再乱动崩了他！"

李志龙头一次看见李司令严酷的石板脸，头一次听到他骂人，感到他身上有一种不可抗拒的威慑。

大家意识到大战真要到来，阵地上顿时安静了。

李志斌担心李志龙违令擅自开枪，特别叮嘱他："我不开枪，谁也不许开枪！违令者，崩！"

李志龙做个鬼脸，拿起地上的手枪。

李志斌让李麦贵留下来，他说："你既要监督李中队长，更要保护他。防止他蛮干，若有闪失，拿你是问！"

李志龙做事一向鲁莽，李志斌担心他出错。李志龙有心拒留李麦贵，又知道拗不过司令。李志斌走后，他对李麦贵说："小李娃！快去保护司令，我保证不犯纪律！"

李麦贵不走，李志龙伸手拍一下他的头，说："你这个尿娃子，还不快走？等着爷爷给你发压岁钱吗？"

李麦贵看着他扬起的大手，一溜风走了。

第十五章

二中队阵地上静悄悄的，与一中队相比好多了。李志龙做事鲁莽，纯粹的马大哈；李志荣性格内向，做事认真，一丝不苟。二人性格不同，带出的队伍也不一样。

李志斌教训了李志龙，相信他自由涣散的老毛病今天不会再犯。当小护兵跑到他身边时，他没有责怪李麦贵。

这个十七岁的孩子，是他父亲李老五送到自卫队的。这孩子个头和步枪一般高，又黑又瘦，怎么看着都是未成年的孩子，李志斌不收。

李老五跪在他面前说："小大大，不收娃当民军，老侄就跪死你面前！"

李志斌连忙搀起破衣烂衫、头发花白，岁数比自己大半轮，却小他一辈的穷汉说："老五侄儿，你别这样！我收下麦贵就是了！"

李老五从地上站起来，对儿子说："还不快给你大爷磕头？"

李麦贵跪下磕了三个头，说了三遍"谢谢大爷！"，补满补丁的裤子，随着脑袋起伏，沟蛋上露出拳头大一块肉。

李志斌觉得可笑，但没有笑，他对李老五说："你是民军家属了，拿上口袋到保长那里领兵属补助的麦子和玉米！"

李老五冷不丁跪下磕头说："谢谢小大大，你真是活菩萨啊！"

李志斌生气地说："你的头就那么不值钱吗？以后再这样，我就不理你了！"

李老五站起来，说："老侄我的腿不软，你见过我给谁下过跪？给谁磕过头？富人谁救济过穷人？都是些为富不仁的家伙！小大大减租减息、济贫扶困，穷人打心里敬你！给你磕头，我心甘情愿！"

李家村富人少穷人多。富人占着百分之七十以上土地，灾年闹饥荒从来没有人减过租子。财主靠吃租子、放高利贷富得流油，佃户流尽血汗却没饭吃。李志斌虽然没有能力彻底打破这种格局，但他有权支配自己的既得利益：通过减租减息、免租免息，卸掉穷人身上的债务，鼓励他们积极生产，解决温饱问题，穷人发自内心感激他。他的做法引起一些富人不满，但除过弟弟李志武敢和他叫板，别人不敢。

李志斌听惯了感恩话，但他没有见过像李老五送子从军，还给他磕头的事情。穷人，才是重情重义知恩图报的人啊！给他们一点好，会记你十点恩。他们上战场，能不卖命吗？

李志斌感慨地说："老五，我辈分虽然比你大，但你年长我半轮。我是民军，不是农民，也不是家族，有事说事，下跪磕头绝对不行！"

"中！反正我心里有你！"李老五把眼光盯在儿子脸上："小子啊，跟上你大爷好好干，你敢耍孬，大大不依你！"

李志斌没让李麦贵下中队，而是留在身边当勤务兵。兰红玉用灰布给他做了一身制服，又把自己一条武装带扎在他腰里，李麦贵顿时精神焕发，满像一个国军小兵。

李志荣趴在机枪手张二虎身旁和兰红玉小声说话。见李志斌来了，二人停止话头。

李志斌来到李子荣身旁，李志荣说："鬼子到了！"

李志斌说："以我枪声为号，放过坦克，消灭步兵！"

李志荣对张二虎说："传口令，放过坦克，消灭步兵！司令没开枪，谁也不许开枪！"

张二虎传令给身边的弟兄，弟兄们一个接一个传令下去。

李志斌伸手把兰红玉头上的草帽按了按，小声说："保护好自己！"

兰红玉说："你也注意安全！"

李志斌笑道："不打跑小日本，阎王爷不点我的名！"

兰红玉穿着一身米黄色国军服装，这是李志斌在河北当专员时，给机关人员发的。他把行署人员编为一个中队进行军训，全部穿军装，因为不是正规部队，所以没有帽徽和领花。兰红玉是机要员，不在军训之列，是她坚决要求参训，从此跟着李志斌打日本，成就这段乱世姻缘。

当初，兰红玉要给教官做饭，李志斌不愿意。在河北队伍上有不少女兵，但在二道原拿枪是男人的事，从来不让女人上阵，但他拗不过她。她说，她随他不只是为了爱情，主要是为了打鬼子。她的父母都死在日本人手里，她和鬼子的仇不共戴天。如果不让她做饭，她立马回河北。兰红玉性格倔强，李志斌无可奈何，只好应了她。

自卫队奉命进山，李志斌让兰红玉下崖窑，她坚决不干。

那天，自卫队整装待发，兰红玉穿着军装突然跑来，站到队伍里。夜里，因为她要随队进山，他们争论了半宿，他没松口，最后兰红玉不再言语。他以为说服了她，不想她却在这时候戎装加身出现了。

他把她叫到司令部里，板着脸说："这是豫西，不是河北，地形不同，风俗更不同。河北一马平川，这里关山重重。那边男女皆可兵，这里自古就是男儿当兵，女人持家！你在自卫队做饭有一阵子了，见队伍上有女人吗？"

兰红玉也板着面孔说："李专员，李司令！你不会贵人多忘事吧？嫂夫人和你女儿被日机炸死的时候，你悲痛地对我们说，'在这支队伍里，兰红玉失去了父母，我失去了妻子和孩子，还有很多战士失去了亲人。日本帝国主义不是欠我一个人的血债，而是欠全中国人民的血债！国仇家恨，中国人不会忘记！凡有血性的中国人，不分男女，都要拿起武器和侵略者战斗到底！'你亲口说的这些鼓舞士气的话，难道忘记了吗？"

李志斌说："当然没忘，此一时彼一时嘛！那时，队伍里女人可以编一个排！在这里，女人可以支前，不能上阵！让女人上战场，爷们儿丢脸！除非爷们儿死光了，才轮着娘们儿上！只要爷们儿在，就轮不到女人摸枪杆！"

兰红玉生气地说："重男轻女！农民说这话，我能理解。李司令这样说，听着别扭！随队打仗，我是铁了心！你让去我去，不让去也要去……"

李志斌知道自己女人的倔脾气，他真的为难了，队伍里没有一个女人，她又是自己的女人。弟兄们都没带女人，自己带着家属如何服众？再说枪子儿没长眼睛，万一有个闪失咋办？他已经失去一个女人，不能再失去她。这个小他二十岁的女人，从河北到豫西，一心一意跟着他，他把她看得比自己生命都重要，必须尽力呵护她。

兰红玉看着书生气十足，但很倔强，她要做的事情，十头牛也拉不回来。李志斌望着窗外整装待发的队伍，王怀德、李志龙、李志荣、白玉娃、白玉蛟已经骑在马上，大家都在等他。他无可奈何地说："你在队伍上实在不便，比如说大小便，男人得避你，你也避男人！有人爱说荤段子，你能听进去吗？趁早别去！"

兰红玉恼了，她说："别拿这些鬼话做挡箭牌！跟着你死人堆里都爬过来了，还怕荤话吗？你走不走？不走去尿！我才没工夫和你闲磨！"

兰红玉骂了一句本地粗话走出屋去，把屋门带得山响。她身着军装已够稀奇，又怒气冲冲地从司令屋里出来，惹得弟兄们七嘴八舌议论纷纷。

王怀德见事情不对头，下马走进司令部。一会儿，他和李司令从屋里出来，作了短暂讲话。他说："李夫人是当代花木兰，她要和咱们一起出征！大家欢迎不欢迎？"

"欢迎！"几百号人异口同声，掌声如雷。

王怀德挥手制止住掌声，说："以后，大家说话做事要文明，不准讲黄段子说荤话，要克服流氓习气！听明白没有？"

都说："明白了！"

王怀德把兰红玉编到李志荣中队，吩咐李志荣要照顾好她。李志荣明白王副司令的心意。这个漂亮倔强的女人不同于村妇，她背井离乡来到豫西，可见对司令的深情。若是有嗦闪失，他没法交待。他以兰红玉打过仗为由，委任她一个不算官的官——中队长参谋。这个衔不用上报，他说了算。他从第一眼看见兰红玉，就认定她不是一般人。她不像村妇整天纳着鞋底谝闲话，她时常坐在洞垴的槐荫下边，捧着砖头厚的书本看。那么厚的书，全村只她一人能看懂。有人问王校长，李夫人看的嗦书？王校长脑袋摇得像拨浪鼓："她说是大学课本，本人是中学毕业，看不懂！"

有一次，李志荣陪着教官们吃午饭，兰红玉抱着一本书看，李志荣问她："嫂子整天抱着书本啃累不累？"兰红玉笑笑说："读书是高级享受！"他见书里不光有汉字，还有英文，好奇地问："你看这书有嗦用呢？是不是专员府的人都读这样的书啊？"兰红玉说："中国虽大，但教育落后。像这样一本普通的大学教材，能读懂的人太少。等将来天下太平，国家肯定会注重教育，注重国民素质的整体提高。到那时，高等教育普及了，就会有更多人上大学！"她的脸上挂着笑容，显得非常自信。他觉得她说的那个美好将来有些扑朔迷离，不相信地摇摇脑袋。兰红玉说："我说的是实话，你不相信吗？"李志荣不以为然地说："你说的是城里吧？农村娃识俩字，会写名字会记账，别人骗不了就中，哪敢梦想上大学？"兰红玉说："上大学不分城市农村，只要考上就能上。现在的大学是国立、省立，太少了！将来发展到地区办学，农民子弟上大学就不是梦了！"

李志荣被她描绘的美好前景吸引了，觉得兰红玉真的了不起，她那颗灌墨水的脑袋与他这颗灌米汤的脑袋有着天壤之别。她的脑袋想的都是大事，他的脑袋想的却是土地、租子、数钱、记账。她好比高山顶上一棵树，他是大山脚下一苗草。他拿她和王校长比、和那些先生比，兰红玉才是先生，他们都是学生娃子。他说："嫂子啊，你不应该在这里烧火做饭，应该去当先生，站讲台拿教鞭！如果你当先生，绝对比王校长在上！"兰红玉说："我是想当先生，但不是现在。等将来赶走日本鬼子，我就在村里当先生教学生！"

他封兰红玉中队参谋，还有一个原因，就是要亲自保护她。王副司令把她交给他，是对他的信任，他要对她绝对负责。

李志斌把白玉娃留在阵地，他上到岭上松树林。坦克进入一中队埋伏圈，驾驶员只顾全速前进，并不理会坡上有没有埋伏。可能在他们眼里，枪弹对坦克不过是泥丸。

阴云洇没了太阳，大团大团云块在风力推助下，在天上由西向东移动着。没有阳光，山不再青，草不再绿，到处是阴凉，

坦克轰鸣着向草庙山冲去，风把油烟吹到岭上，刺鼻的尾气味儿掩盖了艾蒿的清新气味。一群鸽子从天空飞过，头顶响着鸽翅扇击气流的刷刷声；两只野兔被鬼子惊动，顺路跑过来，在民军眼皮子底下拐下沟，消失在草木丛中。

鬼子从转弯处跑过来。一个军官骑着枣红色洋马，举着望远镜朝岭上望了一阵，打个手势，敌人停止了前进。

四个鬼子端着机枪向高地走来。

这是侦察兵，李志斌兀自担心有人擅自开枪暴露目标，搅了一场好仗。突然，鬼子的机枪一阵狂扫，子弹打在战壕前边，嗖嗖钻进艾蒿丛里。鬼子边走边扫射，山坡上一片宁静。鬼子在二中队阵地前停下来，两个家伙伸着脑袋向沟里张望一阵，不可思议地向沟里打枪。

李志斌一怕民军经不起火力侦察，擅自开火；二怕鬼子爬上山坡，发现埋伏。两种担心发生一种，都会导致伏击战失败，他的心快要提到嗓门了。

侦察兵见没有动静，就扛着枪跑步归队。鬼子以为刚刚和民军打过仗，这里没有埋伏。增援时间已经延误，他们分成按二路纵队跑步前进。

二百多鬼子全部进入伏击圈，李志斌对天鸣枪，顿时枪声大作。

他跑到二中队阵地上，命令狂甩手榴弹。刹那，手榴弹像冰雹般从坡上飞向敌群。敌人被打晕了，扭头往回跑，但一中队的枪弹照样猛烈。敌人见后路被断，又调头往前冲，前边的鬼子遭到打击往后退，鬼子挤在一起，人喊马叫，自相践踏，死伤惨重。

鬼子军官见骑在马上目标太大，容易招来子弹，便牵着马儿在人群里跑。一个胸前吊着望远镜，身上挂着指挥刀的日军小队长，躲在地埝根枪弹射不到的死角，指挥机枪射击。机枪手把歪把子架在沟边一棵火杨树后边疯狂扫射。兰红玉的步枪号住射手，一枪穿透钢盔把他撂倒。又一个鬼子抱起机枪，向二中队阵地扫射。几个打得起兴，身体暴露在战壕外边的弟兄中弹倒下。

李志荣让打机枪，机枪手猛烈开火。鬼子调转枪口，与民军的机枪对射。歪把子的射速，优于民军的国产轻机枪。民军的火力被压制住了，不断有人倒下。

兰红玉把头缩进战壕里，机枪手也学着她把脑袋缩进战壕。敌人见民军的火力被压制住了，就把子弹射向旁处。

兰红玉慢慢探出头，瞄准鬼子机枪手，砰的一枪，机枪哑火了，射手身体一歪，尸体翻腾着坠向深谷。李志荣瞪大眼睛看着兰红玉，他想不到，漂亮温柔的李夫人突然变成一尊煞神。她那张总是挂着笑意的脸，此时毫无表情。她抱着那杆枪托斑斑驳驳的破步枪，冷着脸庞，一枪一个地打倒好几个鬼子。尤其是那两个机枪手离她有百米开外，却都一枪毙命，真是好枪法。

战斗已近尾声，李志斌跃出战壕，率先冲向敌人，民军呼喊着向鬼子压去。蛰伏在大路上的鬼子，哗哗啦啦退出枪膛里的子弹，要和民军拼刺刀。李志斌开了一枪，民军一起开火。妄图用武士道精神和民军拼一把的鬼子，片刻做了望乡之鬼。

战斗结束了，队员们忙着打扫战场，李志斌却不见王怀德和李志龙。

李麦贵向他报告说，一中队长骑马追赶鬼子军官去了，王参谋长也骑马追去了。说话不及，寺坡传来歪把子机枪的速射声。李志斌担心二人有闪失，带着人马疾速前去。

第十六章

李志龙一心要得到那匹枣红马。从战斗开始，他就瞄上这匹马了。他一边指挥弟兄们打仗，一边喊叫："打鬼子，别伤马儿！那匹枣红马儿，他娘的真是一匹好马！"

李志龙爱马，对马比对孩子都精心。他家里的牛马都由长工喂养，唯独青马是他亲手喂养。青马不是一般耕地拉车的骡马，是他在陕州城里，花四十五个现洋买下的战马。当时，他骑着黑骡进城，想顺便到骡马交易市场牵一匹脚马。虽然骡子可代步，但力气有余，速度不行。有一次，他和志荣一块儿进城，志荣的雪花马脚力快，取笑他骑的不是骡子，是猪！他心里窝火，又斗不过他，赌气说："你别讥笑我！等我买下好马，你骑的就不是马，而是猪了！"

那一天，他来到陕州城郊，准备把骡子寄养在骡马店，然后去买马。但在骡马店遇见一个国军老兵，那个矮子四十上下年纪，精瘦、黑脸老鼠嘴，像个毛猴子。他刚把骡子交给伙计，他不知从哪达冒出来，小声问他："要马吗？"他看他五官不正，心想是二道贩子，能有啥好马？他没有理睬。那人说："你那匹黑骡喂得膘肥体壮，拉车行赶路不行。我有好马，你为何不看一看呢？"老兵说话时，露出两颗龇龇牙，富有诚意。他想，也许他真有好马，不妨看上一看。

老兵从马厩牵出一匹蒙古青马。那马身躯粗壮，头大额宽，胸廓深长，腿短有力，肌腱发达，毛色纯青。虽然只有二等膘，但两眼炯炯有神，是匹战马。李志龙左看右看，心里窃喜。老兵见他真心喜欢，就说：“你不妨试试它的脚力。若是匹笨马，我一个子儿不要！”他备好马鞍说，“请上马！”李志龙接过缰绳，道：“不怕我骑跑你的马儿？”老兵笑道：“搭眼一看，你就是富贵之相，绝非鸡鸣狗盗之辈，咋会偷人马儿？”李志龙开心地说：“算你有眼光！”他在城外跑了一阵，觉得青马和黑骡相比，就像兔子和乌龟，根本不在一个起跑线上。这匹马搁平时得五十个现洋，现在兵荒马乱，三十个就能牵走。

他把马儿骑回店里，对老兵说：“是匹好马，说个价吧，合适我就要了！”老兵竖着大拇指，说：“是个豪爽爷们儿！就给这个数吧！”他又伸出一根指头竖在空中。

一百块？李志龙摇着脑袋，说：“在太平年月，也许值这个数。但在乱世之秋，就不值了！”

老兵见他这样说，收回竖着的指头：“买家可知这匹马的来历？你知道了，就不会说我要价大了！”李志龙没有吭气。老兵说：“这是团长的坐骑！团长知道吗？领上千号兵呢！”

他心里惊讶，却装作不信：“你吹牛吧！谁能证明？只怕是你从别人马厩偷的马吧？我好像从马身上闻到贼腥气了！你老实说，是不是偷的马？”

老兵急了，横眉瞪眼地说，“我看你是豪爽之人，才卖马与你，你却这样小看我！我对天发誓，如果骗你，就让我挨黑枪！”

李志龙哈哈笑道：“不必发誓，我信！不过，你把我弄糊涂了，团长的马儿咋会落到你手里？还敢卖？”

老兵脸上顿时布满煞气，眼睛瞪得像核桃，情绪激愤地说：“买家听说过中条山战役吧？”

李志龙说："当然知道！仗打得很惨烈，国军虽败犹荣，打死鬼子上万！"

"没影的事儿，全是鬼话！"老兵气愤地说，"本来说好，我们团坚守阵地，阻击日军侧击友军，可还没等我们接上火，友军阵地就被突破了，几千鬼子一下把我们包围了。敌人想俘虏我们，就派汉奸过来说事。团长说，为了弟兄们的生命，他要带领大家投降。团长平时把抗战挂在嘴上，这时候却成了稀屎堆！明明是官怕死，却要打着为兵谋生的旗号，简直无耻到底了！受降日军一个中队刚上前沿阵地，我们一个连长掏出暗藏的手枪，一枪把鬼子中队长干掉了。全连都是放下武器的人啊，一百多号生命瞬间全被鬼子机枪绞了。那个连长不是不计后果，他是要用血惊醒我们，不能走投降那条路啊！连长的血没有白流，弟兄们清醒了，大家反对投降，要血战到底，我军顿时乱套了！主战吧，肯定全军覆没，投降吧，耻辱啊！"

李志龙听得火起，忍不住骂道："那个狗娘团长，天生的软货，真该千刀万剐！"

老兵说："那天晚上，敌人向我们下了最后通牒，我们连长把几个陕西老兵召集一起商量说，'弟兄们！站在中条山能看到咱们家乡，看到家乡的山水，就想起父母亲人，他们希望我们打走鬼子，回家团圆呐！父母谁也不想让我们战死啊！可是，他们宁肯儿子战死，也不会让我们投降呐！我是决心和鬼子拼了，你们咋想都表个态吧！愿意拼的跟我走，愿意投降的跟团长！'大家都说拼了！连长说，'这一仗拼下来，不管谁活着，一定要给战死的弟兄家人报个口信，就说我们宁死不投降，没有给父老乡亲脸上抹黑，没有辱没先人！'当晚，阵地上发生了兵变。我们连端了团部，打死了团长。这匹马是我混战中从马厩里牵出来让连长骑的，突围时连长战死了，我骑着这匹马左冲右突，自己都不知道是咋突出重围的！"

听罢老兵的叙说，李志龙对他肃然起敬，他说："原来你是抗日英雄，失敬，失敬！"

老兵得意地说："现在相信我的马儿有来头了吧？"

李志龙不解地问："我就不明白，你要回陕西老家，山高路远咋不骑着马儿走呢？"

老兵说："你看我有骑马的官态吗？此去陕西沿途重兵防守，骑着马儿只怕过不了潼关，就让国军抓住当逃兵崩了！我打算卖掉马儿，置身便装走山路过潼关。现在嘛，我是穷光蛋一个，连住店钱都欠着呢，就指凭卖马钱结账起程呢！"

李志龙明白了，他伸着一根指头说："这匹马虽好，可这阵儿不值这个数。"

老兵摇着脑袋说："我没多要，至少值十个现洋！就是逮头猪娃，也得一个现洋吧？"

"十块现洋？说了半天，我以为你要一百呢！"李志龙收回那根指头说，"看在英雄打鬼子死里逃生的分上，这匹马我牵了！"他把身上所有的钱都给了老兵，说："我身上的钱都给你了，只多不少！"老兵数数，四十五个现洋。他留下十个说："说好十块钱，我咋能多收钱呢？"李志龙说："就凭你们敢崩草包团长，敢和鬼子干仗，就凭这匹马上过战场，救过你的命，你有种，马有种，何止十块现洋？我买的可是无价之宝啊！"老兵见他这样说，就收下了钱。

李志龙骑着青马，牵着黑骡回到村里，去找李志荣比马。他一气跑出二十里，等了一支烟工夫，李志荣才赶上。后来，李志龙要和李志斌比马，看看是棕马好，还是青马好！李志斌说，两匹都是好马。如果真要说出哪匹最好，棕马体形比青马高大，腿儿也长，骨骼更强健一些。李志龙心里不服，执意比马。结果，没跑出五里地，棕马就把他甩在了身后边。

李志龙看见鬼子那匹枣红马，比李司令的伊犁马还高大。混战中那马驮着鬼子军官冲出了伏击圈，可见是匹有灵性的好马。他想追那匹马，但青马绑在岭后树林里。他又急又恼，掂着双枪冲下阵地，一枪一个对没有咽气的鬼子补子弹。这时，迎面跑来两匹洋马，他逮住一匹飞身上马，向枣红马追去。王怀德害怕他有闪失，截住第二匹马紧跟着追去。

枣红马离李志龙也就一百来米，他打了几枪，但怕伤着马儿，又是骑马打移动目标，子弹就更没准儿。

寺坡冒着滚滚浓烟，随风飘来骨肉烧焦的刺鼻气味。

枣红马跑到寺坡垴了，李志龙觉得太窝囊，没能骑上大洋马，还让鬼子军官逃了，这让他很没面子。他骂声娘，狠狠打出一梭子弹，但距离超出手枪射程没有打中。大洋马眼看就要跑下坡，突然砰的一枪，鬼子一头从马上栽了下来。枣红马咴咴叫着，围着鬼子转悠。

李志龙回过头，看见王怀德掂着步枪策马奔来。他冲王怀德晃晃大拇指，扬鞭催马奔洋马而去。

王怀德在身后喊叫："小心鬼子！"

李志龙无比亢奋，根本没把他的话当回事儿。

王怀德看到寺坡的烟雾心生疑虑。刚才他就看到寺坡的浓烟，估计是敌人在焚尸，但没有发现目标。焚尸的鬼子或许返回去搬救兵，或许隐蔽等待援兵。如果就地隐藏，李志龙会有危险。

那匹大洋马看着李志龙向它奔来，站在原地一动不动。王怀德喊叫着"小心鬼子！"也打马过去。李志龙跑到枣红马跟前跳下马去逮，大洋马却长啸一声向坡下跑去。李志龙又跃身上马，蓦地看见鬼子军官穿着皮靴的脚蹬了一下，他勒住马儿，冲他补了两枪，看着那家伙死定，才冲下寺坡去追枣红马。

王怀德来到坡垴，李志龙已经冲下坡了，他一边跑着，一边"吁、吁……喔、喔……"地喊叫。

王怀德正要冲下坡去，胡同里骤然响起剧烈的枪声，只见李志龙身子向后一挺，栽下马来。他惊恐地喊着李志龙，急得原地打转。

十几个鬼子埋伏在胡同。

鬼子在寺坡阵亡二十多人，他们留下一个班处理尸体，大部队火速增援草庙山。阴阳嘴伏击战打响后，这些鬼子没有追赶部队，而是就地隐蔽。李志龙冲进胡同去逮马，正中埋伏。

王怀德打伏击时抱着机枪狂射，鬼子割草般倒在枪下。一个骑马的军官头部中弹，胳膊向上一扬，身体往后一挺栽下马来，姿势和李志龙一模一样。显然，志龙也是头部中弹。方才还生龙活虎的弟兄，瞬间就没了，初夏的暖意霎时变成了隆冬。他想冲下胡同去救志龙，但高埝上鬼子的弹雨，会把他打成筛子。

不到一支烟工夫，大部队来了。王怀德向李志斌报告李志龙中埋伏的情况，李志斌心里像压着大山般沉重。志龙鲁莽，他时时告诫他，可终究还是没有防住。

李志斌命令部队迅速展开，居高临下向敌人开火。在不到二百米的射程内，埋伏在黄蒿丛中的鬼子，完全处在民军有效火力打击之内。敌人丢下几具尸体，跑进麦子地里向北运动，企图逃跑。民军发起冲锋，战士们猛虎般扑向敌人。

李志斌和兰红玉各自带着几个骑手，分别从胡同两边的小路冲下坡。

鬼子运动到了地头，只要逃下沟钻进树林就会跑掉。可是他们人生地不熟，一时找不到下沟的路。他们猫着腰骑着蜡黄的麦垄跑到地头，摆在面前的却是立陡的土崖。望着雾气腾腾的深谷，鬼子成了惊弓之鸟。这时，枪声和“杀光鬼子!”的喊声一齐袭来。鬼子趴在麦地里垂死挣扎，罪恶的子弹，打倒一个又一个民军。

兰红玉骑着大青马冲进麦田，流弹从她耳边嗖嗖飞过。

白玉娃、白玉蛟骑着马儿，在胡同对面搜寻敌人。兰红玉看见他们前边的麦子在晃动，她为兄弟俩捏了一把汗。

突然，机枪响了，白玉娃骑的黑马应声倒下。白玉蛟纵马冲向哥哥，被一颗子弹打中肩膀当即落马，他的骝马咴咴叫着在麦地里疯跑。

地埝上民军的两挺机枪同时扫过去，压制住了敌人的机枪。鬼子迅速转换位置，把机枪架在地埝根的老坟头，这个位置是死角，民军的枪弹打不到。民军想把机枪架到麦地头，但他们刚从埝上下来，就被子弹打了回去。

兰红玉翻身下马，捡起一杆步枪，又从鬼子尸体上掏些子弹，隐藏在胡同边上的紫穗槐丛中。透过枝叶缝隙，她看见三个鬼子抱着机枪、步枪在拼命射击，民军被打得趴在地里抬不起头来。

兰红玉把步枪从叶隙间伸出去，在不到一百米的射程内，她稳稳地扣下扳机。沉闷一响，机枪手脑袋一歪，倒在一边。一个鬼子扔下步枪去抱机枪，又被她的冷枪打倒。最后一个鬼子躲在坟旁的柏树后边，弄不清是从哪里飞来的子弹。他把身体藏在树后，伸着胳膊去拉机枪。叭一枪打过来，那只手嗖地缩了回去，但又迅速伸过去，把机枪抱在怀中。民军见鬼子机枪不响了，呐喊着向老坟头扑去。哒哒哒哒……敌人的机枪又叫了起来，冲在前边的几个民军倒下了，后边的人又原地趴下。兰红玉又打了两枪，但子弹都打在柏树上。

李志斌让两个民军从埝上摸到敌人头顶，想用手榴弹炸掉他。但埝边长满酸枣树，他们到不了最佳投弹位置，只得从远处抛下手榴弹。炸弹在麦地里爆炸，鬼子掉转枪口对着埝上扫射，民军趁机把两挺机枪架到地头，但鬼子藏身古柏后边，子弹不是打在树上，就是钻进坟头。

十分钟过去，几十个民军解决不了一挺机枪，李志斌心急火燎。他看见王怀德骑着马，在不远处搜寻残敌。他必须尽快解决战斗，但又不能强攻。冲锋肯定能解决问题，但流血会更多。

他正在焦虑，敌人的机枪突然哑火，老坟头传来白玉娃的怒吼和厮打声。

李志斌手枪一挥，纵马冲了上去。

白玉娃的马中弹倒地，把他甩了个跟头，侥幸没有受伤。白玉蛟落马后向他爬来，他向弟弟摆摆手，让他别动，他要伺机出手。鬼子把火力转向埝上，他悄悄匍匐近前，闪电般扑上去抱住敌人。机枪在鬼子手中响着，子弹毫无目标地射到了天上。鬼子扔掉机枪和白玉娃你上我下、我上你下地搏斗。李志斌冲到老坟头，白玉娃骑在敌人身上，左一拳右一拳地打。鬼子在他胯下口里吐着白沫，翻着死鱼一样的眼睛。

见了李司令，白玉娃抱起那挺拐把子说："我就是要活捉这个狗日的！让他知道爷爷是谁！"

李志斌说："干得好！活捉一个，顶打死十个！"

鬼子流着白沫的嘴巴呜啦着，脸上挂着痛苦的表情。李志斌要把俘虏带回去处理，不想白玉蛟突然开火，俘虏顿时脑袋开花。白玉蛟掂着手枪，恶狠狠地说："打死那么多弟兄，想让优待？见你妈的鬼去吧！"

李志斌瞪了他一眼，但没责怪。

战斗结束，民军伤二十八人，亡四十一名，毙敌二百三。

阵亡民军被就地埋葬，待日后迁回二道原。

这时，盛子才派人送来手谕。李志斌默读着信，眉头拧成了一股绳。

李志斌大队长亲阅：

草庙山战斗处在白热化状态，战斗空前激烈。祖师庙、二郎庙主阵地几易其手，敌我双方死伤惨重。二庙乃阻止日军西进灵宝威逼潼关之咽喉，二庙失陷灵宝危急，陕西亦危也！秦专员指令：灵宝作战进入生死关头，国军在前线浴血奋战，民军务必通力配合，阻敌打援，牵制敌人，确保灵宝作战取得胜利。如有违令，贻误战机，严惩不贷！

电悉，主阵地炮战激烈，敌我火炮均损失殆尽，步兵激战，我军占优。但紧急关头，日军坦克突破你部防线驰援顽敌，我祖师庙守军五百壮士全部殉国，阵地再次失陷。战区方面十分震怒，秦专员对你部阻击不力纵敌深入十分不满，责令兵团追查你部之责任。我虽替你美言，但秦专员余怒未消。据确切情报，敌人一个联队数千之众正分兵两路，从头道原和洛潼公路增兵草庙山，兵团特此命令你部，务必阻敌于阴阳嘴以北，确保灵宝会战胜利。

值此非常时期，诚望李大队长不负党国期望、民众厚望，以大局为重，英勇抗敌，建立功绩。否则乃是党国罪人、民众罪人……

李志斌把信交给王怀德。王怀德读着，脸色由红变青。民军第一次打仗，就消灭二百多鬼子，是件了不起的事情。民军为此付出重大伤亡，特别是李志龙的死让他非常痛心。他不知道李司令将怎么面对烈士的亲人。本来应该嘉奖民军，居然弄成问责，岂不是颠倒黑白吗？上峰在向李司令施压，形势更加严峻，恶仗还在后边。这次来的是大队鬼子，别说独立大队这点人马，就是国军一个军也未必能打胜。若不打，敌人会直达草庙山，上峰追究下来，李司令战场抗命，后果严重。打吧，明明是拿鸡蛋碰石头，民军将会全军覆没。他把信交给兰红玉，心里为司令捏着一把汗。

兰红玉把信撕碎掷到地上，气愤地骂道：“王八蛋，岂有此理!”

李志斌沉默片刻，对通讯兵说：“你回去报告盛总司令，独立大队歼敌二百三十人，我军伤二十八人，亡四十一人。虽战果辉煌，但伤亡惨重。诚望总司令抚恤我部阵亡烈士之亲属，以此稳定军心。至于作战命令，部队受到重创，战斗力锐减，军心不稳，急需休整，实难再战。我部有机动作战的权力，请盛司令谅解!”

穿着保安团服装的小个子通讯兵，向李志斌敬个军礼走了。

李志斌默默扫视着大家，弟兄们个个表情阴沉地看着他。他们在为战死的弟兄难过，早晨大家还在一口锅里吃饭，眨眼间就成了阴阳两界，多么残酷的现实。他顶着战场抗命的风险，果断令部队撤离，向二道原进发。

第十七章

部队来到半山腰一个村子，李志斌让大家休息，遂派两名弟兄上二道原侦察。他从县兵团情报得知，鬼子上了二道原，但具体哪些村子里有敌人，还没有搞清楚。

这是一个单门独户的小山村，门前的麦场已经耙过，单等落雨碌碡碾压后，麦子就要开镰上场了。但主人跑日本走了，村子空荡荡的。

民军弟兄陶醉在胜利的喜悦和失去战友的郁闷里，他们相互展示着战利品，炫耀各自打死几个鬼子，脸上却没有一点笑容。

李志斌让李麦贵和白玉娃去放马，村边的二荒地里长满马儿爱啃的霸王尖。

兰红玉坐在窑洞门口的木墩上歇息，脸上淌着汗水，脸色像秋天的苹果般红润。

方才，她骑着李志龙的青马杀敌，谁也没想到她的枪法竟那么好。在河北，她是电讯员。李志斌知道她会打枪，但不知道打得那么准。现在想想并不奇怪，当初打靶她就没下过九环。那时她用的是七九步枪，今天打鬼子机枪手，用的是新缴获的三八大盖儿，射程和精准都在七九步枪之上。

白玉娃扛着缴获的拐把子机枪，李麦贵屁股蛋上吊着王八盒子，二人牵着棕马和青马从王怀德面前走过。

王怀德说："把战利品留下！"

白玉娃说："机枪是我舍命缴获的，理应归我！"

王怀德绷着脸："一切缴获要归公，你懂不懂规矩？"

白玉娃见王怀德脸气不好，也上了火："我缴获的武器不归我给谁啊？狗屁规矩！"

李麦贵一手牵着马缰绳，一手护着王八盒子，生怕被王怀德抢去似的。

李志斌喊道："你俩给我回来！"

白玉娃嘟囔着来到司令面前说："我要机枪是为了打鬼子，不是当烧火棍子！"

李志斌说："你知道这挺机枪叫什么名字？知道它的性能吗？"

白玉娃摇着脑袋。

李志斌哼了一声，说："这枪是你一个人缴获的吗？为打掉这挺机枪，牺牲了好几个弟兄，玉蛟也挂彩了，他们的血都是白流的吗？"

王怀德道："三个鬼子，李夫人干掉两个，如果不是她，你能缴获机枪吗？你的功劳比她还大吗？"

李志斌道："一切缴获归大队，这是常识！谁缴获东西归谁，见到战利品都争着抢，部队不成一窝蜂了吗？谁还有心思打仗？"

白玉娃说："司令，懂了，我交！"

他把枪交给王怀德。

李志斌命令全体集合。

白玉娃要去放马，王怀德说："先听司令训话！"

兰红玉走过来，对白玉娃和李麦贵说："你俩听司令训话，我去放马！"

李麦贵那只手还放在王八盒子上。

王怀德说："把枪缴了！"

李麦贵极不情愿地卸下手枪。

王怀德掂着机枪和手枪，来到场里对大家说："白玉娃缴获一挺拐把子，李麦贵缴获一支王八盒子！他俩主动把战利品上交大队，值得表扬！"

队伍顿时哄哄嘈嘈。

李志斌说："弟兄们！缴获武器要归公，这是任何一支队伍都必须遵守的规矩。如果谁缴获东西归谁，打仗时眼睛都盯着战利品，能打胜仗吗？所有缴获由大队统一调配，然后分发到各中队！现在各中队分头统计战利品，二十分钟内上报本司令！"

大场上摆满武器弹药，最引人注目的是几挺轻机枪和四门小钢炮。李志斌和王怀德、李志荣商量后，当即把武器分配到各中队。

李志斌让王怀德给弟兄们讲日式武器性能，王怀德说他当过炮兵，熟悉小钢炮，对日式机枪一知半解。

李志斌拿起一挺机枪讲道：这叫歪把子轻机枪，为便于枪手贴腮瞄准，枪托都歪向枪身右侧，所以称之为歪把子。他又掂起一挺上着刺刀的机枪说："这是歪把子改进后的拐把子，枪托是鲤鱼形小握把，明显与歪把子不同。拐把子比歪把子装弹多，火力猛、射程远，但故障多。可笑的是，拐把子重达十七斤，鬼子居然给它上了刺刀。这两种日式机枪并不比捷克式轻机枪优良。但由于真正的捷克式机枪数量有限，远远不够装备部队，国军就照葫芦画瓢批量生产仿制捷克式。但由于国产货钢材和技术不过关，所以武器质量差，战时经常出故障。我的评价是，原装捷克式性能优于日式机枪，国产货不如日货！"

民军弟兄第一次见到日式机枪，经李志斌一讲，纷纷说日本人是魔鬼，为把杀人武器发挥到极致，竟然给机枪上刺刀，简直是笨蛋。

王怀德参加过中条山战役，他们炮团被敌人打垮，他和几个老乡死里逃生。那些来自灵宝、卢氏的战友都脱下军装当了农民，他在盛子才关照下进了保安团。他拿着一门小炮说：“这个叫掷弹筒，是一种超轻型迫击炮。口径五十毫米，五斤多重，有效射程五百米，可以由单兵携带。日军掷弹筒手都是身经百战的老兵，命中率极高，它是机枪的克星……”

他向大家演示一遍发射程序，李麦贵学着他的样子，拿着掷弹筒操作一遍。王怀德高兴地说：“行！小麦贵聪明，一看就会！”

李麦贵说：“副司令，你让我当炮兵吧！”

王怀德说：“当好你的勤务员，炮是长胡子的人玩的，不是毛孩子耍的东西！”

李麦贵不服气地说：“谁是毛孩子？我都十七了！你给我一发炮弹，看我能不能打响！”

王怀德很欣赏小家伙的倔强，他故意说：“你说你是大人就是大人了？大人都长胡子，你的呢？你以为炮弹像黄豆不值钱，想打一炮就打一炮？总共才二十几发炮弹，以后要派大用场，能让你浪费吗？”

“小气鬼……”李麦贵瞪着眼睛，嘴里嘟囔着。

李志斌看了李麦贵的持炮操练，觉得他是当炮手的好材料，虽然年纪小点，但没有一个人像他一看就会。既然他有玩炮天赋，又有热情，不妨让他干吧！于是，他问李麦贵：“你真想当炮手吗？”

李麦贵虽然心热，但李志斌正儿八经问他时，他却抓耳挠腮不知咋答。他记着父亲李老五说的话：“小子啊，跟上你大爷好好干！你敢耍孬，大大可不依你！”爷把他留在身边，是份荣耀的差事，自己理应干好。可是，他见了小钢炮，却想当炮兵离开爷，这不是耍孬吗？他不由脸红得像鸡冠子，连连摆着手说：“我要当好勤务兵，不再想当炮手了！”

李志斌看出了他的心思：“你说不再想当炮手，说明心里还想当！给你一门炮，再打仗时，专拣鬼子的机枪打，打不掉还当勤务员！”

惊喜顿时挂在李麦贵脸上，他不敢相信地看着李志斌问：“爷同意了?”

“同意了！”

“爷不怪麦贵耍孬?”

李志斌亲手把一门小炮交给他说：“这门炮归你了，跟上王司令好好学，是骡子是马，战场上看！”

李麦贵向他敬一个礼说：“我向大爷保证，鬼子有多少机枪，我打掉多少！”

民军们看着幼稚机灵的小兵，呵呵发笑。

王怀德拍拍他的肩膀：“到时候，你一挺机枪都打不掉咋说?”

李麦贵：“那我就是骡子！”

王怀德：“我要马，不要骡子！”

李麦贵一个立正，说：“我肯定是马，不是骡子！”

王怀德对大家说：“各中队选出四名炮手，跟着我演练，下面请李司令训话！”

李志斌表情严肃地说：“今天，虽然我们初战告捷，但暴露出太多问题。有军事素质方面的，有作战经验不足方面的，也有思想认识方面的，这些问题的严重后果是造成了不必要的流血，血的教训必须引起我们反思。牺牲的弟兄哪一个都是我的左膀右臂，哪一个都让人心痛。他们早上还和我们在一口锅里吃饭，转眼间阴阳两隔。这就是战争！战争就是这样残酷！牺牲的弟兄都是好样的，他们个个是英雄。但不必要的牺牲和教训，我们必须吸取。大仗还在后面，弟兄们要精明些，不但要用手打仗，更要用脑子打仗！”

他看看手表，离吃午饭还有两个小时，就命令部队就地扎灶，取水造饭，饭后向二道原寺下村进发。

在造饭的间歇里，王怀德把小炮架在场里教炮手操炮。

民军全部换上了三八大盖儿，小队长以上屁股上都吊着驳壳枪或王八盒子。人人手里有两杆枪，新枪爱不释手，老枪舍不得放下。

阳光明媚，姹紫嫣红的山花点缀得绿色山坡格外好看。

山坡上响起公野鸡求偶的叫声。野鸡吸引着弟兄们的眼球，炮手的眼睛也偏离目标投向山坡。一只公野鸡站在对面山梁上伸着脖子可劲儿歌唱。王怀德的脚踢在炮手屁股上，他们才把目光从野鸡身上转移到小炮上。

摆弄步枪的弟兄们，嚷闹着要干掉野鸡，但司令不发话，只是干吆喝。李志斌坐在场边抽着纸烟，弟兄们的话他听得清楚，但他在想打仗的事。

李志荣躺在草坡上歇息，野鸡的叫声让他歇不安宁。他来到李志斌跟前，掏出一根纸烟递过去说："我去打掉那只鸡，让弟兄们喝点荤汤！"

李志斌说："我不想暴露目标，担心招来敌人！"

李志荣："现在没有敌人，也没有老乡！你看见了吗？那只野鸡，有一百五十来米吧，我从沟底摸过去，从下打上也就七八十米，干掉它没问题！"

李志斌："根据盛县长的情报，敌人的援军就要到了，最好不要惊动他们！"

李志荣："司令太谨慎了，鬼子的任务是增援，咋会找我们打仗？就算他们来了，弟兄们都是山里猴，人熟地熟，往树林一钻，我暗敌明，鬼子只有挨打的份儿！"

李志荣见他一时沉默，就向李麦贵挥挥手："走！跟着爷拾野鸡！"

弟兄们看着他扛着步枪和李麦贵下了沟，就不再嚷闹了，心里都在盼望喝香喷喷的野鸡汤。

李志荣顺着小路前边走着，李麦贵跟在后边问：“爷，这一带真的一个人也没有吗？”

“谁说没有？”

“你不是刚才对司令说，这一带没有敌人，也没有老乡吗？”

李志荣回头看看他，说：“你个生瓜蛋子，有时猴精，有时像猪娃！没有人，你是嗦？我是嗦？”

李麦贵：“爷弄错了，我是说老乡！”

李志荣：“老乡就在附近山林里藏着，不会跑远！”

二人说着话下到沟底。溪流淙淙，水边长满山桃树。枝条茂密，只闻水声，不见水流。

李志荣沿着河边布满野猪蹄印的小路走着，李麦贵好奇地问：“爷，鬼子吃了亏，真的不会找咱们报仇吗？”

李志荣说：“小子啊！如果坡上有动静，野鸡早飞了，它会站着不动吗？”

李麦贵：“爷把我说糊涂了，麦场里那么多人，野鸡咋不飞呢？”

李志荣笑着说：“因为是中国的野鸡，看惯了自己人，不会飞。日本人凶恶，野鸡认生，见了肯定被吓飞。它不飞，说明没鬼子！”

李麦贵想想说：“爷说的对，也说的不对！”

李志荣：“这话咋说？”

李麦贵说：“爷说野鸡认生有点对，也不全对！咋说的呢？你看咱们扛着枪，但脸上不带杀气。都是庄稼汉，要不是鬼子逼着扛枪杆，爷们这会儿正磨镰割麦呢！爷们虽然掂枪杆，但庄稼汉的善良就挂在脸上，所以野鸡不怕爷们。小鬼子身上血腥味重，人都害怕，野鸡能不怕吗？”

小子和他侃到一达，李志荣夸奖道：“真是红萝卜调辣椒，没看着啊！你脑袋瓜子怪好使，话说到点上了！”

李麦贵受到夸奖，话就更多：“还有一点不知是爷不知道呢，还是爷没说透？”

“哪一点？”

“爷是好猎手，你说说老虎为嗦不敢吃小娃？”

“这还用问你爷我吗？老虎不饿呗！“

李麦贵说：“错！老虎眼里不分大人小娃，它以为小娃也和大人一样厉害，才不敢轻易攻击！”

老虎不敢吃小娃只是传说，李麦贵却浮想联翩，说出这多道道，李志荣既惊奇又好笑。

李麦贵不管爷愿不愿意听，话不住口地说：“为嗦老虎眼里大人和小娃一样高大呢？是因为动物的眼睛都是平视的，所以在老虎眼里，大人和小娃一样高大！”

李志荣觉得他越说越离谱了，笑笑说：“你个小鬼头，从哪达听的歪理，拿来糊弄爷？”

“是我揣摩的！”李麦贵说，“野鸡眼一定和老虎眼相同，都是平视的！它不飞是因为队伍处的位置低，它不得见！如果鬼子真的从坡上下来，野鸡肯定得见，肯定要飞，爷说对不对？”

李志荣被他左一个爷、右一个爷叫得心痒，不由喜欢上这个小兵，他说：“也许你说的对吧！但你不是动物专家，爷信不等于别人也信，更不等于你说的真对！”

两人来到一道山梁下，李志荣示意李麦贵站着别动，他向前走了几步，躲在一簇桃树丛中向山上眺望，看见野鸡伸着脖子，拖着长长的尾巴在咯咯叫唤，火红色的羽毛格外醒目。该死的东西，也许应验了麦贵“鸡眼也是平视”的话，它孤零零地站在山梁上，肆无忌惮地歌唱着，一点没有发现来自山下的危险。

距离在八十米以内，李志荣把枪架到树枝上，树枝轻轻地晃动，他怕失准扫兴，让弟兄们讥笑，又猫腰向前走了几步，把枪架在一棵树叉上，悄悄地瞄准猎物胸部。

沉闷一枪，野鸡扑楞着翅膀翻到沟里，落在溪水那边的草地里。

李麦贵喊叫着“打中了!”，越过溪水去拾猎物。

蓦地，一群野鸡惊叫着，从山梁上飞起，伸展翅膀滑向对面山坡。野鸡擅长奔跑而非飞行，即是从高向低滑翔，也要消耗很大能量。鸡群从李志荣头顶飞过，速度并非很快。他扔掉步枪拔出双枪，左右开弓迅速开火。

李麦贵也不顾捡拾猎物，举起手枪对空猛放。

几只野鸡从天上掉下来，鸡群落在草丛里不见了。

场里响起民军的欢呼声，他们为有鸡汤喝庆贺。

李志荣打了五公三母八只野鸡。

李麦贵提着一只公野鸡，说：“这只是我打下来的!”

小家伙没有打过猎，更没打过飞物，他说是，就权当是吧。李志荣掂掂那只鸡，说：“二斤八两!”

李麦贵说：“最少三斤半，掂着重重的呢!”

“你真敢说，野鸡很少超过三斤重!”李志荣看看鸡嘴说，“是只三岁老鸡!”

李麦贵疑惑地问：“爷凭嗦说是三岁老鸡?”

李志荣洋洋得意地说：“头年尖，二年弯，三年平，你没听说过吧?”

在村里，打猎是财主们的营生，穷人连吃饭都没保证，哪有心情去打猎?李麦贵那点老虎不吃小娃的说法，也是从猎手们闲侃时听到，加上想象发挥的。他咋会知道野鸡的年龄呢?他好奇地非让爷讲一讲不可。

李志荣说：“断鸡龄不像断人年龄，只看脸上皱纹、头上白发。断鸡龄看嘴巴，头年生的野鸡娃，嘴巴是尖的；二年鸡嘴是弯的；三年以上的老鸡，嘴巴是平的……”

李麦贵明白了，他说：“我知道了！野鸡啄食时间长了，嘴巴才由尖磨平的！”

李志荣卖弄说：“打猎的道道多着呢！等打跑小鬼子，爷收你当徒弟，发给你一杆猎枪，凭你小子的机灵劲儿，肯定是个好猎手！”

李麦贵高兴地说：“谢谢爷！到那时爷上了年纪，打不动坡了，我保证天天给爷送野味儿！”

李志荣取笑道：“那时候，你只要不变成白眼狼把爷吃了，爷就谢天谢地啦！”

第十八章

兰红玉静静地坐在洼地里看着马儿吃草。这是一块黑垆土二荒地，土壤肥沃，长满青草，马儿啃得津津有味。

李志龙虽然死得窝囊，但他是死在战场上，不是死在自家炕头，他是英雄。兰红玉感到欣慰的是，她击毙了八个鬼子，为他报了仇。她知道，民军能旗开得胜，是占据有利地形突然袭击的结果。如果鬼子有备而来，民军难保全胜。毕竟都是第一次上战场的庄稼汉，与鬼子相比，单兵作战不在一个水平。

乌云完全退开了，天空纯净得没有一丝云彩，阳光把山里照耀得格外青翠。天是那么蓝，蓝得没有一点杂色。

兰红玉放眼望去，近处青山如黛，远处山山相连，一眼望不到尽头。她生长在河北平原，没有见过如此绵延的大山。若在和平年代，这里就是一幅美妙的青山绿水图。山坡上牛铃叮当，山谷溪流淙淙，羊儿欢叫，农夫在太阳下面锄禾，炊烟在村庄上空飘荡，犬声在山间回响，多好的田园风光啊！可是，一切美好被小鬼子糟蹋了！

战乱让她失去父母，李专员失去妻女，为抗击侵略者，他们并肩作战，经历过生死考验。回到二道原九个月了，她已经熟悉了村风民俗。走进农村，她对农民有了全新认识，对穷人发自内心地同情。当李志武要和哥嫂分家另灶时，她建议丈夫免除佃户欠粮、减半收租，给穷人带来眼前利益，由此赢得了人们尊重。

调皮的棕马跑来跑去专挑霸王尖啃，把大青马身边的青草踩踏得一片狼藉。兰红玉去牵它，它和她兜圈子，她踩住缰绳，它才站住，她把它拴到地埝根一棵山杏树上。棕马啃着青草，不停地打着响鼻。她爱惜地抚摸着马脸，马儿舔着她的手，暖流传到身上，就像爱人抚摸般美妙。

“真是一匹好马!”

兰红玉抬起头，李志斌站在埝上。

他从埝上跳下来，二人相视片刻，同时看着天上。阳光照耀着他们，气氛更加温馨。

进山后很艰苦，行军打仗，在树林里宿营，居无定所。考虑到兰红玉是队伍里唯一的女人，又是司令的女人，王怀德要安排二人住在一起。这样的安排合情合理，李志斌没有反对。进山前产生的隔阂，是笼罩在他们之间的阴影。李志斌真想在夜深人静时，向心爱的女人道歉。可是，兰红玉坚决拒绝。她生气地对王怀德说，战场上只有战士，没有夫妻。弟兄们都没带女人，李司令凭啥要女人陪睡？从现在起，她是打鬼子的战士，不再是李志斌的女人。然后，她在树林里绑起吊床，不再理睬王怀德。

李志斌并不怪罪爱人，她说的话没错，战场上只有战士，没有夫妻。

在河北打游击的时候，队伍里的几对夫妻战士都是分居。战斗间隙，可爱的人儿藏在宿营地周围的麦田偷情，惹得单身男人向他告状，却不是直接告小夫妻们违犯纪律的艳事。单身男人很聪明，明白告人家夫妻艳事，不但俗气小气，还有害红眼病嫌疑。于是，就有趣地告人家践踏麦子，坏了游击队名声，破坏军民关系。李志斌承诺要整顿军纪，收拾那些离不开女人的叫驴。但会上讲的却是不得擅入民宅，不得调戏妇女，对麦子地里的艳事却只字不提。这种只说不打的宽容，并没引起告状人的不满。他们都是战友，苦中找乐玩的，谁会当真呢？李志斌的想法更是大度：如果不是小鬼子侵占了家园，小夫妻们不会掂着枪杆在大天之下旷野之上折腾，应该睡在温馨的小屋、软和的床上享受天伦之乐。小夫妻们都是最优秀的战士，他们夜里在麦地里折腾，白天可能会在战斗中牺牲。如今时过境迁，曾经激情四射的小夫妻们，都倒在抗击侵略者的战场。他们的音容笑貌，却刻在他的脑海，总在眼前浮现。

激战后的平安能保持多久，谁也说不准。

这对战火中结成的夫妻，一直是形影不离。现在，李志斌认识到，自己对兰红玉的爱护是建立在斗争之上的错误。强敌入侵，山河破碎，国都没了，何以为家？浅显的道理，他不知给多少人讲过，却一时犯晕拒绝她入队，导致夫妻反目。她和鬼子仇深似海，随时准备为抗战流血，不让她战斗，就等于抹杀她，他犯的是低级错误。

今天的战斗，兰红玉表现出色，完全出乎李志斌预料。她干掉的机枪手，个个是活阎王。新兵怕大炮，老兵怕机枪，是她减少了弟兄们伤亡。她打出了威风，打出了威信，在弟兄们眼里，她是女中豪杰。李志斌感到荣耀，从内心佩服她。

初战告捷士气高涨，弟兄们高声议论着这场战斗。都说鬼子的脑袋并不比猪头结实，一颗子弹一个血窟窿。李志斌听在耳里，喜在心里。弟兄们打出了威风，合理的张扬，有利凝聚军心。听着队员们的张扬声音，看着蓝天野山和心爱的女人，他突然产生亲一亲爱妻的冲动。他捧起爱妻的手深情地摩挲着，这双白嫩、指头细长、原本是拍电报的手，现在却用来握枪杆，而且扣扳机与发电报一样精准，真是一双巧手啊！

兰红玉任由丈夫的大手摩挲，直到彼此手上有了汗渍，她才抽出手来，嗔怪地小声说："别让人看见！"

李志斌一把将她搂到怀里，吻着她乌黑的秀发，嗅着她身上的香气，贪婪地说：“弟兄们都在巴望喝野鸡汤呢！”

兰红玉依偎在丈夫怀里，担心地说：“万一让谁看见，你就威风扫地了，我的脸也没处搁了！”

战斗的激情将隔阂全部化解，兰红玉眼里流露着同样的渴望。丈夫的手从衣襟下边伸进去，轻轻抚摸着她的肉体，她烂泥般瘫软在他的怀里，腮边飞起两朵红云……

阳光照耀着缠绵的人儿，马儿看着幸福的主人，山坡上又响起野鸡求偶的叫声。

兰红玉好像喝多了陈年老酒，仿佛又看到了河北平原的麦田。那一夜，她约他出去，在营地旁边的麦田里，他们完成了灵与肉的融合。那时窥探他们的是月亮，现在洒向他们的是阳光。

山风吹起，顺风飘来肉香。

埝上传来李麦贵喊叫他们吃饭的声音。小兵机灵，也懂礼数，他可着嗓子喊，却没有冒失地闯过来。

他们从地上站起来，李志斌拈掉她头上一枚青草，提醒她注意仪表。兰红玉伸开五指梳理着蓬乱的头发，又往手心啧口唾沫，在头上抹了几把，看着爱人牵着棕马走了，她才牵着青马出了洼地。

第十九章

第二天夜里，李双合悄悄来到寺下村，向李志斌报告鬼子在原上驻兵情况。根据李双合的报告，综合侦察员搜集的情报，鬼子在原上驻着一个大队四个中队，一千三百多人。主要分布在李家村、塬上村、窑头村、五花岭几个村。大队部设在塬上村，队部机关加一个中队约四百人。窑头、五花岭、李家村的日军各在三百人左右。李志斌把兰红玉绘制的地图展在桌子上，用红笔在图上标出日军占领的村庄，用蓝笔标出甘山鬼子兵力分布情况。

李志斌问李双合："鬼子在村里干些嗦坏事?"

李双合说："杀了志武家一头母牛，志荣家一头猪，还煮了十几只鸡……凡屋里有人的鬼子不下手。志武扔下媳妇不管，领着陕州城一个野鸡跑日本走了，他屋里没人，鬼子才宰他的牛!"

李志斌知道弟弟无德，没想到他会领着婊子跑。志武如此浑蛋，他又痛恨又惋惜。可是，父亲在世尚且管束不住他，当哥哥的又能把他咋样呢? 这个浑蛋，迟早要遭报应。他不想听弟弟的事情，就问李双合："鬼子挖地窖没?"

"没!"

"杀人没有?"

"不杀!"

“糟蹋女人没有？”

“没有！”

“真的？”

“真的！”

李志斌喃喃道：“不抢不掠，不杀不奸，小鬼子会放下屠刀，立地成佛吗？”

李双合说：“我看日本人没有你说的那么凶！小林太君，就是驻扎在咱们村的鬼子中队长，他说皇军要安民，安民懂吗？就是让跑日本的老百姓回家过日子！小林说，皇军决不伤害老百姓，这是他亲口对我说的，他要我继续当保长，他知道我是保长！”

李志斌对李双合流露出的亲日语气不满，警告他说：“小大大！你对小鬼子挺有好感呀！你还是副司令吗？你心里怎么想的？不会是想当汉奸吧？”

“看你把话说到哪达去了？我是说鬼子看着没你说的那么凶，这就是我想当汉奸了？”

他把鬼子炮轰崖窑和三个国军逃兵的事情述说一遍，问李志斌：“你说，仨逃兵是不是比鬼子还坏呀？”

李志斌说：“小胖子临死咬掉小林耳朵，是条汉子，不是孬种！他们和我们的矛盾，是兄弟间的矛盾，与日本鬼子的矛盾性质不同。当然，他们带着鬼子残害乡亲们，绝对是汉奸行为。但究其原因，是你处理问题不妥。当日他们下崖窑，乱蜂蜇头人命关天，你却不让他们上来，造成三伤二死的后果，他们能不仇恨李家村吗？你如果当时放开一马，他们能当汉奸要借鬼子的手报复我们吗？咱们中国人呐……窝里斗真够狠啊！”他摇着脑袋，一脸无奈的表情。

李双合长叹一声说：“我做得是狠了点，但想想他们打志武屋里就上火……”

李志斌问李双合：“鬼子不抢不掳来中国干啥？”

李双合道：“听何翻译说，日本人要搞嗦王道乐土、大东亚共荣圈。词儿我不懂，意思我懂，就是让老百姓过好日子……”

“闭嘴！”李志斌打断他的话，严厉地说，“鬼子的宣传你也信？老实说，你是不是给日本人做事了？”

李双合唯唯诺诺地说：“是……是做了点事……”

“说！”

李双合觉得自己没干坑害乡亲的事情，遂辩解说：“鬼子让我叫乡亲们回家收麦子，我想躲到树林里不是长法，不吃？不喝？顶嗦用呢？日本人一天不走，躲一天可以，一年不走，躲一年行吗？麦熟口上，龙口夺食，鬼子要大家收麦子，小林太君承诺不杀不抢，这不是好事吗？你不是庄稼人，不知道心痛粮食，眼睁睁看着麦子熟透籽落地里，人心都要碎了！”

“还有呢？”

“我害怕鬼子祸害乡亲们，就给鬼子磨麦子，杀猪送肉……”

“磨了多少面，送了多少肉？”

“磨三百斤麦子，杀了我家一头花猪……”

“汉奸！”李志斌紧绷着脸，“你再这样干下去，早晚有人砍你的头！”

李双合委屈地说：“你也不想一想，我当了十几年保长，对谁低三下四过？我像狗一样讨好日本人为了嗦？还不是为了村里平安免遭祸害吗？你带着青壮年走了，我和小林周旋容易吗？旁的不说，就说咱打鬼子的事，要是小林知道了，能放过队员们的家属吗？我为这事整天提心吊胆，变着法子和鬼子周旋，却落个汉奸罪名，你小大冤不冤啊！”

李双合一生气，李志斌冷静了，安慰他说：“是我误解小大了！也是害怕你一时糊涂走错路落骂名！

李双合说：“小大我不是三岁娃不懂事！外人骂我汉奸我不恼，你说我汉奸就恼。别人不了解我，你还不了解？”

李志斌说："你只要不是真心帮鬼子，谁也不会说你是汉奸。听你的口气，小林对你很信任是吧？"

李双合："是！我给他送猪肉，他夸我是大大的良民！小大不憨，心里有数，他夸我是刘备摔孩子收买人心。我巴的是你们早日回来，把小鬼子一窝端了，乡亲们也都盼着你们呐！你说，几时打回来？"

李双合眼睛热辣辣地看着李志斌，巴不得队伍现在就回去。

李志斌说："仗是打胜了，消灭两百多鬼子，但牺牲四十一人、伤二十八人，志龙也阵亡了。部队要休整，烈属要抚恤，我们要尽量把善后工作做好，我急着要见盛县长，又不知他在什么位置。鬼子在灵宝吃了大亏，全部撤回陕县与国军对峙，国军也没有收复陕州的意图，战争可能陷入僵局。自卫队打小林没问题，可周边村鬼子增援，我们抵挡不住。我会尽快去见盛司令，争取得到他的支持。你要一如既往和鬼子周旋，不能让小林起疑心。一旦作战方案定下来，你就里应外合，收复村庄！"

李双合说："要尽快打，越快越好，我担心小林翻脸，祸害抗属。至于应酬敌人，我会做得更汉奸，不会让鬼子起疑心！"

李志斌交给李双合一份阵亡名单，说："先不要告诉烈属，免得人心惶惶。等我见过盛县长，适当时候进行抚恤。眼下伤员急需救治，队伍上没医生，耽误一天，就有一分生命危险。我派人到镇上请白大夫，他居然见死不救。你们不是老表吗？你的话他应该听吧？我派人跟你去请，他若不给你面子，就把他捆来！"

李双合说："我表兄是个古怪人，也是个日怪人。说好时一分钱不要也看病，说牛时黄金万两也不出诊。让弟兄们歇着点，这事我包了！"

李双合要走，李志斌喊一声"来人"，李麦贵从外边进来。

李志斌对李双合说："你以后不要亲自找队伍，可三天出一次村，在村外龙王庙与麦贵接头取送情报。"

李双合说："中！"

第二十章

霍军礼中队从战场撤回二道原，驻扎在西沟沿上辛村。罗大炮大队撤到菜元川，队部设在盛家大院。因盛子才承诺的军饷未能到位，罗大炮让盛老爷子筹集粮款。云飞子中队回撤时兵过盛家村，由于对盛子才不满，纵兵抢掠，为日后埋下隐患。

国民兵团司令部移驻与独立大队一沟之隔的寺坡。寺坡地形险要，东西两面临沟，南连深山，北接小原，战可据守高地，退可隐身山林。盛子才率直属大队八百官兵占据此处，刘寺村的鬼子中队，龟缩据点不敢进攻，草庙山的鬼子与中央军对峙，也不敢轻举妄动。

三道原的麦子已经熟透，麦穗在阳光照晒下籽粒落地。难得一个丰收年，却让日本人糟蹋了。老百姓除了谩骂小鬼子，谁也不敢冒险下地收麦子。

不知从哪里传出谣言，说日本人要长期占领三道原，十年八年不会走。顿时人心乱了，变卖土地一时成风，土地贬到两个现洋一亩。就是说，土地由日军侵占前五十个大洋一亩，贬到两个大洋一亩。

很多穷人卖掉土地后，居家逃往陕西谋生。他们宁愿在外乡讨饭，也不愿在小鬼子的铁蹄下不人不鬼地活着。一些胆大财主不但舍不得变卖土地，而且趁机置地，把地价一压再压，大发国难财，使家业迅速膨大。

这几天，李志斌心情不错。

李双合出马，白大夫当天夜里就来了。他在兰红玉协助下给轻伤员上药，给重伤员做手术，忙了两天却一分钱不收。这个怪人，较住劲了天王老子也不认，顺着气了两肋插刀都愿意。他把祖传的刀枪药“麝香创伤粉”留了一些给兰红玉使用。这可是白家独门特效刀枪药，也是白大夫成名的唯一绝活，药价比黄金还贵。

李志斌深表感谢，白大夫慷慨地表示：以后，治疗民军伤员他全包了。

真是个怪人！前两天牛得请都不来，现在却宁愿义务治伤，就算李双合面子大，也大得有点离谱，真是不可思议。民军缺医少药，如果白大夫能加入就再好不过。于是，李志斌试探着说：“若是民军能有白大夫这样的医生，实乃官兵之大幸！”

白大夫摇着头说：“我是全原人的大夫，不是专职军医，我入了伙谁为老百姓看病呢？再说，祖上立下规矩，不得与兵匪为伍。白门后人一直谨守，岂能在我手上毁掉？”

听他如此说话，李志斌不再提及此事。

白大夫突然向他提出一个请求，他说：“李司令要我办的事情我做了，我有一事相求，李司令必须相帮！”

李志斌连忙说：“白大夫对自卫队鼎力相助，对属下伤员有再生之恩，如有用到我处，李某两肋插刀，在所不辞！”

“好！”白大夫说，“我没有看走眼，李司令果然是大丈夫！我要你取鬼子驻塬上村中队长，佐藤的人头！”

“佐藤的人头？”李志斌惊讶。

“是！取佐藤的人头！”

李志斌疑问：“因何如此？”

白大夫说："李司令可知塬上村发生的惨事？"

李志斌道："前天，佐藤出村抓女人，光天化日下轮奸了一个六十岁老妇，用刺刀挑死，扒光衣服吊在柿树上……"

"她是白某的姑母……恳求李司令替我姑母报仇雪恨！"白大夫期望的眼光落在李志斌脸上。

李志斌咬牙切齿地说："鬼子又欠我们一笔血债！我一定宰了佐滕，以慰你姑母在天之灵！"

白大夫说："七月十五是塬上村庙会，为了表示中日亲善，伪县长陈启民和陕州城里的鬼子大官要来看戏，佐藤肯定在场，这是干掉他的好机会！"

李志斌问："情报可靠吗？"

白大夫说："这已经不是秘密。红牡丹戏班在城里演大戏，宣传中日亲善，陈启民陪日军要人看戏，还贴出告示，红牡丹要到塬上庙会演三天大戏，说是与民同乐……臭汉奸，中国爷们儿的脸让他丢尽了！"

这个禽兽不如的坏蛋，必须立即除掉！李志斌决定铲除佐藤。

白大夫走后，李志斌让王怀德、李志荣二人具体商量，拿出打庙会杀佐藤的行动方案，他带着白玉娃、白玉蛟兄弟去寺坡见盛子才。

李志斌来到寺坡，只见坡上筑有工事，架着机枪，明岗暗哨，戒备森严。他向哨兵报过名号，哨兵指着一条小路告诉他，前方二百米就是司令部。

李志斌来到一排靠崖窑洞前，盛子才的卫兵认识他，连忙进窑报告。

盛子才身穿军装从窑洞里走出来，他不像往常那样热情握手，而是表情严肃地冷眼看着李志斌。李志斌料到他会发难，来时就作好了应对准备。

卫兵领着白玉娃、白玉蛟去休息，盛子才和李志斌走进屋。

这是一孔窑顶被烟火燎得漆黑，窑里散发着烟火味的老窑。炕上铺着米黄色军毯，墙上贴着陕州地形图，脚地摆着一张方桌两把圈椅，桌子上放着一把二十响驳壳枪，是李志斌送的那把德国造。

二人在圈椅落座，盛子才闷声不语。李志斌感到郁闷，他如此冷淡，说明对他成见很深，显然他不开口，盛子才不会先问。

李志斌说："我是特意来向盛司令汇报战况……"

"打仗的事情不说也罢，你还是说说为何抗命，纵敌入山吧！"盛子才打断他的话，点着一支烟抽着，把眼睛盯向窑顶。

李志斌解释说："阴阳嘴战斗，我部全歼鬼子一个中队，二百三十名日军。独立大队初战告捷，完全是执行国民兵团战斗部署的结果，是盛总司令指挥有方。在这次战斗中，我部牺牲四十一人，伤二十八人，损失严重。独立大队之所以打了胜仗，主要是依靠有利地形，趁敌不备突然袭击。如果硬碰，我军断无胜算！"

他这样说，是想缓和一下紧张气氛，然后再提抚恤的事情。但是，盛子才的脸上始终蒙着冰霜，没有一点融化的迹象。

沉默片刻，盛子才干咳一下，说："你们的伏击是打得不错！可是，你抗命不遵，擅离战场，知道造成多么严重的后果吗？"

李志斌连忙说："盛司令息怒，容我禀报……"

盛子才冷冷瞟他一眼，从牙缝迸出一个"讲"字，眼睛又盯向高处。

李志斌窝着一肚火气，他何曾受过如此蛮横的冷遇？何况，他根本就没做错什么！但为了给牺牲的弟兄讨说法，给烈属争补偿，他不想惹他。盛子才早已不是当年和他执手畅谈救国救民改变中国现状的热血青年，而是在官场混了一身坏毛病，口碑不雅的政客。他和他打交道得处处小心，唯恐惹出麻达。

李志斌忍着怒火，递给盛子才一根香烟，盛子才接了，他又连忙点上火。二人抽着烟，盛子才冰冷的脸上有了暖意。李志斌把阴阳嘴战斗经过讲了一遍，说："当时，卢军礼部伤亡过半。我们放过坦克，采取堵头截尾战术，一阵猛打，毙敌二百余众，取得全胜，实在可圈可点……"

"问题是你没有执行兵团原地设伏，继续打阻击的命令！援敌没遇一枪一弹，直达草庙山，让国军付出惨重代价，丢失了祖师庙主阵地！"盛子才咄咄逼人地说，"李司令在河北就打鬼子，不会不知道战场抗命的后果吧？"

李志斌实在忍无可忍，他把烟头摔到地上，愤怒地盯着盛子才说："照你这么说，我是逃兵，应该枪毙？我翻山越岭来找你，一不上茶，二不让烟，吊着个哭丧脸让谁看啊？"

盛子才霍地站起来，恼怒地说："我能给你笑脸吗？我笑得出来吗？灵宝战场打得正酣，蒋委员长天天派飞机在天上督战，对擅自撤离阵地者，不论军长、师长一律枪决。要你阻敌打援，不放过一兵一卒，这是战区下达给秦专员的死命令，秦专员又下给我的死命令！可你死了几个民军，就置大局于不顾，战场抗命，擅自撤离，纵敌长驱直入，造成我军阵地丢失，全线被动。为此，胡将军电斥秦专员，要对你执行军法，你知道吗？"

由于激怒，盛子才白皙的脸红成了猪肝。

李志斌蔑视地瞟他一眼，平静地问道："你说，我是逃兵吗？"

"我不认为，可你的行为让人无法理解！"盛子才说。

李志斌："作为国民兵团司令，你不会心存异念，想把我往虎口里送吧？"

盛子才的眼睛倏地盯在李志斌脸上："此话何意？"

"何意？"李志斌冷冷一笑说，"你让一支减员四分之一的民军，去阻挡一千多日军是何用意？让我的弟兄用血肉之躯去抵挡敌人的坦克大炮，做无谓的牺牲，盛司令究竟安的啥心？"

"你的意思是我故意让你去送死吗？这是战区的命令，是秦专员的命令！别说你损失了四分之一兵力，就是打得剩下一个人，也要血战到底！寺坡至草庙山皆是山岭要道，民军可以任意设伏！你却抗命不遵，擅自撤退，还敢对我发难?”盛子才一心要借这事说事，让李志斌俯首称臣听令于他。

李志斌料到他会借事说事，但没料到他拿战区和秦专员压他。他的民军不是国军，是一支不受任何人领导的农民武装。正是出于抗日大局，他才接受改编。阴阳嘴阻击战是一场漂亮的伏击战，他不但无功，反而落下抗命不遵的罪名，他绝对不能接受。

他说：“请问盛司令，河南战役以来，数十万国军遇日即溃，不战而逃，日军长驱直入，责任该由谁负?”

“这个……第一战区陈长官，不是被蒋委员长撤了吗?”盛子才搪塞地说。

“丢城失地，仅仅撤职，败军之将老蒋尚且网开一面，盛县长却要对血战有功的民军司令痛下杀手，是何道理?”

“这个……这个……这个和那个是两回事儿，你不要往一块儿扯！敌人从你的防区畅通无阻，秦专员从望远镜里看得一清二楚！他当时就表态，要严厉查办！”

李志斌从他的话里抓住了把柄，责问道：“你方才说是战区要严办我，现在又说是秦专员要严办，到底是谁要严办我？总不会是你想严办我吧?”

盛子才道：“我在秦专员面前为你开脱还来不及，咋会害你呢?”

李志斌冷冷地说：“感谢老同学对我的庇护！不过，我有一事不明，向盛司令请教!”

“讲!”

李志斌说：“四月二十三号，盛司令命令吕军礼大队，骚扰洛潼路进犯之敌；急调我部霍军礼中队，随司令到岘山阻击敌人；令我部在寺坡打援；令罗大炮、云飞子开进甘山牵制进攻草庙山的敌人。盛司令一声令下，各路民军唯命是从，都在指定时间进入指定位置。盛司令令出必行，一呼百应，足见能量非凡啊！”

盛子才谦虚地说：“是大家高抬我，非盛某有过人之处！”

李志斌突然话锋一转，说：“请问盛司令，各路民军，像我军这般毙敌二百的队伍有几支？”

“这个……”

“别这个那个！你说有几支？”

盛子才说：“只有你部一支……”

“是！”李志斌说，“没有一支民军取得如此胜利，也没有哪一支民军像我部付出四分之一伤亡！但是，吕军礼袭击洛潼公路西进之敌，真刀真枪和鬼子打了。罗大炮、云飞子在甘山袭击鬼子，罗部五人阵亡，云部三人牺牲，一人重伤，他们都和鬼子干了，都是好汉！倒是盛司令屯兵岘山，拥有上千兵员优良装备，敢问你干了几仗？消灭多少日酋？伤亡多少兵员？”

“这个……这个……”盛子才张口结舌，一时无法回答。

“不要这个这个，请回答！”

盛子才一心想教训李志斌，没想到对方非但不怕，反而将他一军。他虽恼羞成怒，但毕竟底气不足，遂强作镇静地诡辩道：“你以为我没向鬼子开枪吗？我告诉你，直属大队战死二十多人，付出了惨重代价！

李志斌轻蔑地问道：“请问盛总司令，你那二十多个人是怎么战死的？他们打死多少鬼子？”

“都是死于炮火！打死的敌人……数倍于我……”李志斌咄咄逼人，盛子才心里发慌。

“哈哈！”李志斌大笑两声，讽刺道，“盛司令真不愧是官场老手，说起谎来脸不红心不跳！佩服，佩服！”

盛子才自知理亏，忍气吞声地装糊涂："此话怎讲?"

李志斌毫不留情地说："盛司令奉命在岘山侧击敌人，配合国军正面作战。当义勇军李铁锤部主动出击的时候，你却把指挥权交给兰德贵，自己带着警卫中队逃往灵宝。请问盛司令，究竟是谁临阵脱逃?"

盛子才的脸腾一下子红到了耳根，吞吞吐吐否定说："胡说……纯粹胡……胡说……"

作为国民兵团总司令，盛子才战前豪言壮语，激情满怀，大有血洒战场，抗战到底的英雄气概。然而，当国军与日军在岘山激战正酣的时候，他却畏敌如虎，不让部队到一线作战，而是隐蔽在千米之外的山林里，向日军放冷枪，招来敌援军的炮击。他占据有利地形，拥有优势兵力，如果就地打援，三百多日军想从他的眼皮底下通过绝非易事。但是，在日军炮火面前，他吓破了胆。敌人还没发起进攻，他就命令部队撤出阵地，向灵宝逃跑。又唯恐日军抄小路围歼，居然兵分两路，让兰德贵带领主力向南跑，他带着警卫中队二百余众，向西撤进国军防地。

进入国军防区后，他遇见秦专员。战争开始前，秦专员带着陕州官员撤向灵宝。盛子才也想到灵宝避难，秦专员不允，但没有训他。仗都打成这样了，几十万国军都放羊了，陕州城眼见就要沦陷，谁不怕死？秦专员不允许他入灵，因为他不是平民百姓，而是一县之长。即使陕州沦陷，国民党政权还在，政权无论何时都不能丢。令盛子才欣慰的是，秦专员不准他入灵，却同意他老婆张氏和姐姐、姐夫去灵宝，由此解除了他的后顾之忧。他心里明白，秦专员接张氏入灵不全是顾及他的面子，主要是顾及张参议的面子。秦专员是张参议的学生，他不顾及盛子才，不能不顾及恩师的女儿。

盛老爷子和夫人应该一起入灵避乱，但老爷子坚决不去。他说，年逾古稀之人，还怕死吗？宁可死在家里，绝对不做外乡异鬼！不管盛子才如何劝说，他就是雷打不动。老夫人本想随儿媳入灵，老爷子不走，她也心反了，死活要和老爷子在一达！盛老爷子是读书人，牛劲儿上来软硬不吃。盛子才内心感到羞愧，觉得自己与父亲相比大为不如，又感到父亲思想僵化，处事固执，实在迂腐。

老爷子不走，给盛子凤一家创造了条件。盛子凤比盛子才大两岁，丈夫宁富贵是生意人，在陕州城开杂货铺。虽是小本生意，但是祖传基业，也算富有人家。盛子凤听说二老不去灵宝，就求弟弟让她一家去。盛子才正愁张氏没人照应，有姐姐随同，他就放心了。于是，他派车把几人送往灵宝。

灵陕战役结束后，盛子才不担心张氏和姐姐的安全，她们虽然客居他乡，但那边是国统区安全。他为父母担忧，父母一直是他的牵挂。几天前他得到消息，云飞子抢掠了盛家村，他怒火中烧，这些贼人匪性难改，竟然敢在他的家乡抢掠，岂不是在老虎嘴上拔毛吗？一波未平，一波又起。云飞子撤回三道原，罗大炮却驻扎盛家村。这个匪首不像云飞子明火执仗地抢掠，他让盛老爷子筹粮筹款犒军。老爷子居然动员村里财主，挖出藏好的粮食和银钱给罗大炮。罗大炮虽然比云飞子文明，但在他头上动土，就是欺侮他，二人在本质上没有区别。他对他们恨之入骨，暗暗起誓：有朝一日，定将二人千刀万剐！

盛子才要借李志斌抗命一事说事，没想到反而被他抓住软肋羞辱一番。他窝了一肚子火，又理屈词穷不能发作。为了息事宁人，他口气温和地说："战场上情况瞬息万变，我们不是谣传的那样。当时，我们处在敌人夹击之下，十分危急。若不是本司令审时度势，兵分两路迅速撤离，直属大队早被小鬼子一锅端了。在混战中，我与兰副司令失去联系。两天后才知道，他退到草庙山与敌周旋，我这才带着警卫中队进入灵宝境内……"

"然后，你遇见秦专员，他正带着民夫往阵地上送弹药，你就当了民夫抬伤员……”盛子才在撒谎，李志斌讽刺道。

盛子才不自然地努出一丝笑，说：“本来我要返回草庙山作战，是秦专员挽留，我只好留下！”

堂堂国民兵团总司令，不打鬼子，却带着部队当民夫，该吃枪子儿！怎奈现实就是这样可笑，内行受外行指挥，打了胜仗受惩罚，甚至吃枪子儿，真是寒心啊！李志斌后悔当初不该接受改编，现在却受制于人。

他质问盛子才：“你说兰德贵带着主力跑进了草庙山？”

“是。”

“他是进入国军阵地，还是侧击鬼子呢？”

“是配合国军，游击敌人！”

“他打了几次游击，消灭多少鬼子？”

“这个……兰副司令在祖师庙骚扰敌人，打死不少鬼子……”

“够了！”李志斌愤怒地拍着桌子说，“罗大炮、吕军礼、卢军礼、独立大队与敌血战的时候，你逃进国军防区当民夫，兰德贵手握重兵畏敌如虎东躲西逃，一味保存实力，意欲何为？”

李志斌义正辞严，盛子才成了斗败的公鸡，他恐慌地摇着脑袋否认：“纯属造谣……岂有此理……”

“是造谣吗？兰德贵不但狼狈躲藏，还不许霍军礼出击，眼睁睁看着鬼子从眼皮子底下进山，这也是假的吗？”李志斌步步紧逼。

盛子才狡辩道：“一派胡言！霍军礼撤退时比兔子还跑得快，何时说过出击敌人？”

李志斌道：“盛司令，撕掉你脸上那块遮羞布吧！世上没有不透风的墙，要想人不知，除非己莫为！”

霍军礼这个浑蛋！跑起来只恨爹娘少生两条腿，却会抬高自己，贬低别人，真他妈的不是人做的！盛子才恼恨霍军礼，但想到这个人很听话，留给他的印象不错，不像李志斌难以驾驭，于是压着哑火没骂出口。

李志斌："你可知道云飞子为何要抢掠盛家村吗？"

"此等泼皮，匪性不改，实在可恶！"盛子才气愤地说。

李志斌："缺少军饷只是一个方面，主要是他对你在战场上的表现不满！云飞子恼你，但没有动你家一草一木。他不是敬你，是敬盛老爷子！盛老爷子一身正气，人人敬之，你配吗？"

盛子才被李志斌一阵痛斥，威风扫地颜面尽失，他强打着精神说："看来咱俩的误会不小，一时难以沟通。我盛子才是骡子是马，时间会告诉你。至于兰德贵是不是你说的那样畏敌如虎，我要进一步调查。如果真是那样，一定严办，决不姑息养奸！"

盛子才又是递烟，又是泡茶，关切地问道："你来找我，是为了抚恤的事情吧？"

李志斌是个吃软不吃硬的人，盛子才软了，他的口气也温和了："独立大队阵亡那么多人，善后工作亟待处理。追认烈士，抚恤烈属，必须立即进行！"

盛子才说："追认烈士要逐级上报，等候批复，不是一时半会儿的事情……"

李志斌说："枪炮一响，省里的官员早跑没影了，上哪儿找呢？我等不得，烈属们等不得！为了凝聚民心军心，只要县里承认就行。至于上边追认，那是战后的事情。战前，县里通告里言明叫清'对抗战捐躯的壮士，不论军民人等，县府皆授予烈士称号，其家属享受烈属待遇，政府给予优厚的抚恤金'。你做出了承诺，就应该兑现！"

盛子才沉默片刻，说："你说的有理！不管将来如何，既然县里做出了承诺，就要取信于民。你把烈士名单报上来吧，等县里核实后，即颁发烈士证！"

李志斌道："追认烈士，是战死弟兄的最终荣誉、至高荣誉，也是对烈属的安慰和交代。希望盛司令抓紧快办，同时抚恤烈属。这件事情办好了，盛司令的威信会提高，有利于凝聚民心，有利于抗战！”

盛子才说：“我会尽力办好的！不过……县里财力困难，抚恤金不会太多……”

李志斌问：“不会太多是多少？弟兄们命都豁出去了，总不能仨核桃俩枣打发了事吧？最少不给烈属五十个大洋吗？”

盛子才摇摇脑袋，见李志斌脸又拉下了，连忙说，“县里会尽快做出决定，上报秦专员批准。在这个问题上，咱俩的观点完全相同，我会尽最大财力提高抚恤金标准，你放心就是了！”

事情说到这个份上，话题基本结束了。

李志斌又向盛子才汇报了七月十五打庙会的事情，希望得到他的支持，但他不同意。盛子才认为，县西已经沦为敌占区，国军没有行动，民军无法与日军抗衡。他要李志斌耐心等待，一旦形势出现转机，就对小鬼子发起进攻。

李志斌心寒了。小鬼子烧杀奸淫穷凶极恶，堂堂国民兵团司令却如此消极。难道国军一年不反攻，就等一年？十年不反攻，等十年？这与亡国奴何异？他本想借着打庙会，建言国民兵团开展游击战，见盛子才如此态度，他突然明白了，他和他不是一路人。盛子才嘴里吆喝抗战，见了鬼子比兔子跑得还快，作秀可以，实干不行，指靠他抗战，没有希望。于是，他打掉建言想法，心里盘算着如何打庙会。

第二十一章

塬上村关爷庙是豫西名庙，往年为期三天的庙会，豫西、晋南、秦东三省交界数万民众前来赶会热闹非凡。

日军侵占塬上村后，把大队部设在庙内。神保信一大队长在关爷阁、天王阁、上天梯三处制高点上架起机枪，佐藤中队驻扎庙外警戒。

神保信一身材魁梧，脸庞白净，鼻梁上架着眼镜，看上去文质彬彬，实则是个杀人如麻的魔鬼。他喜欢《三国演义》，曾经立志做关羽式的忠义英雄。由于他崇拜关羽的原因，关帝庙才幸免战火。

七月十五这天早上，李家村的老百姓在鬼子驱赶下，前往八里外的塬上村赶庙会。往年一年一次的庙会，人们再忙也不会错过。今年，老百姓是在鬼子的刺刀逼迫下赶会。

李家村人不像外村人那般极度害怕鬼子，小林也不像佐藤纵兵抢掠、奸淫妇女。小林的兵营里也关着女人，但关的都是头道原跑日本的妇女。小林对部下管束很严，不许士兵动本村女人。人们心里惋惜落入魔掌的外乡女人，兀自庆幸厄运没有降在自己女人头上。

小林让维持会长李双合带着老百姓在前边走，鬼子成两路纵队跟在后边。

小林要李双合组织五百人去赶会，李双合满口应承。小林高兴地给了他一盒日本香烟夸赞说："李会长和皇军一条心，大大的好！"

李双合对小林晃着大拇指："太君对老百姓大大的好，中日亲善大大的好！"

小林咧着嘴巴笑着，两颗金牙露在嘴外："你的，朋友大大的！"

月初，在日军驻陕州最高长官村上尚武大佐操纵下，陕县成立了伪政权。陕州商会会长陈启民任县长，兼商业统治会主席；陕州布匹店老板夏玉民任民政科长；陕州糖烟酒总店老板朱子民任财政科长；陕州木材行老板许益民任警察局局长；秦生才任黄洲建国军司令。

村上尚武在日伪官员联席会上讲道："皇军来到陕州是为了建立大东亚共荣圈，让老百姓过上富裕文明的好日子。黄洲建国军的含意是，黄是黄种人，洲即大东亚。顾名思义，黄洲建国军是黄种人的军队，黄洲建国军与陕州百姓共荣共存，为陕州繁荣提供武力保障……"

伪县府的大员都是陕州工商界名流，这些重利轻义的奸商，战前捐资捐物支援抗战，鬼子来了，却沆瀣一气甘当走狗。

洛阳沦陷后，陕州城里的平民大都逃难走了。陈启民为遮人耳目也骑着马出了陕州城，但他没有走远，而是钻进城郊的杨树林里，眼看着河防军撤出城，他又返回城里，手执白旗欢迎皇军入城。

日寇入侵中国以来，烧杀掠抢无恶不作，企图用令人发指的暴力手段征服中国人，结果适得其反。敌人在残酷屠杀中国人民的同时，也无处不在流血死人。为此，村上尚武决定放弃三光政策，采用"软化""怀柔"手段，用软刀子麻醉民众，以图在灵陕战役结束后，确保在陕州实现“以华治华”，稳定治安。

小坪一郎是中国通，村上尚武委任他为联络官，指导伪县府为皇军筹措款项和军需物资，施行伪政。同时，全权负责黄洲建国军的协调领导，要把这支汉奸武装牢牢控制在皇军手中。

七月初，陕县沦陷区各乡村相继成立了维持会，组建了基层伪政权。

至此，陕县境内拥有三个县政权。县东李村、宫前两镇，为共产党领导的陕县抗日民主政府根据地；陕州城、大营镇、头道原、二道原为日伪政权控制区；国民党县政权，在敌占区东躲西藏苟延残喘。

国民兵团拥有二千五百余兵力，活动在敌我双方犬牙交错的两道原上。这是一支力量强大、装备较好的抗日武装，但由于成分复杂，因而缺乏凝聚力。尤其是草庙山战斗，盛子才畏敌如虎，极大挫伤了民军的抗日情绪，部队离心离德，人心各异，实难形成拳头。

关帝庙建在塬上村北边，占地八十亩，为前中后三重殿，前殿供奉弥勒佛塑像。

正殿长三十二米，入深二十六米，高二十米，殿门扁额镌刻四个斗大黄字：“大雄宝殿”，内供三尊泥塑。正神关羽站像高九尺，左手执拿官印，右手倒提大刀，面如重枣，威风凛凛。两条黄幔悬吊神像两侧，上书墨字：才兼文武义重君臣耻与汉贼同天戮力远开新帝业，威振华夏气吞吴魏能使奸雄破胆忠魂长绕旧神州。正神两侧，站着披甲护神关平和周仓。

后殿供奉岳飞神像，与关爷同受民间香火。院墙高丈余，庙内古柏参天，藤萝满树，好一处神居佛栖清静之地。戏楼位于前佛殿和正殿之间东西两侧的广场上，两个戏楼台口相对，相距百米。

神保信一把庙会交给塬上村维持会长霍军民和李双合负责操

办。霍军民是庙会神头，李双合为二神头。二人积极筹划，想把庙会办得热热闹闹，纵然比不上往年红火，起码不至于冷落。

霍军民是霍军礼堂兄，过去是塬上村保长。成立维持会时，神保信一让各村保长担任会长。老鬼子明白，保长都是绅士，以华制华，让华人为皇军服务，对于稳定治安大大有利。

九点半时，两辆米黄色轿车和两辆卡车开进了庙院。几十个鬼子和便衣从卡车上跳下来，鬼子护卫着小坪一郎、陈启民和秦生才走进日军大队部，便衣队分散融入看戏的观众群里。这些鬼子和便衣，负责保护小坪一郎、陈启民和秦生才。

秦生才本是陕州飞贼，国军通缉的要犯，他带着鬼子从太阳渡过河，一路顺风，很得日本人信任。村上尚武委任他为黄洲建国军司令，同时给他下达了渗透、策反、消除陕州境内抗日武装的死命令。秦生才感激涕零，决心效忠皇军死而后已。

村上尚武欲借皇军与国军对峙之机，消灭占领区的抗日武装，命令小坪一郎及早图之。小坪一郎责令秦生才拿出详细方案，欲在三个月内摧毁或瓦解县东抗日根据地和县西抗日民军。

秦生才认为，陕县抗日根据地处于丘陵地带，东连渑池、洛宁两县，西南部为深山，若用武力打击，皇军进山就成了瞎子聋子，只有挨打的份儿，欲速则不达，反而适得其反。盛子才虽为民军总司令，拥兵二千余众，但实乃政客，不会打仗，容易剿除。于是，他向小坪一郎进言，先灭民军，后图八路。

小坪一郎默然允许。

第二十二章

每年庙会，神头都要请两个戏班唱对台戏。戏班在庙会头一天下午拉开序幕，第二天正式赛戏。

鬼子来了，陕州城里十多家蒲剧班、豫剧班都跑日本走了。红牡丹给盛老爷子演罢祝寿戏，戏班就东去渑池县寻台口。渑池沦陷，红牡丹又西行想进入灵宝，不料鬼子把陕县以西的道路封死了，逃亡路上戏班又遭遇十几个日军攻击。鬼子见到女戏子兽性大发，一哄而上强行施暴。男武生与鬼子打了起来，女戏子趁机向陕州城里跑去，心想进了城，日本人再畜生，也不敢在光天化日之下施暴。

正巧，红牡丹路遇陈启民和小坪一郎在城郊巡视。陈启民对红牡丹早就垂涎三尺，只是碍于盛子才不敢出手。现在，盛子才被皇军撵到荒山野沟里去了，陕州城是他一手遮天，在这儿遇到美人，真是天赐艳福。

红牡丹对陈启民没有好感，但处在走投无路的境地，只有把他当救星。她不知道陈启民是伪县长，还像往日那样叫他“陈会长”，泪眼汪汪地乞求他救命。

陈启民对骑在马上的白翻译官说，这些女人都是豫西名伶，压轴演员红牡丹是他的干女儿。皇军要收拢民心，稳定治安，戏子大有用处。他要把这些戏子带回县里，为皇军服务。也许是白翻译良心还没有坏透，不愿看到女同胞遭受鬼子祸害，就对小坪一郎说了些好话。小坪一郎跃马扬鞭，跑到打斗正酣的现场，对空放了两枪，鬼子停止了打斗。武生们想逃走，却见红牡丹和陈启民一伙人向他们奔来，就愣在原地，一时不知如何是好。

那伙鬼子不是一般鬼子，他们是村上尚武大佐的特攻队，个个都有功夫。武生们也个个是好武把，他们在戏台上翻转腾挪身轻如燕，下了舞台刀枪棍棒样样精通。女戏子时常受地痞流氓欺侮，全靠武生抵御外侮。鬼子特攻队遇着戏班武生，可谓棋逢对手难见高低。鬼子占不到便宜，但没有开枪。他们与武生拳脚比试刀棍往来，一心要打败中国功夫，从心理上征服武生。但鬼子一时没有枪弹相加，不等于不使用枪械。如果再战下去，鬼子还不能取胜必然开枪。他们不容许大日本武士落败，让特攻队的名号坏在戏子手上。

小坪一郎的枪声，平息了这场打斗。他骑在马上，对身背冲锋枪的特攻队员讲了几句日语，一个中尉向他敬了一个军礼，也呜里哇啦讲着日语。陈启民听不懂，就小声问翻译官。白翻译告诉他，小坪太君说，这些人是他请来给皇军演戏的客人，里边有你陈县长的亲戚，这些戏子得救了！那个中尉一个立正，向小坪“嗨”了一声，带着人走了。

小坪对陈启民说：“这些人就交给陈县长了，我要看他们咋着为皇军服务！”

陈启民举行晚宴，为红牡丹压惊。席间，他编了一套谎话恐吓红牡丹说：由于武生打伤了特攻队的人，村上尚武司令官要追究，限三天内把武生交给特攻队严惩。红牡丹惊得花容失色。师兄师弟是为保护她们才与鬼子拼死相搏，把他们交给鬼子，等于死路一条。她本以为有陈启民出手相救，就躲过了劫难，不想方出火坑，又落陷阱。她说，是她惹的事，要杀要剐，她一人承担，与师兄师弟无关。她恳求陈老板出面通融，放他们一马。陈启民趁机表达了朝思暮想一亲芳泽的心愿。红牡丹自知处境险恶，如果不背靠这棵大树，早晚要被鬼子祸害。她宁肯服侍这个讨厌的汉奸，死也不愿意被鬼子污辱。于是，陈启民把红牡丹藏在陕州旅馆极尽风流，倒也快活一时。

第二遍三响冲响过，陈启民、秦生才、小坪一郎、神保信一在一队鬼子护卫下来到戏台下面，在前排的连椅上就座，护兵荷枪实弹坐在他们身后。

对台戏原本要请两个实力相当的戏班赛戏。实力悬殊了，弱者会知耻而退，不会冒然赛戏。如果自不量力强行参赛，强者会把弱者踩在脚下。弱者一旦落败，就无立足之地，必然远走他乡，三年内不得卷土重来。对台戏是演艺大比拼，也是弱肉强食的吞剥场。

现在，陕州城里只有红牡丹一个戏班子，想找个弱势戏班来充数也很难。神头霍军民向县上报告找不下戏班，对台戏唱不成，独台戏也不能唱。理由是当初建戏台时，先人向神灵许下每逢庙会，必演对台戏的诺言，百年来一直延续，从没间断。如果演独台戏，坏了规矩，老百姓没人来看。如果没有观众，庙会就没有人气，没了人气，庙会给谁办啊？

陈启民新官上任，一心要踢响头三脚。日本人要搞中日亲善，他就绞尽脑汁笼络人心，让日本人高兴。既然必须唱对台戏，那就唱吧。只要能把庙会的气氛哄起来，让日本人高兴就行。不就是再找一个戏班吗？这有何难？陕县没有可以到渑池县找啊！于是，他向小坪一郎提议到渑池县弄个戏班过来。小坪一郎当即向村上尚武司令官报告，村上尚武一个电报发给渑池驻军，一伙伪军护送着马家曲剧班二十多个戏子，坐火车从百里之外咣咣哧哧来到陕州城。

马家曲剧班在洛阳以西、陕县以东很有名气。可是，他们来到县西赛戏，不对观众口味，自然要倒霉。

陕县地方不大，但县西和县东口音截然不同。出陕州城东五十里的张茅镇，是县西和县东分界线。县西人的口音与晋南、秦东相似，乡音浓重，属于秦岭语系。县东人明显是河南腔，属中原语系。县东县西口音不同，人们爱好戏剧的差异也颇大。县东好豫剧、曲剧，县西好蒲剧、眉胡。蒲剧过了张茅以东没人看，曲剧过了张茅以西少台口，把曲剧放到二道原与蒲剧唱对台戏，马家班没开台就已经败了。

两家戏班从九点钟开始打锣鼓吵台招徕观众。

塬上村对台戏不是以锣鼓为号，而是以三响冲为号。三响冲响过三次，台上板眼响起乐队开奏，大幕徐徐拉开，赛戏开始。因是庙会第一天，神头按规矩点了参神戏，红牡丹戏班演《八仙过海》，马家曲剧班演《破华山》。

红牡丹扮演何仙姑，她在台上一亮相，陈启民就带头鼓掌。红牡丹本来就长得俊，披上行头，更是美若天仙。陈启民一鼓掌，日伪头头们都跟着拍巴掌，观众们也跟着拍，顿时掌声如雷。相反，马家曲剧班台下人气冷落，开场就是一边倒局面。于是，炮手们把三响冲朝向输方，嘭嘭嘭地放。

陈启民神采飞扬地对白翻译讲：向输方放三响冲，是刺激演员死劲唱戏，让对台戏更好看。白翻译把陈启民的话讲给神保信一，这个家伙连连说着“吆西”。

突然，台下一阵骚动，观众们都向大殿跑去。神保信一不知发生了什么事情，他从连椅上站起来，唰地抽出指挥刀，鬼子兵也唰地掂起步枪，如临大敌。

陈启民惊慌失措地问秦生才发生了啥事，秦生才掂着手枪东张西望，也不知因由。两个便衣队员跑过来报告说：是神头把曲剧班的班头捆了起来，吊在房廊下边抽鞭子，观众都跑去看热闹。

秦生才把手枪别到腰里，对白翻译官说：“告诉太君，曲剧班因为输戏，班头被神头捆了鞭挞，观众是跑去看热闹！”

白翻译连忙告知神保信一。神保信一把战刀插入刀鞘，对手下说：“那边的看看！”

神保带着鬼子兵走了，陈启民、秦生才和白翻译官仍在看戏。

神保信一从台下出来，发现庙会格外热闹。观众外围布满凉粉摊、糖糕摊、蒸馍摊、卤肉摊，还有几处羊肉锅。

灵陕战役后，日军主力撤回山西，军部指令陕州占领军，一要做好防御，阻止国民党军队东进；二要实行安民，确保占领区治安稳定。村上尚武高度重视。他不怕打仗，他与国军打了七年仗，在他眼里皇军打国军好比摧枯拉朽，取胜没有任何悬念。虽然灵宝作战，皇军遭到顽强抵抗进攻受阻，但皇军凭借陕县桥头堡的坚固工事进行防御，国军想逾越防线是不可能的。何况，一旦开战，山西皇军会在一小时内南渡过河投入作战。因此，国民党军队不会冒然发起攻击。

村上尚武担心的是安民能不能做好，这对他是一个新课题。以往的暴力手段，不能征服中国人。反抗，镇压，再反抗，再镇压，不断重复的喋血行为，只能激起中国人更深的民族仇恨和更强烈的反抗。所以，他是“怀柔”政策的支持者，他热切希望新的征服手段能收到奇效。为此，他要求部队不得扰民，不得擅入民宅，不得掠夺财物，不得侵犯妇女。伪县府大力宣传皇军军纪严明，动员“跑日本”的老百姓回家过安生日子。躲在山林里的老百姓饱受风雨之苦，得知日本人不扰民，胆大的男人便先回到村里。鬼子不但不祸害，还给他们发大米。这些人意外惊喜，不觉就当了鬼子的活喇叭，且宣传效果特别好。于是，大批难民陆续回家，争相领取洋大米。人们吃着洋米说，“日本的大米真好吃！鬼子不像传的那么坏，都是谣言！”他们哪里知道，好吃的白米根本不是东洋货，而是国军溃败时丢的军粮，真正的自家货。

怀柔政策表面上取得了效果，但村上尚武不得扰民的军纪，约束不了下属。鬼子在二道原烧杀奸淫，不断制造骇人事件。村上尚武睁一只眼闭一只眼，没有惩罚一兵一卒。豺狼不管怎么变化手段，吃人本性永远不会改变。豺狼对外残忍喋血，群内紧密抱团的本性任何动物不可替代。狼王绝对不会惩罚吃人的同类，这就是狼。

六月中旬的一天，佐藤中队两个士兵，大白天跑出军营下沟去抓花姑娘。他们发现有女人在地里剪麦穗，就掂着枪扑了过去。聪明的女人扔下袋子跑了，背着麦袋的两个女人被兽兵按倒了。

藏在沟里的男人们，掂着镢头摸上去救人。鬼子光着屁股只顾糟蹋女人，发现情况有变时，愤怒的镢头已经砸向他们的脑袋。

神保信一因为两名士兵失踪，把塬上村的老百姓全部抓起来，限时三天找人，活要见人，死要见尸。否则，他就血洗塬上村。霍军民派人找到鬼子的尸体，谎报说，太君死在头道原的山坡上，有人看见是被国民兵团打死的。神保信一想杀一儆百，却没有证据，只好把账记在国民兵团头上。

对于两个士兵的死因，神保信一心里清楚。为此，他要求各中队以大局为重，严格执行“怀柔”政策，加强军纪，杜绝此类事件再次发生。同时，他建议村上尚武司令官向军部报告，速派慰安妇到二道原犒军，解决官兵性饥渴问题。军部接到报告，遂派二十人慰安队渡过黄河前来慰安。

就在这时，佐藤带着士兵抓花姑娘，轮奸了白大夫六十多岁的姑母，并残忍地将其杀害。佐藤对神保信一处理士兵被杀事情心怀不满，又不敢反抗，就把仇恨发泄在老女人身上。他带头强奸，又纵容轮奸。他种下的恶因，等待的是自食恶果。

赶庙会的人比预想的多，庙会比预想的热闹。

按照神头霍军民的意思，庙会和往年一样，庙外经商，庙内演戏。但陈启民估计人气不足，为显示热闹，他提议让商贩进庙院做生意。小坪一郎认为凝聚人气重要，安全更重要，他要神保信一加强防范，防止突发事件发生。神保信一则想，国军被赶到陕县境外，民军是一盘散沙，成不了气候。真的有人捣乱，他正好一举消灭。

神保信一虽然轻敌，但还是采取了外松内紧的措施以防万一。他没有安排大部队警戒，庙门口也没设岗哨，只派佐藤带着一个小队，在庙院内外巡逻。表面上看着一切平静，实际上六百多鬼子分布在村庄外围。一旦庙会生变，就会迅速合围，将庙院围得水泄不通。他同时在关爷阁、天王阁、上天梯三处制高点上增加了机枪，派人潜伏在制高点上，居高临下监视庙院，稍有风吹草动，高处会及时发出信号，日伪官员会迅速撤离，进入二重殿西侧的厢房。厢房里埋伏着五十名皇军，他们负责保护官员们人身安全。

神保信一对自己的布防确信万无一失。可他没有想到，他精心设计的布局，被二神头李双合看在眼里，记在心里，并及时画成草图送达李志斌手中。李志斌和王怀德根据鬼子布阵，避其锋芒，制定了一套更为精妙的作战方案，正是魔高一尺，道高一丈。

第二十三章

陕州是豫西重镇，也是江湖帮会的集结地。一九三八年蒋委员长以水带兵，炸开郑州花园口黄河大堤，造成大批灾民西逃，丐帮就成为陕州第一大帮。

根据以往经验，霍军民估计会有大批乞丐赶庙会，他提前向神保信一报告了这事。神保信一为了增加人气，允许乞丐进庙院。霍军民通过塬上村乞丐的嘴巴，将这个消息广为散布。于是，大批乞丐蜂拥而来。

现在，庙院里小吃摊前、羊肉棚下，云集着众多乞丐。这些蓬头垢面形形色色的要饭吃，各自施展着手段讨要吃食。

庙门口，几个用麻包片裹着上体，破裤露腚的叫街丐在叫街。他们席地而坐，手持砖头，击打胸膛，向过往行人讨要饭食和钱财；几个蛇丐在观众外围要蛇，他们光着上身，或以大蛇绕臂盘颈，或让小蛇鼻入口出，要了一段，就把蛇盘在项上向观众要钱。若不给钱，就突然把蛇伸到人脸前，吓得对方尖叫而去。

平时走村串户，上门讨要的响丐，手持牛胯骨板，站在蒸馍锅前有板有眼地说着“对粮行”：

三步高，两步低，

迈步来看蒸馍的。
蒸馍的可知道，
哪些圣贤卖过米？
先开粮行汉钟离，
后开粮行伍子胥。
钟离子胥开粮行，
卖的各样好细粮。
绿豆绿，黄豆黄，
大米人称二细粮。
豌豆豌，扁豆扁，
豇豆长的一只眼。
谷子小，玉米大，
各种粮食各种价。
都说麦子卖得贵，
十冬腊月受过罪。
响丐说了大半天，
锅里香气往外蹿。
卖些丢点给乞丐，
掌柜天天发大财……

卖馍的最讨厌响丐，只要这些肮脏的家伙站到馍摊前，客人就会绕道而去。掌柜掂着菜刀去赶，他们撒腿就跑。掌柜不赶了，他们又苍蝇般哄来，边打骨板，边骂掌柜：

卖馍的你真有福，
两条大腿一般粗。
坐那像个泥菩萨，
走起路来似头猪。

俺能要你几个钱?
俩眼瞪得像牛蛋。
你若不给半个馍,
响丐与你没个完……

掌柜掂刀再撵，响丐再跑。如此反复几次，掌柜觉得这样下去影响生意，只好掰半个馍扔过去，响丐接了，才离开蒸馍锅。

那些不会拍骨板、不会耍蛇，没有绝活的下等丐，腋下夹着打狗棍，伸着脏手讨饭吃。讨不到吃食，就吃食客的剩饭，甚至舔饭碗。

神保信一看见两个“拉头丐”手握剃刀，站在一家凉粉摊前，威胁摊主说：“拉了拉了！不给饭吃不给票子，血溅掌柜的摊子，你别怨我叫花子！”

生意人最怕拉头丐，这些恶丐动不动就在摊前动刀子，把额头割得鲜血长流，吓得顾客四奔五散。今天，拉头丐遇见了铁公鸡，不管他们咋威胁，人家就是不给吃食。摊主见神保信一走过来，向他告状说：“太君，这俩赖货脏我的摊子！太君要为我做主啊!”

神保信一恶狠狠地瞪着拉头丐，恶丐不但不怕，还说着现编现卖的顺口溜：

卖凉粉的不像话,
不给吃食就算啦!
你向太君说坏话,
良心大大的坏啦!
太君准我赶庙会,
我给太君下跪啦!
太君对我恩情大,

我给太君磕头啦！

恶丐跪到地上，向神保信一磕了仨响头。

摊主是塬上村人，神保信一认识，还吃过他的凉粉。他本来要赶乞丐，可拉头丐向他磕头，他心情舒畅，态度立马就变了。拉头丐是老江湖，看到太君脸上的笑意，就骂摊主：

卖凉粉的不是人，
你妈要你个遛光锤。
向你讨吃你不给，
脏你摊子可别后悔。

骂毕，竖起剃刀在额头拉开一道口子至眉心，顿时血流如注，十分恐怖。

鬼子们看出了门道，嘻嘻笑着夸赞拉头丐勇敢。恶丐劲头更大，把刀子架在额头威胁说，不给吃食就再拉。一个恶丐有意识抹一把血脸，甩甩巴掌，把血甩进烙粉鏊里。摊主心想神保信一会收拾拉头丐，没想到平时白吃烙粉的老鬼子是条白眼狼，不但不帮他，还瞪着他发笑。

摊主只好搭刀切下两块凉粉送给恶丐，俩货从兜里掏出江湖血药，摁在伤处止住血，吃着凉粉去羊肉锅前讨汤喝。

神保信一来到大殿前，众人纷纷让路。他走到廊下，只见班头被剥光上衣麻绳捆绑，吊在木梁上，两个大汉手持皮鞭，有一下没一下地抽他。神头抽打输戏班头，开始并非真打，而是为了造势，激励输方搁劲唱戏。如果输方还赢不过对方，假打就变成真打。

打手见太君来了，就积极表现，抡开皮鞭下狠手，直抽得班头杀猪般嚎叫。霍军民正在棚下喝洋汤，听到惨叫，丢下碗来到廊下，点头哈腰地向神保信一解释抽打班头的讲究。神保信一似懂非懂，咧开大嘴嚯嚯笑着。

吊打班头的廊房与曲戏台斜对面，主角沉香正在台上要着开山斧，听见班头嚎叫，就寻声望去，见他被打得浑身是血，一下乱了方寸，不由斧子失手落地。观众看到台上失误，发出一片嘘声。结果非但没有赢来观众，反而招来一阵骂声。台下一乱，廊下打得更起劲，班头的嚎声更加凄惨。

班头受折磨，揪着演员的心。沉香一溜风跑下场，对后台的二班头和武生说："班头被打，浑身是血，若不救他，生命不保!"

众人大怒，二班头骂道："日他妈!明明是摆治人，哪里是赛戏?"

二班头矮个黑脸，四十来岁，性如烈火。他心里清楚，曲戏在这里没台口，唱得再好也赢不了戏。鬼子把他们从渑池弄来，是存心当垫子受污辱。他愤愤地骂道，神头真他妈不是人做的!为讨好日本人，往死里打班头，这号汉奸该遭电打雷劈!

二班头嘴里骂着，但无济于事，要救人必须把红牡丹台下的观众拉过来。可曲戏不对观众口味，演员就是使出吃奶劲头也赢不了。看来只有用恶招取胜!他脑子一热，拿起墨笔涂了脸面，脱光衣服，惊得女戏子一片尖叫。他一不做二不休，打着车轮上了场。

观众一阵唏嘘，谁也没有见过戏里有如此一幕。但随即明白，马家班黔驴技穷，出此恶招拉观众，完全不要脸面了。

二班头一丝不挂在台上打着车轮，故意把两腿叉开，让第三条腿在大腿间晃来荡去。

"脱裤子露蛋了!都来看呀!"有人高声喊叫，对面台下的观众哗一下子拥过来，争着看二班头要流氓。红牡丹台下眨眼间人空场冷，仅剩下陈启民、秦生才、小坪一郎和几个日伪官员。

沉香见观众拉过来了，就跳下台往廊下边跑边喊：“我们赢戏了，快快放人……”

打手见马家班赢戏了，就提着皮鞭跑到台下看二班头出洋相。沉香解下班头，背着跑向后台。

马家班的闹剧惹恼了红牡丹。

她当年和运城刘三黑蒲剧班在头道原岳庙会上赛戏，双方旗鼓相当，势均力敌。演罢前两场，各自获得神头设置的一枚银牌。银牌挂在旗杆上，每天奖胜方一块。为了荣誉，双方演员都把演技发挥到最高水平，都为争夺最后一枚金牌力拼。那天，红牡丹演的也是《八仙过海》，刘三黑演的是《白蛇传》。本来红牡丹略胜一筹，但刘三黑急了，把正戏演成了闹戏，他们出场五个白蛇、五个青蛇争一个许仙，最后赢了戏。这是红牡丹唱对台戏以来第一次输戏，也是第一次领教赛戏的残酷和胡闹。以后多年，红牡丹戏班没有再输过戏，因为实力远胜对手，不管对方咋着变换花样，都难赢他们。可是，她何曾见过马家班这等下流赛法？对手虽然卑鄙无耻，但诱惑力极大。喜好看黄色表演是观众的劣性，正经戏根本没法比。如果陈县长不采取措施，她就输定。

红牡丹台下没了人气，连神保信一也跑过去看热闹。他看得兴起，把战刀扎到地上，两手拄着，叉开两腿，嚯嚯发笑，士兵们也笑得前仰后合。

红牡丹是个正统艺人，她之所以名贯秦晋豫三省金三角地区，凭的是高超演技和正当竞争赢得荣誉。以往赛戏不管对方为赢戏怎么卑鄙下流不择手段，她们总是凭本事吃饭，从来不使恶招。在她眼里正就是正，邪就是邪，邪不压正。马家班即使赢戏，却落得永久骂名。

但就这样输戏，她决不甘心。那是赛戏吗？明明是耍流氓出洋相！如果今天不刹住邪气，明天呢？明天说不定女戏子也敢脱光登场，那就天下无敌了！她越想越恼，跳下舞台来到陈启民面前，叫一声“干爹”，生气地说：“这是赛戏吗？干爹身为一县之长，这种有伤风化的事情在你眼皮子底下发生，你能视若不见吗？”

陈启民一心要给红牡丹捧场，哪里想到马家班会出此损招？他怒火难忍，拔出手枪对空连放三枪，正在台上起劲折腾的二班头立马下场。观众听到枪声，像被捣躁的马蜂窝，一片惊叫四散逃命。

神保信一方才还满脸笑意，转眼就杀气腾腾。他把战刀一挥，鬼子兵哗一下散开，开枪打倒几个奔跑的观众。两个年轻人刚跑出庙门，就被鬼子巡逻队用刺刀捅死。几个试图翻越院墙的乞丐，被架在高处的机枪撂倒在墙角。

鬼子一杀人，戏子们都吓得跑到后台。台上冷冷清清，台下一片血腥。观众听见枪声，不知是国民党便衣队，还是国民兵团来打鬼子。他们弄不清楚是哪一路人马来了，却都清楚只要打起来，就会伤着无辜。他们想逃离，但在鬼子的刺刀威逼下，只得定在庙里听天由命。

二神头李双合，在白翻译官授意下，站出来喊话：“乡亲们别跑，刚才是陈县长的枪走火了！平安无事，大家安心看戏！安心看戏……”

神保信一也不知道是哪儿打枪，听李双合一说，他才知道是陈启民打的枪。走火？连打三枪却说是走火？统统的鬼话！为展示中日亲善，他奉村上尚武司令官命令，一心要把庙会办好，并严令部下不得随便开枪，不得骚扰商贩。他没想到皇军想要的热闹场景，让陈启民一锅搅了。他冲到陈启民跟前，骂句“八格牙鲁！”，左右开弓就是俩耳光。

陈启民捂着半个脸庞，惊恐地看着神保信一。他身边的便衣队员，霍地拔出手枪指向神保信一。鬼子兵哗一下端起枪，明晃晃的刺刀指向陈启民和秦生才。混在观众里边的便衣队员，呼啦啦把鬼子兵包围起来。佐滕得知庙里有变，留下几个鬼子守在庙门口，带着二十多个鬼子杀气腾腾跑进庙里，黑洞洞的枪口指向便衣队。

紧急时刻，小坪一郎和神保信一嘀咕一阵，神保信一打个手势，鬼子放下了枪。秦生才也打个手势，便衣队也收起枪。

小坪一郎又和白翻译说了一会儿话，白翻译对陈启民说："神保太君受村上司令官委托要办好庙会，加强皇军与老百姓的亲善。他特此下令，皇军不得开枪扰商惊民。陈县长违犯军令擅自开枪，造成民众恐慌，他很生气。他说，如果是皇军士兵违令，就立即枪毙!"

神保信一竟敢打县长，实在太嚣张。陈启民心里窝火，又自知斗不过皇军，只好委屈地对白翻译说："我不也是为了办好庙会吗？为办庙会，我少操心了吗？曲戏班在台上开裆露蛋，伤风败俗，作为一县之长，我能眼看着不管吗?"

白翻译说："你派人上去把那人赶下场就是了，开枪的确不妥!"

陈启民见白翻译也说他不对，辩解道："我知道他神保信一不准开枪的命令吗？他给我放过一个屁吗?"

白翻译说："这事到此为止，再纠缠下去，对谁都不好。你是明白人，要知道咱是在为皇军做事，与皇军为敌，能有好果子吃吗?"

白翻译不说，陈启民也明白，他这个县长不过是皇军手里一张纸、一块砖，用你了，你就是县长；不用你时把纸扯了，把砖扔了，屁也不是。万一把神保信一惹恼，弄不好小命都得搭上，他惹不起这些强盗。

惹不起皇军，又实在咽不下这口气，他就把一腔怒火发泄在马家班身上。明明是他贪恋红牡丹美色惹的事，却把祸根记在马家班头上。惹不起日本人，收拾戏子他有的是本事。他气势汹汹地说：“便衣队，上台把那个脱裤子露蛋的家伙往死里打！这个不要脸面的家伙，真他妈的不是家伙！”

十几个便衣队员掂着手枪蹿到后台，抓住已经卸妆的二班头，上去就给了几手枪把。二班头左挡右遮，无奈枪把、拳头雨点般往他身上砸，眨眼间就被打得头破血流，眼看就要出人命。戏子们上前拉架，便衣队拳脚相加，亦多有受伤。二班头是戏班武师，因唱对台戏常持刀械斗，多占上风，何曾受过如此欺侮？他被打急了，实在忍无可忍，猛然双掌发力，把两个便衣队员打倒在地。他抹一把血脸，裂眉瞪眼怒视众敌，拳打足踢又撂倒三五人。他自知厄运难逃，不是你死，就是我亡，拼一够本，拼俩赚一，所以招招下的是杀手，便衣队员被打得滚在地上爷佬叫唤。

武生们见师傅动手，也动起手来。便衣队虽有枪在手，但贴身格斗不是武生对手。他们狗急跳墙，开枪打死一年轻武生。二班头大喊一声：“夺枪！”众人呼喊着加入混战。戏子人多势众，战场又小，便衣队的枪弹打倒两个戏子，也误伤两个同伙。戏子们贴身肉搏，趁敌人无法开枪夺取枪支。

武生夺过枪支报仇心切，大开杀戒，砰砰叭叭打倒几个便衣队。二班头夺过一把手枪，对着对方脑袋连开三枪，打得那人脑浆迸发，血流如注。便衣队平时耀武扬威，何时见过如此惨烈的血腥拼杀？目睹同伙惨死，余众吓得魂飞天外，个个如惊弓之鸟，狼狈不堪地跳下戏台去向主子报告。

二班头自知闯下大祸难以活命，带着众戏子跳下舞台混进观众群里。

台下秩序刚刚稳定，顿时又骚动起来。观众没有看见后台拼杀，但听到了枪声和惨叫声。人们看见便衣队被打下台，戏子们混进人群里，心里都为他们捏一把汗。便衣队不会放过他们，但戏子手里也有枪，他们绝不会束手就擒。真打起来，鬼子架在头顶上的机枪会让庙院血流成河。戏子们死不足惜，毕竟是他们惹的祸。可观众为看戏丢了性命太不值，与其等死，不如逃命！一些观众想跑，但都被鬼子的刺刀逼了回来。

刚才和鬼子拔枪相对的便衣队，这时又和鬼子尿到了一个壶里。他们站在鬼子一边，把枪口对着人们。鬼子守住庙院各处通道，制高点上的机枪指向观众，庙门口也架起机枪，观众插翅难飞。人们心惊胆战，在心里祈祷佛爷保佑，别将厄运降在自己头上。那些吃过鬼子白米的人，更是心存侥幸，想着鬼子要杀也是杀曲戏班戏子，不会伤害老百姓。

霍军民乞求陈县长只抓戏子不要伤害观众。他说，老百姓都是乡里乡亲，他作为神头，他替日本人办庙会，要是乡亲们出了人命，他就会成为公众仇人，将永无宁日。陈启民因为戏子杀了便衣队，神保信一又打他，正在气头上，巴不得鬼子喋血杀人，既替便衣队报仇，又结仇民众，这是一箭双雕的好事。因此，他对霍神头的苦求不予理睬。

霍军民只好硬着头皮去乞求神保信一，神保信一听不懂汉语，他又去求白翻译官。白翻译和神保信一说了一会儿话，回头对霍军民说："太君让你把混在人群里的戏子，统统找出来！只要找到戏子，皇军就放老百姓！"

霍军民点头哈腰地说："照办照办……"

白翻译问："你让老百姓排好队，拿出良民证，接受皇军检查！"

霍军民说："二道原上的人我都认识，我现在帮皇军辨认戏子！"

白翻译觉得行，就和神保信一说了几句话，神保信一说吆西！

霍军民高声喊道："乡亲们呐！皇军和老百姓大大的亲善，

太君只抓戏子不伤害良民。大家排好队，把良民证拿在手里，一个一个接受皇军检查!”

话音刚落，场面又乱了。人们只知道让来看戏，没人说要带良民证。带有良民证的人，争相前去接受检查，心想赶快离开这里。没带证的人晾在一边，吉凶难料心神不宁。

两个挑着货郎担没有良民证的外乡人，挤过来对佐藤点头哈腰想走。佐藤二话不说，抽出战刀把俩人活活劈死。

人们震惊了，人群又骚动起来。

佐藤又揪住一个破衣烂衫的人要开刀，霍军民慌忙挡住他说：“太君息怒！这个人我的认识，良民大大的……”

那人赶紧掏出良民证。佐藤看了一眼，一把拨开霍军民，老鹰叼小鸡般揪住一个往人堆里钻的矮子，掼倒在地，举起了屠刀。

蓦地，村外响起激烈的枪声。佐藤一愣神，矮子连滚带爬钻进了人群。

神保信一急忙派人出庙侦察，但几个鬼子刚跑到庙门口，就被关爷阁射下的枪弹打倒了。庙院里顿时枪声大作，从天王阁、关爷阁两处制高点打出的机枪子弹暴雨般射向鬼子。

鬼子被打蒙了。神保信一命令机枪压制制高点火力，企图掩护部队展开。但是，十几个乞丐突然掏出暗藏的手枪，从鬼子背后开了火。

佐藤趴在一挺机枪旁边，指挥射手向天王阁上射击，却被身后的子弹打个冷不防。机枪手头一歪倒在地上，佐藤急忙去抓机枪，身后又射来一串子弹，把他打成了筛子。神保信一胳膊中枪，他在几个鬼子保护下，跑到一棵柏树下，依托古树做掩体疯狂抵抗。

人们像炸群的羊，四奔五散争相逃命。庙门口的机枪，被天王阁射出的枪弹打掉了，人们潮水般拥向庙门。

突然，从上天梯射来的猛烈枪弹封锁了庙门，人们一片片倒在了血泊中。人群又哗地退回庙院，院里枪弹横飞一片混战。

天王阁的机枪调转枪口，居高临下射向上天梯火力点，上天梯的机枪被压制住了，人们又潮水般拥向庙门。

第二十四章

这是一场出乎李志斌预料的战斗，共打死五十二个鬼子，佐藤被装扮成卖炒粉摊贩的白玉娃击毙；便衣队伤亡十八人，秦生才腿部中弹，是被鬼子误伤。

这场乱战，造成二百多老百姓遇难。混战中，人们都跑出了庙院，但没跑出鬼子的包围圈。鬼子把人们集中在村里的大槐树下边，抓捕抗日分子和戏子。几个混在老百姓中间的义勇军，在霍军民指认下被杀害。

马家曲剧班的戏子们，在冲击鬼子包围圈的时候大多数被打死。二班头持枪干掉五个鬼子，身中数弹而亡。在以后许多年里，他成为二道原人茶余饭后谈论的话题。人们竖着拇指夸他为救班主，敢脱裤露蛋拉戏，敢火并敌人，是条好汉。都说爷们儿若都像他，小日本就不敢来中国行凶。

更不幸的是有两个女戏子落入鬼子魔掌。一个成为神保信一的专职性奴，一个成为鬼子集体发泄的工具。次年八月，日军撤离二道原，向山西八路军投降，神保信一为掩盖罪行，将她们杀害。

庙院里的乱仗，并非李志斌一手导演。

装扮成乞丐的好汉，是南山抗日义勇军李铁锤的队员。这支三百多人的队伍，活跃在南山一带，频频打击甘山、草庙山据点的鬼子。敌人提起这支既不属于共产党、也不属于国民党的抗日武装很是头痛，他们龟缩在据点里不敢轻易下山祸害百姓。佐藤残害女人的暴行，激起义勇军的愤怒，李铁锤决定打庙会除佐藤，与李志斌不谋而合。

李志斌本来计划让罗大炮、霍军礼部打庙会，来一次大行动。在得到李双合的情报后，他改变了想法。打庙会目的是除佐藤，如果动用大部队，民军流血他不怕，可不忍心平民百姓血溅庙院。就在这时，他得知寨子里的鬼子被调往庙会，当即改变方案，决定趁机收复村子。于是，他派出几个精干民军，潜入庙会杀佐藤。同时集中优势兵力，收复李家村。

李志斌不担心执行杀佐藤任务的民军。他相信，只要白玉娃出手，佐藤必死。但架在制高点上的机枪是他的心头之患。凭白玉娃的身手，安全脱身没问题。可是，众多百姓会倒在敌人的枪弹下。怎么才能控制制高点？这是个不小的难题。三个制高点高达二十余米，其中天王阁、关爷阁的楼梯设在大殿之内，大殿下边住着鬼子，想从楼梯上去实在太难。他想起了王铁手和墙上飞师徒。王铁手是他的结义兄弟，请他出手不成问题，可墙上飞肯不肯帮忙，他心里没底。若是能得到二人相助，控制制高点就不成问题。他素闻墙上飞是个杀富济贫的好汉，但请他出手，按道上规矩他会提苛刻条件。钱不是问题，只要墙上飞答应出手，无论他开多大价，他都会接受，把钱花在打鬼子上他舍得。

当初回乡，他带的两只皮箱子，有一只里边装的全是金银珠宝，价值连城啊！那些钱不是他的私有财物，是他任专员时发动社会各界支援抗战募捐的。可惜，这笔钱还没派上用场，冀南就沦陷了。他在河北打游击时，时刻面临着牺牲危险。为了保护好这笔财富，他派人把皮箱送到邯郸交给兰红玉保管。并转告兰红玉，一旦他牺牲了，一定要把这笔钱用在抗战上。募于抗日，用于抗日，这个宗旨不可改变。

现在，为了打鬼子，他决定在独匪墙上飞身上花一笔钱。墙上飞、王铁手师徒飞檐走壁，枪法精准，干掉制高点上的鬼子机枪，非他们莫属。

李志斌把这件事情交给罗大炮去办，很快就有了回复。墙上飞不但愿意相帮，而且分文不取。他捎话说，打鬼子是爷们儿的义务，不是做生意。如果这事他向李专员提条件，他就不是爷们儿。

就这样，独匪师徒成功控制了天王阁、关爷阁两处制高点。

解决上天梯上的机枪，是李双合的任务。可是，突然发生了马家班与便衣队打斗的变故，大神头霍军民惊慌得没了主见，他像跟屁虫似的，缠着李双合寸步不离，大事小事都要他说话。李双合没法脱身，导致许多人死在这个点上，造成过多的流血。

这时候，李志斌和王怀德站在寨子里，默默俯视着宁静的山村。

硝烟散尽，太阳明亮，村子里又响起女人们热闹的声音。

四月下旬队伍进山后，队员们在山林、田野宿营，经受着夜来潮气和寒气的侵袭，没有睡过一个安稳觉。现在，收复了村庄赶走了鬼子，队员们可以睡一个好觉了。

躲在沟里跑日本的女人们，听到亲人们打回来的消息跑回家里，搂着馋猫一样的男人百般温存，然后告诉男人她们是怎么跑日本的。女人们的说法千篇一律：她们躲在山洞里，听着下沟抓花姑娘的鬼子在头顶地里走来走去。她们脸上涂着锅底黑，一个个变成了乌鸦。她们知道，锅底黑阻止不住厄运临头。要是真被鬼子抓住，她们就以死相拼。女人在鬼子面前，死比活好。述说罢自己的故事，她们问男人这几个月是咋过的？她们对男人的依附和关心，胜过关心自己。

收复村庄并没有流太多血。

当初，李志斌想利用土寨子和来犯之敌打一仗。可鬼子还没上二道原，他就奉命到头道原作战，鬼子没费一枪一弹就占领了李家村。民军撤回二道原后，他曾想收复村子，可下不了最后决心。驻扎在学校和村东的鬼子不可怕，那里无险可守，赶走他们不是难事。但寨子里的鬼子据险坚守，让他畏惧。民军的小钢炮炸不开宽厚的寨墙，强攻要遭受重大伤亡，他不能拿弟兄们的性命去硬拼。

寨子里的鬼子调往庙会，真是天赐良机。李志斌决定兵分两路，杀佐藤、打寨子同时进行。他招来驻扎在盛家村的罗大炮和三道原云飞子，让二人率其所部在李家村北边三里处设伏阻击援敌；霍军礼中队占领李家村南三里处的无名高地，阻击可能来自甘山的援敌。为了分散鬼子注意力，李志斌与墙上飞、王铁手约定，以李家村枪声为号，庙里开始行动。当神保信一听到枪声，派兵出庙侦察时，墙上飞、王铁手干掉了制高点上的机枪手，把枪弹居高临下射向鬼子。

这一天，对神保信一是噩梦。这个崇拜武圣关羽的老鬼子，为办好庙会采取外松内紧的防范措施，想通过假仁假义，让老百姓当顺民。可是，李志斌两路出手，打乱了他的部署。李铁锤义勇军的混战、马家曲戏班的混战，更是雪上加霜，好比乱蜂蜇头，打得他晕头转向。但他毕竟是老鬼子，虽然晕了，但没慌乱，更没增援李家村。而是把目标锁定在庙会，坚决执行压缩合围部署。这样，李志斌设伏打援计划落空了。

打庙会的十几个义勇军都牺牲了，赶庙会的外乡人和乞丐也被杀害了。他们大多是被鬼子抓住后，用刺刀捅死的，尸体被扔到一个地坑院里，浇上汽油火焚了。

主攻寨子的是李志荣中队。

李志荣带着十名精干队员，从南沟攀上五米高的断壁，悄悄从土洞进入寨内，杀死守寨子的五个鬼子。他们得手后点火为号，大队人马杀进村里，向村东和学校里的敌人发起攻击。哨塔上的鬼子发现情况有变，抱着机枪扫射，李麦贵一炮就把哨塔打飞了。

面对民军的猛烈攻击，鬼子很快就崩溃了。十几个残敌冲出包围，向塬上村逃窜，不想进入罗大炮设伏打援的伏击圈，全部被歼。

从甘山据点下来的一百多增援鬼子，被霍军礼中队阻击在无名高地寸步难行。

民军取得了胜利，沉默的山村沸腾了。

民军司令部安扎在寨子内，李志斌和兰红玉住在鬼子搭建的一顶帐篷里，是王怀德这样安排的。

李志斌的心情并不轻松。

鬼子吃了亏，绝不会善罢甘休，肯定要报复。抢光、烧光、杀光，要扑灭抗日烽火，敌人什么残酷手段都会使上，民军必须做好反击准备。

罗大炮、云飞子对盛子才不满，二人提议李志斌为民军总司令，统一指挥各路民军抗日。李志斌觉得盛子才临阵怯敌，且素有剿灭县域匪患的心愿，大家跟着他抗日一不可靠，二不安全，应该与其脱离，另竖旗杆。又想，他毕竟是一县之长，是国民兵团司令，不是陈启民那种铁杆汉奸。大敌当前，另竖旗杆不利抗战，因此他拒绝了二人的提议。但根据目前面临的形势，他认为有必要与罗大炮联手作战。这样就能集中兵力形成拳头，有效抗击敌人的扫荡。他提议独立大队和罗大炮大队结成生死联盟，罗大炮完全同意，并把人马留在二道原，听从李志斌调遣。

在这次战斗中，李家村一百多鬼子被歼，塬上村鬼子死伤五十余人。二道原上的鬼子从一千三百多人，减少到一千一百人。民军总兵力达到一千五百人。其中罗大炮收编了菜元川几小股土匪，由六百多人发展到七百二十人；独立大队在阴阳嘴打出了威风，青壮年踊跃参军，队伍壮大到五百五十人；霍军礼中队拥有二百三十人。敌我局部力量对比，民军占优势。经过两次战斗，民军缴获不少日式武器，各中队配备轻机枪六挺、重机枪两挺、小钢炮两门，火力配备今非昔比。

为迎击敌人扫荡，李志斌主持召开了由罗大炮、云飞子、霍军礼、王怀德、李志荣、李双合等民军骨干参加的军事会议，作出如下部署：罗大炮部在李家村北二里处设防，正面迎击敌人；云飞子中队在离村三里处西沟坳设防，卡住二道原连接头道原的唯一通道，阻击头道原日军跨沟东犯；霍军礼中队，依然驻扎无名高地，阻击甘山据点鬼子下山。他特别强调，霍部除了阻击甘山敌人外，还要堵死菜元川通向无名高地那条小路。他说，罗大炮部移驻二道原后，鬼子松尾中队占领了盛家村。盛老爷子因拒当汉奸，被松尾活活烧死，盛老夫人也被鬼子用战刀劈死。那条小路虽然不起眼，但意义重大。如果鬼子从那里摸上来，民军就会腹背受敌。无名高地一旦丢失，敌人就会居高临下威胁李家村。所以，无名高地不保，李家村必失。他再三叮嘱霍军礼，那条小路，易守难攻，只要守住，敌人纵有千军万马也难以上原，必须死守，不得丢失；李志荣部在东沟沿上设防，迎击从菜元川来犯之敌。那条路是原上通往川里的唯一大路，敌人从这条路来犯的可能性极大。他要求李志荣，在沟坳构筑防御工事，要不惜一切代价，把敌人压在沟里；白玉娃接替李志龙的中队长职务，二中队在村外设防，适时撤入寨内与敌决斗；他与王怀德率领独立大队司令部机关和警卫排六十人驻扎寨内，随时接应李志荣部、白玉娃部进寨；李双合负责村民转移，务必让乡亲们撤出村子，躲到安全地方，确保人身安全。

部署完毕，李志斌把指挥权交给王怀德，要求各部服从王副司令统一指挥，不得擅自行动。凡抗命不遵、临阵畏敌、擅自放弃阵地者，军法从事。

这样的战斗部署，环环相扣周密详尽。众人欣然领命，各自率部进入防地，构筑工事，严阵以待。

经过两战两捷，民军士气高涨，无不沉浸在喜悦和亢奋情绪里。

可是，李志斌却在担忧另一个严重问题。

司令部的作战部署，是针对抗击二道原、菜元川和头道原的敌人。如果陕州城里的鬼子出动，敌人兵力则处于绝对优势，仗就难打了。按常规打不过就走，他有打游击经验。可是，鬼子云集二道原烧杀掠抢，让老百姓流血死人，他于心不忍。他思来想去，觉得对付陕州城和头道原的鬼子，只有靠国民兵团直属大队。

虽然，他对盛子才在抚恤民军这件事上迟迟不动大为恼火，也曾产生过脱离国民兵团领导，重新打出“农民抗日自卫队”旗号的念头，但他毕竟是担任过行署专员的官员，有洞察复杂形势的能力，也有处理棘手问题的办法，更有大局意识。大敌当前，化解一切内部矛盾，团结一切可以团结的力量，共同抗击鬼子扫荡，这就是大局！为了大局，他要委曲求全，再上头道原，请求盛子才兵发二道原，与鬼子打一次硬仗。

对于盛子才肯否出兵，李志斌想象得比较乐观。他向王怀德分析盛司令会出兵的原因：一、在灵陕战役中，盛子才畏敌如虎，颜面无光，应该知耻而后勇。二、鬼子杀害了他父母，杀父弑母之仇不共戴天，此仇他不会不报。此时求他出兵，最为适时。三、独立大队、第三大队在积极备战，作为国民兵团总司令，如果他不参战，总司令的名号就会败坏，国民兵团必然土崩瓦解，他将身败名裂，成为陕州抗战的罪人。仅此三点，足以促使盛司令出兵。盛子才又是聪明人，此时此刻绝对不会做出有悖常规和常理的事情。

王怀德对他的分析不以为然，他摇着脑袋说：“未必！”

李志斌惊疑地看着他。

王怀德说："司令虽然和我表伯是老同学，但你未必了解他的为人！"

李志斌一直认为王怀德是盛子才的心腹，听他这样说话，颇感惊讶。

王怀德连忙解释说："我是说敌情复杂，直属大队人多嘴杂，我表伯虽然是司令，但毕竟没有打过仗，只怕遇事难做主张……"

李志斌脸上顿时布满杀气，口气强硬地说："盛司令没有打过仗，副司令兰德贵是上过战场的人，他应该懂得抓住战机吧？如果他在这件事情上作梗，不听盛司令指挥，我就拿下他的人头！"

王怀德见他态度如此坚决，沉默一下说："让我去见盛司令吧！"

李志斌说："这事关系全局，还是我亲自去为好！"

"司令怀疑我的办事能力吗？我可是盛司令的至亲，我的话他能听进去！"

李志斌想想也是。何况，他要亲自抚恤烈属，发给每户五十块大洋，必须马上办理。盛子才虽然答应抚恤烈属，但一拖再拖，至今没给说法。下一仗还不知又要牺牲多少弟兄，活人看着死人的后事得不到处理会心寒，有损部队战斗力。既然王怀德要去见盛子才，他就腾出手来办这件事。于是，他不再坚持己见。

李志斌让李双合、李志荣挨户做阵亡烈属的工作。亲人们送子弟上战场，就做好了离别准备。但真正噩耗传来，难免悲痛欲绝。欢声笑语的村庄，顿时又陷入悲哀的气氛之中。等到烈属们情绪平静下来，李志斌和兰红玉带着抚恤金亲自上门，逐户慰问。

进山之前，李志斌让白玉娃把那笔钱埋藏起来，这时候又让他挖出来派上用场。烈属们含着热泪接过抚恤金，没说一句埋怨话，没提出一条额外要求。多好的乡亲们啊！一条生命，五十块大洋，就这样两清了，留下的仅是活人对死者的无尽哀思。

傍晚，王怀德带回来好消息，盛司令同意李司令的反扫荡部署。他表示，一旦鬼子来犯，直属大队随时兵发二道原，他要和独立大队合演一出大戏，杀杀鬼子的嚣张气焰。

李志斌大喜，王怀德的心情却沉重如山。

第二十五章

太阳落山后，村庄被炊烟和蜃气笼罩着。

子弟兵离家四个月了，亲人们把掩藏起来的白面拿出来，炸油饼、烙煎饼犒劳汉子们，村庄飘着油香，充满喜庆气氛。

夜幕来临，王麻子提着放着烙饼和大葱的竹篮，背着软梯出了村。他总是借着夜幕潜出村子，到崖窑去看女主人。子弟兵打回来了，他和大家一样高兴，恨不得立即将这个消息告诉崖窑里的人，恨不得让他们立即回村和亲人团聚。最近，他突然心神不定魂不守舍。这种烦燥过去只是一闪即灭的火花，现在却成了拱在他心里的一条虫子，这条虫子是女主人杜姣姣。

自从逃兵暴打杜姣姣，王麻子狠揍小胖子，为女主人报仇出气，人们议论说："王麻子看着脾气温和，发起怒来还真是头狮子！他对女主人比那个浪荡汉子好百倍，真是个忠实的奴才啊！"议论完全是褒义，没有一点别的意思，可在王麻子听来，老觉得话里有话。这个忠厚的长工仿佛看到千夫所指，他心里的委屈又无法诉说，那种苦恼简直要命。

有一段日子，他有意疏远女主人。他受人指责无所谓，但不能容忍女主人名声被玷污。女主人对他好，他眼睛不瞎得见。那种好，完全是主人对仆人的好，除过主仆关系没有别的意思。就算他有那个幻想，但主仆关系是隔在他们之间不可逾越的界线。所以，幻想连梦都不是。梦可以随意做，随意回味。幻想只是隐藏在心灵深处的火花，连闪光的机会都没有。

王麻子有意疏远女主人，但女主人对他却越来越好，缝补浆洗，弄吃弄喝，他仿佛不是仆人，而是一家之主，他心里又恐慌又甜蜜。遇到这么好的女东家，是他的造化，他知足了，就是为她做牛做马也心甘情愿。

为了避嫌，他背着女主人，自己洗衣服。以前，洗衣做饭，都是他自己干。自从和东家在麦地发生顶撞后，女主人强留他，这些活儿，她基本全揽了。

杜姣姣见他洗衣，数落道："你长着一双握犁拐的手，干地里活中，洗衣服不中！"她夺过衣服洗着说："你是不是还要自己动手裁衣缝被啊？是不是想变作女人呐？"

一向不开玩笑的女主人，居然说出这种让他脸红耳赤的话，羞得他张口结舌难以对答。

女主人丢给他一个闪动的眸子，明亮得就像划过夜空的流星，照亮了他的心房，刻在了他的脑海。

王麻子下到崖窑时，杜姣姣站在窑口迎他。不知从哪一天起，天黑后她总要站到窑洞口，倾听崖顶有没有动静？看看软梯从崖顶放没放下？她盼望的人儿来没来？这个心地厚道、年轻漂亮的女财主，喜欢上大她八岁的忠厚长工。如果说以前她对这个出力人只是心存好感，经历了与国军逃兵的摩擦后，她对他的感情升级了。

一向对李志武逆来顺受的杜姣姣，对王麻子掂着铁锨暴打欺侮她的小胖子，替她出气，为她讨还尊严，非常感激。他的表现，自然让她想到李志武。这个浑蛋平时对她无情无义她能忍受，但在她受人欺侮的时候，他却在城里嫖妓作乐，让她特别伤心。她把李志武和王麻子作对比，王麻子优秀得简直让李志武成为一头丑陋的猪了。

杜姣姣把烙饼分给大家，几个人边吃边问王麻子：狗日货走了没有？中央军打没打狗日货？天杀的狗日货又做了嗦坏事？挖粮食没有？

王麻子每问必答：狗日货根本没有走的意思；中央军守在灵宝那边，没有打狗日货；狗日货嘴上说不祸害老百姓，杀人、祸害女人的事情却不断地发生；驻在村里的狗日货还算好，没杀人也没祸害女人；至于粮食，狗日货没向老百姓征粮，还给老百姓发大米白面。狗日货不像盛县长吆喝的那样抢粮食，但狗日货不要粮食一点也不奇怪，狗日货从东边打过来，缴获国军的大米、白面三年也吃不完……

人们听了王麻子的话，都说狗日货没好货。狗日货不杀、不抢、不掠夺财物，漂洋过海来二道原做嗦？人们不相信狗日货是好货，却又为本村住的狗日货没有祸害人感到侥幸。

问罢狗日货，人们就问自卫队。这是子弟兵，他们怎能不关心？队伍现在哪儿？李志斌安好吧？他和鬼子打仗没有？打胜了？打败了？打死多少鬼子？咱们死多少人？死的人都是谁？

王麻子一一告诉大家：咱们的队伍一直在和鬼子打仗，打的都是胜仗，鬼子死得多，子弟兵死得少。李司令给烈属每户先发五十个现洋抚恤金，他说等到抗战胜利后，要当面奏请国民政府，给牺牲的子弟兵要名分、要经济补偿。王麻子想告诉大家，子弟兵赶走了狗日货，收复了村子。但白天李双合对他说，这件事情先不要告诉崖窑里的人，都是些老弱病残，他们若听说亲人打回来了，肯定要闹着回家。他们下崖窑费了很大劲，上来更不容易。现在村里平安，不等于永久太平。日本人要报复，子弟兵在备战，他们回到村里，只能增加包袱不利打仗。适当时候，李司令会安排子弟兵下崖窑看望亲人。

王麻子和大家谝了一会儿，杜姣姣提醒他，窑里存水不多了，顶多只能用一天。王麻子说：“我这就下沟打水！有我在，不会叫大家没水吃！”

他走进另一孔窑洞往崖下放软梯。大家都说杜姣姣好运气，雇了个百里挑一的好长工，催促她赶快去帮王麻子打水。老人们看着她进了过洞，叹息着说：“真是辛苦志武屋里了，整天照顾我们吃喝拉撒……都是因为狗日货……”

杜姣姣来到存水的窑洞，王麻子已经踩着软梯下到半沟。往常，王麻子下沟提水，杜姣姣在窑口用绳子吊水，二人分工明确。今天，杜姣姣没有心情吊水，她拿定主意要和王麻子捅破那层窗户纸。王麻子对她好，李志武对她孬，让她的感情砝码完全偏向长工一边。她不是不守妇道的轻浮女人，完全是被李志武逼到这一步。她对他的恨积压已久，到了爆发时候，对长工的爱如火种，必须经过燃烧才能平熄。

杜姣姣站在窑口，低头俯视崖下。只见月光下边，王麻子下了软梯，提着水桶走向通往泉边的那片火杨林。她犹豫一下，就像一只敏捷的母猴子，踩着软梯利麻地下到沟底。她刚走进火杨林，就听见王麻子提着水桶粗重的喘气声。尽管这件事情，她筹划多时，但真正到了这一刻，仍然紧张得怦怦心跳。这种事情，一般都是男人主动，哪有女人送货上门呢？可她明白，遇上这个让她动情，地位和身份却完全不同的长工，她若不主动出击，他断然不敢动她一指头。

王麻子发现面前站着一个人，愣了一下，问：“谁？”声音不大，却很惊慌。

“我！”声音很小，却很熟悉。

“女主人……你咋下来了……”

杜姣姣没有回答，向前疾走两步，一头偎在他的怀里。王麻子先是一惊，继而闻到女主人身上散发的烟熏味儿，他扔下水桶紧紧搂着她狂吻着。片刻，他放开她，脱光衣服铺在树下……

从此，崖窑成了王麻子更加牵肠挂肚的地方。每到夜里，他隔三差五偷偷来到那片面积不大，却足以让他尽兴播下情爱种子的遮羞林里和情人媾欢。在那片即可遮住阳光，亦可挡住月亮的火杨林里，主仆二人留下了如火如荼的情丝。

一个月后，杜姣姣怀孕了，她又喜又愁。喜的是事实证明，她是一个生理健全的女人，而不是浑蛋男人说的“一只看着漂亮，却不会下蛋的母鸡”！愁的是，她已经和那个浑蛋好久没有见面，突然怀上孩子，不是野种是嗦？

她太想要个孩子了，可是生下这个不明不白的孩子，她的名誉将臭如狗屎。这时候她非常想念浑蛋男人，就是和他嗦事不做地过上一夜，孩子就名正言顺是李家的种。

她心事重重地问王麻子：“有没有志武的消息？那个赖货不要老婆也罢，连家也不回……”

王麻子说：“日本人一来，东家就跑得没有踪影了。听说他带着陕州城里一个野鸡跑到灵宝那边去了，又听说他带着婊子在头道原置地发国难财。头道原的地比二道原便宜，两块大洋就能买到一亩，咱这边得三块……”

杜姣姣满腹忧愁地长叹一口气。

李志武这时候正躺在头道原沟里一个山洞熬天天。

山洞里原本躲着两家十一口跑日本的穷人，李志武领着婊子来了以后，人家见他们精神萎靡，两眼无光，知道是病人，就让出地方留下他们。但很快人家就发现这一对男女不是好人。看着他们一身病态，但做起那事不避耳目地折腾，大呼小哼地浪叫。人家忍受不了这种丑陋，就赶他们走。李志武不走，几个人要动手打，他掏出哥哥送他的小手枪，吓的两家人抱头鼠窜，他和婊子独占了山洞。

李志武得了梅毒。这个嗜色如命的自私的男人，感到死亡临头，非常后悔。那是要命的脏病，割下孽物也难起死回生。李门先人立有族规：凡子弟不走正道，嫖妓宿娼，死后不得入老坟地……

李志武嫖的烂脏女人太多，根本弄不清楚是谁让他惹上的梅毒。他掐来算去，目标就锁定了绿钢皮。这个妓女是淞沪会战时为避战乱，从南边跑到北方来的。她和小白鞋、一两金是陕州城里名头最响的走红妓女。绿钢皮肤色没有一两金、小白鞋白，但脸盘不黑不红，是那种好看的青紫色，配上四季常穿的绿衣服，比皮肤白嫩的妓女更有韵味。陕州城里的名妓，背后都有靠山。小白鞋的靠山是陕州专署保安队队长，一两金的粗腿是陕县保安队头头兰德贵。这些做皮肉生意的女人只要姿色好，就是权高位重的官员们争相品偿的美味佳肴。她们付出肉体剥削，得到的是特殊保护。

绿钢皮背后也有大树，不是屁股后边吊着手枪的警察局长，也不是穿着黄皮的保安队长，而是商会会长陈启民。

陕州沦陷前，绿钢皮要陈启民带她远走高飞。她害怕鬼子祸害女人，那些没有人性的东西都是野兽。她从上海跑到陕州，为的就是躲避鬼子，她死也不愿被日本人糟蹋。陈启民那时就操出当汉奸的心，他安慰绿钢皮不要害怕，说日本人根本不像传说的那么可怕，皇军纪律严明不拿老百姓一针一线，不动女人一根头发……

李志武把目标锁定绿钢皮的依据是，她是他最后嫖过的女人。他嫖过那么多女人都没染病，睡过绿钢皮后身上才出现红斑，裆部溃疡流脓，现在又开始低烧，头晕乏力四肢酸困，明显是进入二期梅毒。再发展下去就会鼻塌嘴歪，掉发脱齿死于非命。他宁愿死在外边，也不想踏上二道原一步。丢人在外不为丢人，丢人在家上辱祖宗下羞活人。他不甘心就这样死掉，他要报复绿钢皮，他不得好死，也不能让这个婊子活在世上。他要印证绿钢皮是不是真的患有脏病，是不是她把脏病惹给他。如果真是她，他就和她同赴黄泉。若不是她，他也不会放过这个害人精，他要把脏病传给她，让她和他一样去死。绝望之中，他恨死了婊子！他骂苍天造就男人女人，赐予男欢女爱，为何又造就妓女这种烂货，带着脏病在世上害人？

就在绿钢皮看穿陈启民要当汉奸，打算独自逃离陕州城的时候，李志武找她来了。在绿钢皮眼里，男人没有一个好东西，但她对李志武却极有好感。这个土财主不像那些道貌岸然、有钱有势的权贵，嫖妓时为少掏一块大洋而讨价还价。她只要开价，李志武从不还口，让她另眼相看。她哪里知道这个吝啬的土财主，对谁都是只认钱不认人，只有在女人身上出手大方舍得花钱。

绿钢皮是个梅毒患者。李志武在鬼子大扫荡搜山时，为保护绿钢皮，用哥哥给的小手枪打死两个鬼子后，被敌人枪杀。绿钢皮被抓进头道原兵营，因为一百多日本兵染上性病，她被杀害。

第二年春上，杜姣姣在崖窑产下一子。日本人投降后，王麻子依旧给她扛长工。有人对孩子提出质疑，但没人怀疑王麻子是孩子父亲。

二道原进行土地改革时，张村区土改工作队盛雪梅队长，不看李志斌减租免息让利穷人做的善事，划他和杜姣姣地主成分。盛雪梅在百忙中，三天两头到李家村参加斗争李志斌、杜姣姣大会。运动进行到杀地主那阵，杀人就像踩死蚂蚁那么随意。盛队长下给各村一个杀人指标，农会看着哪个地主不顺眼，说拉出去崩了，这个地主就活到头了。

杜姣姣是盛雪梅亲自圈定的枪决对象，头一天农会就把她和几个将被镇压的男地主关在一个大院里，可是夜里她逃跑了。第二天，农会主席王麻子，大骂看人的民兵队长李麦贵是骡子——尿事不治，让地主婆从眼皮子底下跑掉了。王麻子说："李麦贵！你要眼睛是占脸呢？还是出气哩？一个民兵队长，连个地主婆都看不住，你一头撞死南墙上算㞗了！"

李麦贵沮丧地说："我是让运动高兴得冲昏了头，夜里贪了几口酒。酒醒后，才发现地主婆跑掉了！"

王麻子让李麦贵带着人马找人，他要活见人，死见尸。李麦贵带着人在饭馆里喝了个肚圆，回来说连地主婆的人毛都没有找到。

其实，杜姣姣是被他们放掉的，为了掩人耳目，二人合演了一出双簧。杜姣姣被王麻子连夜送下崖窑，她下到崖窑第三天，上边政策下来了，要求各地必须严格执行上边土地改革政策，除了罪大恶极、不杀不足以平民愤的地主恶霸，坚决纠正乱下指标、乱杀人现象。镇压地主的审批权，由农会收归县级以上人民政府，依法按程序审判。政策要求，对地方上有影响的开明地主加以保护，乱杀地主的势头被遏制住了，杜姣姣逃过了生死劫。

半年后，王麻子分得地主婆两埝窑洞和土地。对这个旧社会没有一寸土地的雇农，盛雪梅非常看好。区里筛选干部时，她说王麻子出身好，斗争有热情，是块好材料。于是，上边调他到区里工作。可是，王麻子没有答应，反而做出了一个惊人的选择：他要娶杜姣姣当婆娘。

因了这个选择，王麻子弄丢了农会主席的头衔，声誉也一落千丈。好在他是雇农成分出身清白，因此并没吃多少苦头。杜姣姣也因有一个雇农男人呵护着，在接踵而来的诸多运动中，也没有受到严重冲击。

这对半路结合共过患难的主仆，一生坎坷，双双寿至八十而终。

第二十六章

日子过去一个多月了，鬼子没有采取报复行动，一切平静。

李志斌没有想到，县东共产党抗日根据地派张老师前来拜访。李双合告诉他，张老师就是当年在村里教书的张和平。李志斌对共产党不感冒，他认为共党是和国民政府唱对台戏的敌对党。日本人来了，两党成了难兄难弟才联起手来抗日。打走日本人，兄弟俩肯定还要打架。蒋委员长下榻之处，岂容共党酣睡？他曾经是国民党专员，对共产党成见之深可见一斑。但平心而论，他真说不上共产党有什么不好，尤其在抗战上，他对共产党广结统一战线的主张是赞同的。

张和平对李志斌抗日、减租免息的义举评价很高。他向他转达了李铜锤书记的问候和亲笔信。信里说，希望独立大队和根据地结成联盟，互为犄角共同抗日。李志斌理解共产党的好意，但他害怕引起盛子才猜疑惹出麻烦而断然拒绝。

张和平走时说：“虽然我们没能达成共识，但我们的队伍都是抗日武装。李司令这次虽然打了胜仗，但也捅躁了马蜂窝，日军肯定要报复，你要及早做好迎敌准备，我们随时配和你抗击日军！”李志斌说他已经和盛子才商定，联手迎击来犯之敌。张和平提醒他：“盛子才心胸狭窄为人阴险，李司令要小心提防！”李志斌说："谢谢好意，我知道怎么做！"

张和平出村后，碰见了霍军礼。霍军礼是来找王怀德追加弹药的。他嫌发给士兵每人五十发子弹太少，要求追加到八十发。他进村后碰见李双合在组织乡亲们跑日本，就顺便问起王副司令。李双合告诉他，王副司令在东沟沿阵地上，霍军礼就打马前往，不想出村就追上了张和平。张和平穿着粗布衣服，头戴一顶破草帽。霍军礼都从他身边跑过去了，忽然觉得此人可疑，就拨转马头挡住张的去路。张和平看见霍军礼，似曾相识却没有印象。二人对视片刻，霍军礼才默默走开。

霍军礼认出了张和平，几年前他在李双合家里见过他。那天，霍军礼去求李双合帮他买手枪，正好张和平应邀在他家里吃饭。虽然只是一面之缘，但因为后来张和平是官府要抓的共党，他的形象就印在霍军礼脑海里了。

霍军礼对张和平很敏感，他不知道他来村里的目的，但觉得肯定和独立大队有关。所以，他就派心腹密告了盛子才。

灵陕会战时，盛子才就很器重霍军礼，许愿提他为独立大队副司令，还秘密拨给他五千块大洋。霍军礼心怀感激，认为只有跟着盛司令才会有前途，便身在曹营心在汉，成为盛子才埋在独立大队里一颗炸弹。

这天早晨，李志斌、王怀德、兰红玉带着白玉蛟和几个卫兵，去无名高地视察。这块高地位于李家村南三华里处，东西宽度不足三百米，是二道原最为狭窄地段，也是通往南部山区的唯一咽喉要道。据此，可东阻莱元川之敌，南挡甘山鬼子，西锁二百米阔地，北瞰李家村全貌，地形十分险要。如果失去高地，李家村将失去南部屏障门户洞开，敌人的炮火会居高临下泻向村子。所以，高地在村在，高地失村亡。

天气很好，阳光明媚。

李志斌骑在马上，表情严肃地望着馒头一样形状的孤岭。高地北角搭建着一座绿色帆布帐篷，这是霍军礼的中队部。北坡长满刺玫瑰和苦艾，坡上没有工事。民军部署在南边山坡，那里是正面战场。

王怀德说：“先到中队部见霍军礼吧！”

李志斌说：“直接上高地，这时候他应该在阵地上！”

李志斌扬鞭催马，向前跑去。

兰红玉却拨转马头向帐篷走去。不知为什么，她不喜欢霍军礼。霍军礼是李志斌表侄卢军礼的结义兄弟，可他的性格与卢军礼、吕军礼截然不同。那俩人是胸无城府，有啥说啥的直性汉子。霍军礼却是点头哈腰，应声附和之人，虚伪得让她反感。

灵陕会战时，盛子才作战差劲，霍军礼表现消极。可是，他却撒谎说，是盛子才不让他出击。李志斌和兰红玉说起这事，兰红玉提醒他说：“霍军礼阴阳怪气城府很深，这个人你要注意……”

李志斌不以为然地说：“你太敏感了，霍军礼和表侄是结拜兄弟！表侄在寺坡打得不错，他的义兄义弟岂是尿包？若是尿包，表侄断然不会与他结交！”

兰红玉的担忧只是感觉并没实据，她的警示没能引起丈夫重视，但霍军礼始终是她眼前一片云，抹不去的影。

兰红玉被两个哨兵拦住。一个斜眼、脸庞精瘦乌黑的士兵睁只眼挤只眼，结结巴巴对她说：“队……队……队长有……有令，不管是……是……是谁，一个……个……小……小时后……再见！一个……个……小……小时内，没有他……他……他的命令，就是一……一……一只苍蝇，也……也……也不能放……放……放进队部！”

啥事让霍队长如此神秘呢？这个人一身邪气，做事阴阳怪气，他搞的什么鬼名堂！

兰红玉对斜眼厉声说：“让开！”

“不……不……不让！”斜眼对她扬了扬手中的步枪。

兰红玉大怒，手起一鞭抽在斜眼身上，斜眼尖叫一声闪向一边。兰红玉打马冲了过去，哨兵哗的子弹上了膛。

斜眼说：“别……别……别打枪，那……那……那是……李……李……李司令……夫……夫人！”另一个哨兵埋怨斜眼道：“你咋不早结巴（说）？真是的，差一点揽下萝卜（祸事）了！”

兰红玉来到帐篷前翻身下马，几个卫兵冲到她面前，一个卫兵用手枪指着她说：“你是谁？胆敢冲撞哨兵？”

“司令部兰红玉！”她边说边往帐里闯。

那个卫兵叭地放了一枪，子弹从她耳旁嗖地飞过。

她顿时红颜失色，愤怒地凝视着他。

卫兵恶狠狠地说：“队长有令，擅闯队部者不论何人，格杀勿论……”

“浑蛋！”霍军礼从帐篷里走出来，训斥卫兵：“你眼睛瞎了？司令夫人也敢挡？”

霍军礼点头哈腰说：“夫人受惊了！都怪我对手下管教不严，请夫人原谅！”

大敌当前他不上阵地，却钻在帐篷里神神秘秘想干啥？帐外又布下两道岗哨，是何道理？那个斜眼明明认识她，却硬是阻挡作何解释？这个卫兵更是胆大包天，竟敢对她开枪，又如何解释？不管什么情况，这个卫兵留不得！

她冷笑一声，说：“霍队长的中队部层层设防戒备森严，比司令部厉害多了！卫兵竟敢对本夫人下杀手，真是虎将狼兵啊！”

“夫人如此说话，简直是要军礼的小命啊！奴才，还不快给夫人赔礼……”霍军礼怒气冲冲地盯着卫兵。

卫兵把手枪插进盒子里，刚说了句“小人有眼无珠……”，突然一声枪响，便一头栽倒在地。

卫兵们哗地掂起枪，指向兰红玉。

兰红玉吹吹勃朗宁手枪冒烟的枪口，冷冷看一眼脸颊不停抖动的霍军礼。

子弹击中卫兵的眉心，鲜血像泉水一样从弹孔往外流着。霍军礼素闻兰红玉枪法了得，打鬼子机枪手一枪一个，今天亲眼所见，果然名不虚传。这个貌似温柔的漂亮女人，杀人连眼都不眨一下，够狠。打狗还得看主人，她一点情面也不看，简直欺人太甚！他有心把她抓起来，可她是司令的女人，又是卫兵开枪在先，他不敢下手，真是哑巴吃黄连有苦难言。

卫兵们掂着枪眼巴巴看着他，只要他一声令下，兰红玉就会被打成马蜂窝。

他恼怒地骂道："把死人抬走，都滚他妈的蛋！"

卫兵收起枪，急忙去处理死人。

兰红玉走进帐篷，里面坐着一个中年男人。他见了她，连忙站起来，冲她点头哈腰。

霍军礼指着那人，向兰红玉介绍说："这是我的中学同学纪玉贵，陕州城里做山货的生意人！陕州城沦陷后，他逃到菜元川。听说我在李司令手下打鬼子，就找上门来，非要当民军不可！"

帐篷里支着两张木床，两床中间放着一个小方桌，桌上摆着酒肉，满屋的烈酒味儿。显然，霍军礼正在和纪玉贵吃肉喝酒。

纪玉贵中等身材，四十来岁，秃头、胖脸、白皮肤、大眼睛、阔嘴巴，一看就不是出力人。兰红玉瞟他一眼，觉得这个长着一对蛤蟆眼，嘴里镶着大金牙的男人，像霍军礼一样浑身邪气。

她是个爱憎分明、嫉恶如仇的人。她对纪玉贵印象不好，就表情冷淡不拿正眼瞧他。她默默地观察着帐篷里挂着的手枪、地上放着的机枪，最后目光落在床上的军用地图，这张图被姓纪的屁股压得皱皱巴巴。这是她一手所画、发到各中队的《敌我态势图》。为画这张图，她熬了几个夜晚，现在居然成了别人屁股下面的垫纸，她恼怒地眼光盯向霍军礼。

霍军礼装作不懂，对纪玉贵说："这是李司令夫人兰红玉！你要真想当民军，就对夫人说，只是她一句话的事情！"

纪玉贵向兰红玉施礼道："草民纪玉贵，见过兰夫人！"

兰红玉说："免礼！"

纪玉贵说："国难当头，山河破碎，抗日救国，匹夫有责。纪某久有杀敌报国之心，只是苦无报国无门。今日遇见兰女侠，实乃三生有幸，天赐造化。如果兰夫人准我加入民军，我愿追随霍队长鞍前马后，时刻听从李司令调遣，血洒疆场心甘情愿！"

纪玉贵激昂陈词，兰红玉心里起疑。一个浑身散发着铜臭的商人，谈起如何赚钱应该滔滔不绝。可是，这个人论起抗日竟然慷慨陈词，壮士一般，丝毫不像商人做派。他到底是什么人？

兰红玉满腹疑云，强作镇定地说："纪老板的爱国精神，实在可贵。你想跟随霍队长鞍前马后，我没意见。不过，我乃女流之辈，从不插手军务。为了你这种精神，我可以破例向李司令举荐。国难当头，用人之际，我想李司令不会把纪老板拒之门外！"

纪玉贵感激地说："有李夫人这句话，纪某就吃了定心丸！多谢夫人关照！"

这时，卫兵从帐外进来说，李司令和王副司令到。

霍军礼出帐迎接，兰红玉、纪玉贵也跟着出去。

李志斌对无名高地的防御部署总体满意。霍军礼按照他的要求，在岭上挖下三道战壕，重点部位安置了机枪，火力配备很到位。他特意查看了通往菜元川的那条小路，那里放了一个班和一挺机枪，足以抵挡千军万马。

李志斌听见枪声，情况不明，命令民军进入阵地，他和王怀德奔中队部来了。

李志斌跳下马，问霍军礼："哪里打枪？"

霍军礼迟疑着说：“是哨兵走火……”

李志斌不满地说：“让你的兵管好武器，别再发生此类事情！”

霍军礼向李志斌介绍了纪玉贵，说他是陕州中学毕业生，想当民军。李志斌听后很高兴，当即表态让他到霍中队当文书。纪玉贵心里窃喜，嘴上说着感谢的话，心里却怀着鬼胎。

第二十七章

九月中旬，村上尚武组织千余兵力，对大营民军吕军礼部进行扫荡，吕部在黄河岸边与鬼子血战伤亡惨重，敌人将民军残部围困在黄河湿地企图全歼。吕军礼派人突出重围，向盛司令和灵宝国军求援。盛子才命令头道原卢军礼驰援，卢部避开原上日军据点，走西沟小路下原增援，在沟里中了鬼子伏击全军覆没。卢军礼被俘，敌人把他吊死在沟里一棵柿树上。

村上尚武向吕部发起攻击，大营民军命悬一线。危急时刻，新三十八师唐司令，在致电上峰请战救援得不到回复的情况下，命令前线新二团火速出兵。经过激战，国军撕开敌人包围圈，解救出吕部一百余众。吕部进入灵宝，被编入新二团，列入国军战斗序列。

过去，西有吕军礼，东有李志斌，这两支队伍是盛子才伸出去的两条胳膊，卢军礼则是他在头道原的挡箭牌。有这三路人马顶着，他可以底气十足地屯兵寺坡。现在，日军折断了他的左膀，又灭了挡箭牌，直属大队完全暴露在敌人面前。如果城里村上尚武的大队人马杀到原上，加上原上据点的日军，一千六百多鬼子，向他发起攻击，他即使不死，也得脱层皮。若是草庙山鬼子再从南边杀下山来，对其形成合围，直属大队八百多官兵将陷入灭顶之灾。

吕军礼危急时有唐司令出手相救，他危急谁来救？

虽然形势严峻，但也不是一点办法没有。盛子才心里明白，唯一应急解危的办法是移师二道原，与李志斌合兵一处同敌人决战。但是，他得到情报，李志斌与县东共党秘密接触已成隐患，必须尽快铲除以绝后患。

那天，王怀德向他汇报独立大队除佐滕、收复李家村的战斗经过，他对这场胜利没有喜悦，反而激起更大猜疑。这么大的行动，李志斌对他却守口如瓶，眼里还有他这个总司令吗？他不但能调动罗大炮、云飞子，而且连墙上飞、王铁手这两个飞贼也唯命是从。他诚心请他出任国民兵团要职，他坚辞不受，且拒不接受改编，背后却和共党勾勾搭搭。如果不对他采取断然措施，待其羽翼丰满必成党国劲敌。

盛子才密令王怀德除掉李志斌。

王怀德大吃一惊。他知道表伯心术不正，但想不到他竟敢不顾抗日大局，要对李司令下毒手。他气愤地说："表伯是不是昏了头？李司令一腔热血身经百战，你对他下手，就不怕激起公愤？就不怕他那些弟兄要你的命吗？"

盛子才没想到表侄竟然不听吩咐，还敢用责问的口气和他说话，他阴沉着脸说："你是在和我说话吗？你居然用这种口气和我说话啊？你是不是让李志斌洗脑了？别忘了你是保安团的人，是我的人！你没看见李志斌和我闹摩擦吗？"

王怀德说："我是你的人！可在抗日上，李司令没做错！倒是表伯做得不够好……"

叭！盛子才一拍桌子，瞪着眼睛说："你真的让李志斌洗脑了，居然敢指责长辈！为了党国利益，必须干掉他！"

王怀德固执地说："加害李司令，要落千古骂名！你会成为历史罪人！"

盛子才冷笑道：“你以为我疯了吗？我无缘无故要铲除他吗？你老实说，他是不是和县东的共党有勾结？”

王怀德惊疑地说：“没有吧？我没有听说啊！”

盛子才斥责道：“你看看，你看看！共产党的手都伸到独立大队了，就在你的眼皮子底下搞策反，你却不知道？你脑袋被他洗了，眼睛也瞎了吗？”

王怀德不由倒吸口凉气。表伯和共产党誓不两立，对共党下手历来很硬。如果李司令真和共党暗中勾结，就难怪表伯一心要除掉他。他在心里埋怨李志斌不该这么做，埋怨他连点口风都不给他透，也为他捏着一把汗。

盛子才说：“作为军人，你必须执行命令！作为至亲，更应该配合表伯！”

王怀德沉默无语，心里却拿定主意：就是杀了我，我也不会对李司令下手。

盛子才见王怀德不说话，以为他想通了。不论从公还是从私，王怀德都是他最信任的人。他说：“最近，我要到二道原视察阵地，我自有办法除掉李志斌，不会要你亲自下手，你只需做好配合就行！”

王怀德兀自惊出一身冷汗。他不敢想象李司令一旦遭到暗算，大好的抗战形势将面临何种局面，前边的道路将是何等黑暗。

这一天，李志斌带着兰红玉来到罗大炮部视察。

太阳出山一竿子高了，阵地上不见人影，从帐篷里传出的鼾声在原野飘荡。李志斌走进帐篷，看见士兵们一线不带，亮着私处睡在地铺上。兰红玉跟在他身后，她前脚进后脚赶紧出，看到了不该看的一幕，顿时羞得粉脸通红。

帐篷里散发着刺鼻的烟酒味儿，桌子上凌乱地摆着麻将牌和纸烟盒。李志斌拿起一个烟盒端详着，盒上的图案是一个左手握刀，右手叉腰，一副恶相的海盗。这是过去在河北打游击时，游击队员常抽的那种“老刀牌”纸烟。

帐篷里的八个民军，肯定是熬深了夜，正在做着好梦，对他的到来全然不知。这些浑蛋！如果敌军来袭，脑袋就搬家了。

他没有惊动他们。这些兵和他的子弟兵不一样。子弟兵从成立那天起，接受的是抗日爱国、保卫家园的思想教育，素质远胜这些人。他们本为土匪，能在国难当头放弃匪道参加抗日，已经可喜可贺。改变他们得有过程，不能要求太高，更不能操之过急。

李志斌从帐篷出来后，看见不远处一棵老柿树上有一个哨篷，就信步来到树下。这是由两块木板铺在树杈上搭建的哨所，铺上凌乱扔着一副被褥。一群麻雀在枝头喳喳叫着，见有人来了，便群起而飞。

这个哨位搭建得好，柿树高大枝繁叶茂隐蔽性好。居高望远，可将方圆五里内敌情尽收眼底，可是哨篷里居然没人守望。哨兵呢？是白天离开哨位？还是夜里逃岗？他们这会儿在哪里？

在兰红玉眼里，这支土匪出身的队伍，都是些刀头舐血的亡命之徒，应该比农民兄弟能打善战，没想到居然松散到如此地步。她对刚才看到的丑陋一幕极为不满，现在又发现树上没有哨兵，遂挖苦李志斌说：“这就是你的好兄弟带的兵呀！只怕鬼子把脑袋砍掉当尿壶踢，他们都不知道是咋死的！”

李志斌肚里窝着火，经兰红玉一戗，脸一下就青了，他压着火气对白玉蛟说：“你去把罗队长找来，我要看着他处置脱岗哨兵！”

白玉蛟领命走了。

俩人郁闷地站在埝边，看着冷冷清清的阵地，谁也没有说话。

忽然，有人说着话向这边走来。李志斌正要下埝查看，猛然听见话语与女人有关，就收住了脚步。

“兄弟，大洋马不错吧？迷得你一黑地没有消闲吧？”一个沙哑的声音说。

“她再好也不如你的冬日梅，与那女人一夜销魂，可是终生难忘啊！”另一个鸭子嗓说。

沙哑的声音：“冬日梅不咋的！盘子看着怪亮，脱了衣服黑且不说，还生着一身鸡皮疙瘩！说话呱呱呱呱，纯粹是母鸭一只！”

鸭子嗓：“兄弟！这一仗打下来，吃饭家伙还不知道丢在哪块地里，有女人睡就是活神仙，你知足吧！还挑剔嗦鸡蛋没骨头，你真是身在福中不知福！”

沙哑的声音：“兄弟说的没错！那俩女子虽是婊子，但心不黑！咱睡了人家，人家没要咱一个现洋，咱不就是给人家几个烙饼一口吃食吗？要是遇见认钱不认人的婊子，想上去，没有三五个大洋门都没有！”

鸭子嗓：“我对她俩挺佩服！她们起码不像陕州城里那些服侍鬼子，不知国仇家恨的烂货！她俩宁肯钻山沟，也不肯让日本人糟蹋，凭这一点就了不起！”

沙哑的声音：“大洋马说，她不要我的钱，是因为我是打鬼子的爷们儿……”

“对！冬日梅也是这么说！”鸭子嗓的声音。

沙哑的声音还要顺着话题往下说，突然看见地埝上站着的一男一女，慌忙掂起枪问：“什么人？”

李志斌盯着他们没有吭声。

这是一高一矮，穿国军上衣、青色裤子，腰扎武装带的中年民军。高个子身材魁梧，古铜色脸庞。小个子身材精瘦，面皮乌黑。俩人两眼通红，肯定是熬夜的缘故。

小个子见埝上人不答话，就把枪一指说：“你们到底是什么人？再不答话，我就开枪了！”

李志斌这才反问道：“你俩是什么人？”

小个子道：“我们是罗爷的人！你们是谁？”

李志斌冷冷地反问："你看我们是啥人?"

高个子看看兰红玉，放下步枪问："敢问女侠是哪股道上的?国军?还是黑道?"

兰红玉说："此话怎讲?"

高个子道："我看女侠身穿国军服装，却不知是何来路。说你是国军吧，此处没有国军队伍。说是黑道中人吧，又一身正气，也不像!"

高个子摇着头，一脸疑惑表情。

兰红玉指着李志斌说："我们不是国军，也不是土匪！这是独立大队李司令，还不放下武器!"

二人如雷贯耳，慌忙爬上地埝。

大个子向李志斌敬个军礼，道："小兵候大山，久仰李司令大名！司令来到眼前，我却有眼无珠，请司令海涵!"

小个子向兰红玉点头哈腰致歉道："小兵孙益智，有眼不识泰山，得罪！得罪!"

李志斌见二人性格豪爽，不觉气消了大半。他指着树上问："谁在这里放哨?"

二人你看看我，我看看你，小个子孙益智说："是我俩!"

李志斌把眼光盯在候大山脸上。

候大山直言说："没错！是我俩值岗!"

这俩货虽然好色，却是爽快人，没有骗他。若是骗他，定要严惩。李志斌冷冰冰地问："既然值岗，你们这是从哪里来啊?"

二人对视一眼，孙益智说："不瞒李司令！西沟有两个跑日本的妓女，我俩半夜去嫖了。不觉睡过了头，醒来日头就出来老高了!"

小个子口无遮拦，说起丑事面不改色心不跳，像吃家常便饭一样。李志斌想大骂一通，可又一想：土匪喀！都是在刀尖上舐血的亡命徒，吃喝嫖赌啥坏事没有干过?如果把他们等同平常百姓，土匪就不是土匪。

他鄙视地说："你俩真有能耐，居然把岗站到婊子床上去了！就不怕鬼子突然袭击，砍掉弟兄们脑袋？"

孙益智说："李爷有所不知，像这种搭在树上的哨篷，有好几处哩！罗爷对付官军围剿，经常在高树上搭棚瞭望，官军离我们五里远就能发现。所以嘛，官军围剿不了我们，鬼子也休想占到便宜！"

"谬论！瞭望点再多，哨兵都像你们脱岗嫖妓，岂不要命吗？"

候大山说："李爷，我们知错了！要打要罚，任凭发落，我甘愿领受！"

孙益智说："不瞒李爷，我和大洋马说好了，这一仗打下来，如果我还活着，就带她去灵宝那边。如果战死，她就忘掉我。女人喀，到哪儿都有男人！大洋马听后哭了，她要我一定活着，一定要带她远走高飞！我知道面临的形势有多么严峻，但为了我的女人，我一定要活着！"

多么正直的士兵，大战在即脱岗嫖妓，又直言不讳敢做敢说敢当，这样的兵李志斌从来没见过，竟一时不知道怎么惩罚了。

罗大炮、山里红骑着马来了。罗大炮跳下马，瓮声瓮气地说："哥哥放心，别看我的兵现在一片涣散，打起仗来呱呱叫！"显然，他对部下军纪松散心中有数。

李志斌默默打量着他和山里红。罗大炮身穿黑绵绸武师服，上衣钉一排白色扣子，腰系牛皮武装带，腰带上挂着一把左轮手枪，屁股上吊着一把二十响驳壳枪，脚蹬千层底黑色布鞋，精神抖擞威风凛凛。山里红穿着玫瑰红衣服，腰里别着两把驳壳枪，脚穿红色绣花鞋，裤腿上打着黄腿带。她骑马驰骋的时候，一头乌黑的长发像一面旗帜，在脑后随风飘扬，红衣服迎风摆动，典型的江湖女侠模样。

李志斌和罗大炮说话，山里红握着兰红玉的手问长问短，一对亲姐妹似的。

李志斌没提士兵脱岗嫖妓的事。他知道在罗部军纪涣散不是个别官兵存在，而是普遍存在，责任在罗大炮。

他一言不发，带着罗大炮走进帐篷。地铺上一个光屁股士兵翻个身，呜里哇啦说着梦话。摆在罗大炮面前的全是人体写真，他像吃了苍蝇般恶心透了。

李志斌绷着脸，锥一样的眼光刺在罗大炮脸上。

这是秃子头上的虱子，明摆着的事儿，用得着大哥责骂吗?罗大炮冷不丁打了自己俩耳光，赔着笑脸认错说："我给哥哥丢脸了，我自打嘴巴谢罪！现在我就整顿军纪，让弟兄们吃住在阵地，枪不离身身不离枪，若有脱岗违纪，严加惩处!"

有两个士兵被话声惊醒，他们连忙起床，边穿衣服边喊梦乡里的弟兄。

士兵们迷迷糊糊爬出被窝，有的抓衣服，有的揉眼睛。

罗大炮走到一个还在拉风箱的小兵跟前，在他的光屁股上踢了一脚。

小兵翻一下身，骂句"妈个×!"蓦地看见司令站在眼前，他吐了吐舌头，慌忙从地铺上爬起来，赤条条地向罗大炮敬个军礼，说："我以为是谁和我闹着玩呢，没想到骂着李爷您……"

罗大炮伸出巴掌，轻轻落在小兵头上："小兔崽子！李爷的脸让你丢尽了，看我咋着收拾你!"

罗大炮是个自由涣散的人，也是个言必行、行必果的君子，他说的话，必然做到。李志斌默默走出帐篷，无需再说什么。

第二十八章

王怀德这两天眼皮老是跳。左眼跳财，右眼跳灾。他呢，时而左眼跳，时而右眼跳，时而两只眼皮同时跳。究竟是跳财，还是跳灾？他不想跳出好运，更不想灾祸临头，只想平平安安。他不是迷信之人，但由于近来心里有事，便对眼跳、噩梦特别敏感。

前天夜里他梦见国军展开大反攻，飞机鸦群似的遮天蔽日，炸弹冰雹一样落在二道原上，小鬼子被炸得哭爹喊娘，老百姓也被炸得血肉横飞，到处是一片血色。兰红玉趴在一块麦子地里，炸弹炸着了麦子，她在火海中奔逃。李司令骑着棕马冲进火海救她，忽然一声巨响一团火光，李司令就销声匿迹了……

他从梦中惊醒，正是凌晨两点。他心活得在床上不停地翻烧饼，梦中情景不停地在脑海迭现，他认为是个凶梦。李司令是独立大队的支柱，是不可替代的抗日领袖。他不敢想象，李司令若遭遇不测，民军将面临何等混乱的局面。可是，有人的黑手已经伸向李司令。他虽然不清楚盛子才将怎样向李司令下毒手，但知道厄运随时会降落在他头上。

太阳就要落山，李司令和夫人还没有回来。

这时候，盛子才派人送来一封写给李志斌的亲笔信。通讯兵对王怀德说："总司令再三交代，要李司令务必按时参加会议，不得缺席！"

王怀德看罢信，才知道表伯下午就到了二道原，上了无名高地。他要李司令晚八点准时到无名高地参加军事会议。

表伯要动手！王怀德脑海当即掠过这个可怕的念头。既然他来到二道原，为何不进村和李司令一叙呢？会议为何不放在独立大队司令部开，却要放在霍军礼的中队部开呢？总司令将用何种方式加害李司令，软禁？秘密处决？打黑枪？他想了很多，但又都一一否定。表伯就是再孬，也不敢在二道原谋害李司令。霍中队是独立大队属下，表伯选择无名高地下手，岂不是引火自焚？是在路上动手吗？李家村到无名高地，不过短短几里路程，四面驻扎着独立大队的人马：北有罗大炮、西有云飞子、东有李志荣，表伯若在中途动手，随时会招来杀身之祸。既然他没有下手机会，也许是真的要开会，怕是自己神经过敏了。但不怕一万，就怕万一。无论如何，李司令不能去无名高地，绝对不能让他冒险。

凑巧，李志斌和兰红玉没回司令部吃晚饭。他巡视过罗大炮阵地，就单独去了云飞子防地，在那里吃的午饭。半后晌时，他又去了东沟李志荣防地。察看了沟垴兵力部署和重点部位火力配备，又下沟察看一遍，指令李志荣在敌人可能攀登的山坡上埋下地雷。日落时他们从沟里上来，李志荣让炊事员整了几个小菜，派人找来李双合，仨人一起喝酒。李志龙活着时，总是他们四个一块儿喝，李志龙牺牲了，他们难免伤感。所以，酒场早早就散了。

李志斌回到村里，白玉蛟告诉他，王副司令接到盛司令手谕，前去无名高地参加军事会议。

李志斌问："几时走的？"

白玉蛟说："刚走，没一支烟工夫！"

盛子才上了二道原？咋没通知他呢？李志斌感到奇怪。又想，既然是总司令开会，一定是部署作战事宜。他正准备明天去头道原见他，商量直属大队上二道原打仗的事。盛司令这时来了，他正好就近见他。他喊白玉蛟备马，却被兰红玉挡住了。

兰红玉说："盛子才不来见你，却去了无名高地去，我想不通……"

李志斌说："这有啥想不通？他把军事会议放在无名高地开，说明那里重要呗！"

兰红玉说："他没通知你参加，自有他的道理，你这样贸然前去不合适！"

李志斌觉得她说的有理，但就是不明白，为啥不让他参会。

兰红玉提醒他说："还记得霍中队里那个纪玉贵吗？那人不正经！盛子才来二道原，不来见你这个司令，却往下边跑，又把会议地点放在无名高地，这里边有啥秘密？他和霍军礼有何默契？霍军礼和纪玉贵、盛子才又是啥关系？"

李志斌不以为然地笑笑说："女人啊，生性多疑！没有一点事实依据，你怎么可以怀疑霍中队长呢？他是我表侄子的结义兄弟，是我们的晚辈！他能做对抗日不利的事情吗？用人不疑，疑人不用，你这样无端猜疑会影响团结，分散人心。这种话到此为止，以后不准再说！"

兰红玉说："你说的没错！可是你别忘了，他的卫兵居然敢对我开枪。我杀了卫兵，霍军礼的眼里流露着杀气。他心里的怨气不会平息，也绝对不会轻易放下。那个纪玉贵神神秘秘，更让人捉摸不透……"

"我这就上高地，我不信谁敢成精！"

李志斌带着白玉蛟和警卫班，打马消失在夜幕里。

山村的傍晚格外黑，没有月光，没有秋风，一片静寂。

队伍刚出村，前方突然响起剧烈的枪声。李志斌愣了一下，断定枪声来自老坟盘，而非无名高地。是鬼子趁着夜色偷袭吗？不会！鬼子攻击必是枪炮激烈的攻防战，这是步枪和机枪子弹出膛的声音。虽然枪声激烈，但规模不大，是小队人马在交火。究竟是谁和谁交火？他一时判断不准。遂派一名警卫回村传令，全体进入阵地，做好战斗准备。他带着众人，快马加鞭向前冲去。

枪声暴风骤雨般来得急，停得也快。

老坟盘四周静悄悄的，仿佛这里什么也没有发生。李志斌让白玉蛟前边侦察，警卫班警戒。

白玉蛟向前走了十几步，发现路上躺着人。他打开手电，竟是王副司令和两个卫兵倒在血泊里。他两腿一软，跪到地上，抱着王怀德的尸体，惊叫着："王副司令……王参谋长……"

李志斌疾步上前，抱着王怀德急促喊叫。鲜血在王怀德身上往外淌着，他永远叫不醒了。李志斌泪流成河。他全然明白了，战友是遭人暗算。是谁伸出的黑手？是谁把罪恶的子弹射进战友胸膛？

他强忍悲痛，让白玉蛟和两个警卫用马驮着王副司令的遗体先回村，他要寻找凶手留下的蛛丝马迹。

老坟盘是一块三亩地大的坡地，距离无名高地只有一里路。因为地里布满砂礓，土层贫瘠，李家村人就选此处为老坟地。据李家神谱记载，埋在这里的祖先已经十二辈了。一座座长满黄蒿的老坟，一棵棵郁郁葱葱的古柏，使路人感到格外肃穆和阴森。单人不走老坟盘。在人们眼里，这里是个阴气十足的凶险之地。夜晚，此地常有鬼点灯。人们说是光绪年间，被洛宁刀客绑走的二道原七十二口人票，被砍了脑壳的屈死鬼夜里出来鸣冤示屈。

老坟盘埝下是一条通往无名高地的必经小路，敌人在这里设伏，显然是早有谋划。

李志斌发现，老坟头的蒿草被踩踏得一片狼藉，显然凶手就是埋伏在坟头，对王怀德下的黑手。从老坟头到王中弹倒地的地方，距离不足三十米。敌人超不过一个班，却动用了三挺轻机枪。散落在坟头的弹壳，证明全是捷克式轻机枪打的，而非日式机枪，显然不是鬼子干的。

是谁干的？李志斌脑海浮现出盛子才，但当即予以排除。王怀德是盛子才的亲信，是他最信得过的人，他不会对自己人下手。

李志斌锁定霍军礼。

他想着兰红玉说的话："还记得霍中队里那个纪玉贵吗？那人不正经！盛子才来二道原，不来见你这个司令，却到下边乱跑，又把会议地点放在无名高地，这里边有啥秘密？他和霍军礼有何默契？霍军礼和纪玉贵、盛子才究竟是啥关系……"

"狗日的，霍军礼！"李志斌蓦地心亮了，他懊悔自己一味地考虑团结、想着大局，却忽略了斗争的复杂性。纪玉贵不是打进霍中队的日特，就是"黄洲建国军"的奸细。当务之急，必须立即控制无名高地，再图报仇。

无名高地事关反扫荡成败和民军生死存亡。如果霍军礼真的通敌，后果不堪想象。李志斌满腔怒火，恨不得立即把霍军礼碎尸万段。他跨上战马急速回村，连夜部署夺回高地。

第二十九章

兰红玉打死的那个卫兵，是霍军礼没出五服的兄弟。霍军礼嘴上没法说，心里恨死了兰红玉。纪玉贵趁机煽风点火，霍军礼咬牙切齿，决心从背后捅李志斌一刀，以泄心头之恨。

纪玉贵是秦生才派进霍部搞策反的汉奸，他的身份是黄洲建国军便衣队副队长。秦生才在渗透县东共产党抗日武装的同时，绞尽脑汁要瓦解二道原民军。

一天，秦生才在陕州饭店摆下酒席，宴请小坪一郎、白翻译和陈启民。三杯酒下肚，小坪一郎询问策反进展情况。

秦生才得意洋洋地说，他对县东共党武装的渗透已初见成效，他现在是姜太公钓鱼，稳坐钓鱼台，静等好消息。小坪一郎握着他的手夸他能干，是皇军忠实的好朋友。

秦生才感动地说：“皇军对生才恩重如山！若不是皇军庇护，生才早让国军砍了脑袋。皇军是生才的再生父母，是生才头上的天！”

小坪一郎问：“秦司令对二道原民军的行动开始没有？”

秦生才面露难色，说他正在物色合适人选。

小坪一郎不悦地说：“秦司令！我相信你对皇军的忠诚，也相信你的能力和才干！二道原独立大队在寺坡、阴阳嘴伏击坂牧太郎中队，造成二百多皇军官兵玉碎。他们打庙会，造成佐滕中尉和众多皇军死难，这支队伍是皇军的死敌，必须尽快铲除！”

秦生才说：“独立大队司令叫李志斌，曾经是国民政府专员，是死硬的抗日分子！”

小坪一郎道：“岂止这些！皇军已经把这个人的背景查得清清楚楚！李志斌之所以坚决与皇军作对，因为他曾经是二十九军宋将军的秘书！二十九军，敢用大刀与皇军拼杀的军队，宋将军的秘书亦绝非等闲之辈！恕我直言，皇军敬佩宋将军和他的军队！不过，皇军敬佩的是军人精神，不是畏惧，更不是屈服！任何一支与皇军为敌的中国军队，必败无疑！二十九军勇武一时，最终还是一败涂地！”

秦生才奴颜婢膝地奉承：“皇军是天下最英武的军队，战无不胜攻无不克，是真正的战神！”

小坪一郎道：“二十九军精神，在中国不会一时消失。比如李志斌，在河北与皇军为敌，被打得全军覆没。他死里逃生回到家乡，却仍然与皇军作对。对于这种死硬的抗日分子，皇军一定要砍下他的脑袋！”

秦生才附和道：“太君说得太对了，对一切抗日分子，应该统统杀光！”

小坪一郎：“不过，他们不是一个人，是一支队伍！为了减少皇军流血，村上尚武大佐的意图是渗透瓦解为上！”他盯着秦生才，狡黠地问，“秦司令既然能渗透共产党，就没办法瓦解李志斌吗？”

秦生才拍拍胸脯说：“请太君给我一个月时间，一个月内必见分晓！”

“一个月的不行！三天的可以！”小坪一郎严肃地说。

“三天？”秦生才不敢相信地伸出三根指头。

小坪一郎不容置疑的口气：“对，三天，这是村上司令官的命令！”

小坪一郎见秦生才满脸愁容，就说：“我告诉你一个秘密，皇军近日将有大行动。先剿灭大营吕军礼民军，再消灭头道原卢军礼，第三步就是扫荡二道原！皇军要血洗二道原，鸡犬不留！村上大佐要秦司令必须在三天之内，派人打进独立大队，随时配合皇军扫荡！”

皇军扫荡二道原，这是秦生才求之不得的好事。可让他三天之内打入民军内部，实在太难。

小坪一郎说：“村上大佐的意思是，全面渗透有难度，就从点上突破。无名高地是皇军扫荡成败的关键，谁控制高地谁就是赢家。据皇军侦悉，高地守军是霍中队。霍军礼和李志斌貌合神离，和盛子才关系密切，这是渗透他的有利因素。希望我提供的情报，能对秦司令有用！”

小坪的情报确实有用，但只给三天时间，秦生才咋也高兴不起来。

策反瓦解占领区抗日武装，是村上尚武稳定陕州治安形势的重大策略。老鬼子知道靠皇军很难办到，必须依靠汉奸才能达到目的。如果没有汉奸和皇军合作，皇军在中国就是瞎子、聋子，日本想统治中国就是天方夜谭。所以，村上尚武对以华制华战略，有独特的见解。

村上尚武觉得很幸运。皇军开进陕州城，就有陈启民一伙汉奸摇旗欢迎。他要用好这些中国人，在占领区广泛宣传中日亲善、大东亚共存共荣，要从思想上给民众洗脑，达到统治目的。于是，他交给小坪一郎一项特殊任务，就是利用中国人搞渗透，力争三个月到半年时间，消灭或瓦解陕州境内的抗日武装。小坪一郎是潜伏陕州多年的老牌特工，他对完成这项特殊任务充满信心。他一手抓住陈启民行施伪政稳定治安，一手抓住秦生才进行渗透颠覆。

小坪一郎要求三天之内渗进无名高地，难坏了秦生才。他绞尽脑汁无计可施，这时候纪玉贵来了。纪玉贵是陕州老警察，秦生才的铁杆兄弟。

他见秦生才愁容满面，问道："司令为何事烦恼？"

秦生才告诉了事情原委，说："贤弟是陕州通，交际广能耐大，可有妙策破解困局？"

"司令放心，我自有办法……"纪玉贵冲他微微笑着，一副成竹在胸的样子。

秦生才喜出望外。纪玉贵老谋深算，从不妄言。如果没有十成把握，他就不会这般说话，真是柳暗花明又一村。当晚，二人秘密商定打进无名高地具体方案。第二天，纪玉贵秘密出城，把黑手伸向二道原。

纪玉贵是走菜元川那条小路上无名高地的，那是一条川里通往高地的唯一小路。他料定高处有民军把守，弄不好一枪就丢了小命。所以，他爬到半山腰，就向山上挥着胳膊喊叫："别开枪——我是霍队长的朋友——我来找霍队长——"

李志斌下令封锁这条路，一只鸟儿也不准放过。纪玉贵在沟里一出现，就被机枪号住了。但守军听说他是霍队长的朋友，连忙去报告，正好霍军礼就在阵地上。

纪玉贵看见霍军礼，惊喜地喊叫："霍队长——霍老弟——是我啊——纪玉贵！"

霍军礼快步向前，惊讶地说："咋是你呀？你咋来啦？"

纪玉贵握住霍军礼的手，勒着说："听说你在民军当官，我就投奔你打鬼子来了！"

二人来到中队部，霍军礼询问纪玉贵在哪儿高就？纪玉贵掏出一封信交给他。霍军礼看罢，大惊失色："原来你在秦生才手下当汉奸？"

纪玉贵笑笑："老同学，不会把我绑了交给李志斌吧？"

霍军礼阴着脸说：“这是你，换成别人，早拉出去崩了!”

纪玉贵解开衣衫，取下勒在腰间的一疙瘩东西，放到桌子上说：“知道你不会对我下手，我才敢来!”

霍军礼看着桌子上的布疙瘩，问：“这是嗦?”

纪玉贵：“是村上尚武司令官让我转交给你的见面礼，三十块金砖!”

三十块金砖?天啊，日本人出手真阔气!霍军礼为之动心，却故意绷着脸说：“鬼子想叫我做嗦?”

纪玉贵正要说话，通讯兵忽然提着酒瓶进来说：“盛司令派人给队长送来两瓶茅台酒，说他三天后要来视察阵地!”

霍军礼高兴地说：“盛司令真是及时雨啊!老同学前脚到，他就后脚送来好酒，纪兄口福不浅啊!去，到伙上搞几个菜，我要和客人品尝茅台!”

通讯兵出去搞菜，霍军礼招来卫兵霍军平，要他亲自在帐外站岗，一小时内不许任何人进帐。

纪玉贵说：“霍队长是聪明人，眼下局势十分明朗。大营吕军礼、头道原卢军礼将被皇军打击，接下来就是二道原。我十分负责地告诉你，届时参战的皇军除陕县驻军，晋南皇军也要渡河参战。大军压境，胜负已定，覆巢之下，岂有完卵?”

霍军礼心惊胆寒，眼前浮现出日军过处，血流成河的恐怖场面。

他脸上的微妙变化，逃不过纪玉贵的眼睛：“你我是啥交情?铁杆兄弟!我咋忍心看着兄弟做皇军的枪下鬼?我这次来，就是要指给兄弟一条生路!”

霍军礼为难地说：“你说的生路，不就是让我投靠皇军当汉奸吗?汉奸，那是日八辈祖宗也不解人恨的坏蛋，那条路不能走啊!”

纪玉贵冷冷笑道：“这比你在野鸡坡嫖女人挨揍还丢脸吗?”

霍军礼红着脸说：“你真是个凉扁食，哪壶不开提哪壶！”

纪玉贵说：“对你这号不开化的榆木疙瘩，不往脑袋上浇水，你就执迷不悟！”

霍军礼是野鸡坡常客，有名的霍枪杆。在窑姐们眼里，霍枪杆是个厉害的猛男。他只要扎进花窑，没有半天工夫不出来，窑姐对他又爱又怕。爱的是霍军礼比一般男人精神，怕的是他是个极端下流的性虐待狂。霍军礼不知羞耻地向婊子吹嘘说，他之所以精神，是因为身体构造特殊，别人是俩肾，他是独肾，足有拳头那么大。肾大，本钱也大，战斗起来金枪不倒。

三年前的夏天，霍军礼来花窑嫖小白鞋。小白鞋正在接客，他迫不及待，撞进花屋与正在忙活的嫖客打成一团。他人高马大黑森森一块，那人油头粉面又矮又胖，岂是他的对手？他三下五除二，打得那人鼻青脸肿落荒而逃。

霍军礼搂着婊子正在兴处，几个彪形大汉破门而入，摁住他就是一阵乱棍，直打得昏死过去。等他醒来，已躺在陕州医院病床上。上边头痛欲裂，下边蛋肿如瓜，朦胧间他看见纪玉贵和两个警察站在床头，不由流泪满面，哽咽着向他描述那些暴徒的长相。霍军礼和纪玉贵是陕州中学同窗好友，私交甚笃。

霍枪杆被打得七死八活，老鸨害怕出人命，一面报警，一面让鳖腿（打手）把人送到医院扔下就走。只要人不死在窑子里，老鸨才不管他死到哪里。

纪玉贵根据霍军礼提供的线索，号住了陕州打包厂老板乔胖子，一干凶手尽被抓获。纪玉贵对乔胖子一顿暴打，胖子如实招供。乔胖子惧怕纪玉贵，又见霍枪杆蛋肿如瓜，已成废人，自知闯下大祸，就不惜血本，花钱消灾。霍枪杆虽然得到一份厚重赔偿，但从此成了软蛋，再也不能作孽了。

在霍军礼眼里，纪玉贵是他恩人。可让他当汉奸，他是一百二十个不愿意。

纪玉贵猜透了他的心思，开导说："你不要觉得，跟着鬼子就都是汉奸！事情不是你想象的那样。这年头，有人有枪才是真，别的都是假。国军比民军如何？他们打不过皇军，不是也当伪军吗？他们是汉奸吗？不是！那是为了保存实力的权宜之计！哪一个中国人心甘情愿给日本人当狗？只要形势一变，伪军就会调转枪口打鬼子……"

霍军礼问："你是说秦司令？"

纪玉贵神秘地说："只可意会，不可言传！"

二人边喝酒边谋事，正谈得投机，忽听帐篷外马蹄急驰，人声吵杂。霍军礼不由心慌，害怕纪玉贵万一露出马脚，便教他怎样应对。

兰红玉就是在这时候冲开岗哨，来到帐前。她看着文文静静，恼起来却性如烈火。卫兵霍军平向她开枪，她当着霍军礼的面击毙他。

这场突发事件，坚定了霍军礼投靠日本人的决心。

事情总往巧处赶。就在霍军礼与纪玉贵谈妥撤出阵地，让路鬼子的时候，盛子才来到无名高地，和霍军礼商量谋杀李志斌，他承诺事成后由王怀德任独立大队司令、霍军礼任副司令。二人一个急于铲除李志斌，一个急于报仇，目的相同一拍即合。

盛子才派人送信给王怀德，要李志斌晚上到无名高地参加军事会议。目的是暗示王怀德，他要对李志斌下手，提醒他准备接管队伍。傍晚，霍军礼亲自带着十个心腹、三挺轻机枪埋伏在老坟盘，这是李志斌上无名高地的必经之路。霍军礼对心腹撒谎说，得到准确情报，有日特企图趁夜潜入无名高地，必须干掉他们。他要求心腹们严守秘密，事后也不许走漏风声，谁泄密枪毙谁。

人算不如天算，他们做梦也想不到王怀德会替代李志斌上高地。当老坟盘罪恶的枪声响起的时候，盛子才已返回寺坡老营。他和兰德贵站在司令部崖塬上，隔沟听着机枪声，高兴地连说三个："干得好！"

盛子才准备天亮后兵发二道原。李志斌一死，兰红玉一介女流不足为惧！他担心的是李志荣、李双合。独立大队是李家村的子弟兵，这俩人一旦起事，王怀德难以对付。他要让王怀德、霍军礼立马掌握军权，听从他的指挥。这个不甘当汉奸却善于窝里斗的门里王，在抗战的关键时刻，办了一件千夫所指的恶事。

新中国成立后，盛子才的罪恶被载入史册。《陕州文史》资料，对他如此定性：盛子才，陕州人，1944 年任陕县县长，兼任陕县抗日国民兵团总司令，陕州五大汉奸之首。

四十年后，豫省党史专家盛雪梅在弥留之际，向组织提出一个生平难以启齿，一生最大耻辱，死后难以瞑目的请求，她要求组织重新审定其父盛子才的汉奸问题。

她在申述材料中写道：虽然她青年离家参加革命，是家庭的背叛者，但在诸多运动中，因为汉奸父亲的问题多受牵连，她的子女也备受歧视，饱受冷眼。她要求组织，重新定性盛子才汉奸罪名的理由有三：一、盛子才没有给日本人做过一件事，不是汉奸。二、他身为陕县国民兵团总司令，积极组建民间抗日武装，民军从无到有发展到两千多人，成为陕州沦陷后最强一支抗日武装，有着不可磨灭的功劳。三、盛子才指挥民军与日军血战，先后取得寺坡伏击战、打庙会除佐藤等令鬼子闻风丧胆的胜利。她说，盛子才是犯有不可饶恕的罪过，如果定他反革命罪名，她能接受。但定名汉奸理由不足，她不能接受。

针对她的申述，上级派人走访了健在的当事人，大家一致反对为盛子才正名。他们认为，盛子才虽然没有为日本人做过事，但他谋杀民军抗日领袖李志斌未遂，误杀抗日英雄王怀德，导致二道原抗日民军土崩瓦解，使日军轻而易举地血洗二道原，比汉奸有过之而无不及，定他为汉奸之首，一点不为过。

双方都有理，事情就搁了下来。盛雪梅过世后，再也没人提及此事。就这样，盛子才被永远钉在了历史的耻辱柱上。

第三十章

李志斌召集罗大炮、云飞子、李志荣、白玉娃召开紧急会议，向大家宣布了王副司令遇难的消息。众人听到噩耗，义愤填膺，纷纷争当平灭叛军的主攻手。

李志斌说："有迹象表明，霍军礼在暗中勾结日特。如果他投敌，后果极其严重，当务之急是夺回无名高地。我命令，云飞子部一百人、罗大炮部三百人，共四百人担任主攻，由罗大炮指挥。主攻部队从西沟沿上迂回到无名高地西南侧发起攻击；白玉娃中队八十人、李志荣中队八十人，由李志荣指挥，从无名高地东北角发起攻击，拿下东边岭下阵地后，炸毁菜元川通向高地的小路。敌我双方兵力对比是五百六对二百三，我们占绝对优势。除参战部队外，各部要加强警戒坚守阵地，坚决打击来犯之敌！"

李志斌看了一下手表说："凌晨二时发起攻击，天亮前解决战斗！现在是十一时二十分，大家抓紧准备，按时进入攻击地点，以信号枪为令发起攻击！为了保证平叛胜利，我已经派人报告盛司令，让他严密监视头道原敌人。一旦鬼子出动，就予以坚决打击，绝不能让敌人踏上二道原！同时，请他派一个中队协防西沟云飞子阵地，防止陕州之敌趁夜偷袭！"

队长们领命而去。

李志斌回到屋里，兰红玉坐在桌旁往手枪弹夹压子弹。他要她留下来和白玉娃守寨子，他说："寨子是我军最后一块阵地，也是唯一的救命通道，不能出现任何闪失！"

兰红玉理解丈夫此刻的心情，她默默地把脸伏在他的肩膀上，泪水扑簌簌地落在肩头。李志斌张开双臂搂紧她，两张脸贴在一起。此刻，谁都明白局势有多么危急。如果无名高地在天亮之前顺利拿下，民军还有和日军殊死一搏的机会。要是拿不下来，后果不堪设想。

李志斌吻着心爱的女人，那种感觉不是甜蜜和陶醉，而是悲壮，壮士一去不复返的悲壮。多少次亲吻，多少次陶醉，惟有这次不同寻常。他们在用最亲昵的方式，表达彼此难以言明的心声。片刻，他放开夫人，挎上手枪要走，兰红玉突然从背后紧紧抱住他，把脸贴在背上。

他转过身，双手捧着她的脸看着。须臾，肯定地说："胜利属于我们！"

她盯着他坚毅的脸，轻轻地说："我等你回来……"

李志斌走后，兰红玉背着一支步枪悄悄出了村。这是一支立过战功的三八大盖，她就是用这支枪干掉几个鬼子机枪手。她心里明白，今夜的战斗志在必得。虽然他们在兵力上占绝对优势，但战场上敌情瞬息万变，阵地不在我军手中，就不可言胜。灵陕战役以来，她和李志斌并肩战斗，从来没有分开过。在此关键时候，她更不能离开他。有她在身边，他就没有后顾之忧，指挥艺术就能发挥得淋漓尽致，这不是夸张，是爱情的力量，她坚信爱情是一种动力。

子夜时分，一片漆黑。

兰红玉边走边想，队伍应该进入指定位置了吧？部队肯定到达指定位置了，只等李志斌一声令下，民军健儿就会像小老虎似的扑向叛军夺回高地。突然，沟那边响起激烈的枪声。兰红玉从马克沁重机枪沉闷的叫声里，断定枪声来自寺坡。各路民军中，只有直属大队配备有马克沁重机枪，一定是直属大队和敌人交上火。

鬼子动手了！兰红玉加快脚步往前赶路。

寺坡的枪声让李志斌产生误判，他以为是头道原鬼子出动了，受到直属大队阻击。

他派人给盛子才送信，告诉他霍军礼与日特勾结，王怀德在老坟盘遇袭牺牲，霍中队有叛变可能，形势十分危急，他要从叛军手中夺回无名高地，请盛司令密切关注张汴原鬼子动向。如果鬼子攻击二道原，希望盛司令以大局为重，务必阻敌于头道原。同时，请求他派出援军，协助云飞子西沟防线，确保收复无名高地时，不受来自腹背之敌的攻击。

通信兵带回盛子才一封信。信中说，直属大队将不惜一切代价，阻敌于张汴原，决不放过一兵一卒。同时，他尽快派出一个中队增援云飞子。李志斌没有看见援军到达，但枪声让他非常感激。他感谢盛司令没有失信，关键时候向他伸出援助之手。盛子才终于真刀真枪抗日了，他迈出这一步太可贵了。直属大队移兵二道原后，民军就形成了拳头，鬼子想吃掉他们，就是赖狗吠日。他这样想着，眼前仿佛出现一道光明，把盛子才留在他心里的阴影一扫而光。

李志斌做梦也想不到，马克沁重机枪的火舌不是吐向鬼子，而是吐向霍中队。

盛子才得知霍军礼谋杀李志斌失败，误杀王怀德，又气又恼。气的是王怀德违抗密令，代替李志斌开会送死，恼的是霍军礼打死他表侄。他正在气头上，兰德贵报告说，霍军礼率部来到阵前。

盛子才问："他带着部队来干啥？"

兰德贵交给盛子才一封信。盛子才看罢，冷冷地说："这个孬种！害怕李志斌打他，就丢下无名高地来投我们！假若鬼子这时占领高地，李志斌完了，我们也完了。这么重要的阵地，他竟敢擅自放弃，算我瞎了眼，没看透这个孬种！”

兰德贵问：“现在咋办？”

“他的人马在什么位置？”

“就在前沿阵地！”

“留他何用！”盛子才目露凶光。

兰德贵说：“请司令明示！”

“让他们集合队伍，就说我马上接见！然后，统统地……”盛子才伸着一只巴掌，恶狠狠地打了一个杀的手势。

兰德贵惊讶地问：“统统杀掉？”

盛子才：“一个不留！”

“安啥罪名？”

“放弃阵地，擅自撤离，格杀勿论！”

兰德贵：“坚决照办！”

霍军礼伏击王怀德后，以为谋杀大功告成。他本想按照和纪玉贵谋划好的方案，撤出高地进入甘山据点，投降皇军。但他征求六个小队长的意见，有两人坚决反对投降鬼子。他们不知道霍军礼已上贼船，信誓旦旦地表示要与阵地共存亡。霍军礼亲手枪毙了他们，剩下的四个小队长，心里不愿当汉奸，但迫于霍军礼淫威不敢硬上，就提议把队伍拉到头道原投靠盛司令。霍军礼也不是死心塌地要当汉奸，本意是向李志斌报仇。他见小队长们都不想投靠鬼子，盛司令又一向器重他，投靠他顺理成章，也是一条正道。于是，就把队伍带到寺坡。就这样，霍中队二百多民军，全部被直属大队的重机枪绞杀在寺坡。

敌情有变，李志斌决定提前发起进攻。

九月二十五日凌晨一时，三发红色信号弹照亮夜空，独立大队从西南、东北两个方向对无名高地发起攻击。李志斌和罗大炮身先士卒冲在前面，他们要一鼓作气拿下高地。

队伍冲到高地前沿，阵地上静悄悄的。李志斌起了疑心，按照常规应该打响了。敌人阵地这么宁静实在反常。他命令部队停止攻击，要派人前去侦探。

猛然，高地上亮起几盏探照灯。雪白的灯光锁定民军，刹那间枪声大作，枪弹狂风暴雨般卷过来，队员们一片片中弹倒地。

鬼子！李志斌看见高地上晃动的钢盔，他的脑海瞬间成了空白。

受到突然打击，民军调头往回跑。敌人的重机枪哒哒哒哒狂叫着，追着民军屁股打。战士们中弹倒地的声音和伤兵痛苦的叫声，揪着李志斌的心。

“卧倒！快卧倒……”罗大炮粗犷的声音在弹雨里吼叫。

队伍完全暴露在敌人火力下边，机枪在探照灯引导下猛烈射击，部队成为活靶子。李志斌一边指挥机枪压制敌人火力，一边喊叫：“李麦贵……打探照灯，开炮哇……李麦贵……”

李麦贵在附近答应着，炮弹呼啸着射向高地。可是，炮手缺乏夜战经验，炮弹没有打掉探照灯，而是落在山坡上。

李志斌正在焦急，突然身后响了一枪，一盏探照灯熄灭了。又一枪，又一盏被打灭。敌人的子弹顿时失去目标，在夜幕里盲目地飞行。

罗大炮一骨碌从地上爬起来，挥着手枪冲向前去，弟兄们紧跟身后冲向敌人阵地。

高地上的两个探照灯，同时扫向冲锋队伍。机枪又有了眼睛，疯狂地吐着火舌。

李志斌身后又响起枪声，一盏探照灯闪了一下熄灭了。他回过头去，看见兰红玉单腿跪地，把肘子放在腿上做依托，举枪瞄着探照灯。他心里一阵激动，打敌人机枪手是她，打探照灯也是她，他的女人！

兰红玉又开了几枪，探照灯全灭了。

罗大炮趁机组织强攻，冲垮了敌人岭下第一道防线。民军冒着弹雨冲向山腰，十几个战士冲进战壕和敌人展开白刃战，后续民军紧跟着压向敌人，第二道防线垂手可得。只要拿下这道防线，把敌人赶上狭小的岭上围而歼之，夺回高地胜利在望。

突然，民军身后响起剧烈的枪声，后续部队与冲进战壕的民军被敌人火力隔断，战壕里的弟兄眨眼间全部倒在鬼子的刺刀下。

是甘山据点的敌人援军到了，民军腹背受敌大势已去。

李志斌果断下令撤退。

罗大炮杀红了眼睛，他提着手枪说："李司令！我的弟兄一半倒下了，我和敌人拼了！"

云飞子拖着哭腔说："我的弟兄也死伤大半，和狗日的拼了！"

李志斌严厉地说："什么你们、我们？没看见是甘山的鬼子来了吗？敌人可能天亮就要发动全面进攻！我们必须立即撤回去，准备血战，要利用阵地和鬼子拼，绝对不能在这里硬拼！"

大家满腔悲愤被迫撤退。这一仗，民军伤亡过半遭到重创。

李志斌回到寨子的时候，西沟沿上响起激烈的枪声。他派人前去侦察。片刻，探子回来报告说，阵地落入敌手，云飞子生死不明。

云飞子在无名高地与敌人血战，盛子才并没有派一兵一卒协防。他知道谋杀李志斌的事情很快会暴露，就彻底打消上二道原联手抗敌的打算。他宁愿坐以待毙，也不会增援云飞子。何况，他早就想除掉他。鬼子若打云飞子，他正好借刀杀人。于是，他表面上答应李志斌出兵，背后却命令兰德贵设下埋伏，只要云飞子来寺坡就格杀勿论。

云飞子部队攻击无名高地伤亡惨重，一百人只剩下三十人。他率残部回撤途中，西沟阵地遭到鬼子猛烈攻击。他的结义兄弟鬼见愁贪生怕死临阵倒戈，阵地沦陷。他带着残兵走小路去找盛子才算账，不想钻进兰德贵布下的伏击圈全部遇难。

第二天夜里，独匪墙上飞为给义弟云飞子报仇潜入寺坡，杀死盛子才，将其人头挂在陕州城里旗杆上。鬼见愁为逃脱追杀，将独匪在头道原关帝庙的秘密落脚地告诉了鬼子，墙上飞遭到鬼子袭击不幸遇害。

第三十一章

村上尚武亲自渡河到运城面见旅团长松直少将，汇报他的扫荡设想。

他说："鉴于目前陕县治安形势严峻，有必要投入优势兵力剿灭二道原抗日武装。为此，我建议旅团抽调精锐皇军展开扫荡！"

松直采纳了他的意见："灵陕前线皇军与国军处于相持状态，为防止扫荡展开后国民党军队发起攻击，前沿部队一概不动，继续保持对峙状态。陕州驻军兼有稳固地方治安之重任，打仗与稳定都要兼顾。所以本次扫荡只抽村上君一千兵力参战，主力部队由本部长岭喜二联队担任。长岭喜二大佐任总指挥，村上君任副总指挥。鉴于本防区八路军活动猖獗，晋东南局势不容乐观。因此，限参战部队三天之内解决战斗，三天后主力部队撤回山西！"

长岭联队三千精兵是旅团主力，由这支部队担任扫荡主攻，村上尚武求之不得。

渗透瓦解二道原抗日民军获得了空前成功。霍中队还没有撤出阵地，纪玉贵就把松尾中队引上了无名高地。为防止民军反攻，皇军兵力不足丢失高地，松尾急电驻军司令部请求增援。

村上尚武喜出望外，急调甘山据点村野大队增援无名高地，又向松直少将发电，请求立即展开扫荡。松直向长岭喜二下达了扫荡命令，三千日军连夜渡河，兵指二道原。于此同时，头道原日军悄悄出了据点，控制了直属大队周围的进出要道，把这支队伍压缩在寺坡狭小地带，使其不能机动。只等剿灭独立大队，直属大队就是最后一个打击目标。

神保信一大队借着夜幕绕过罗大炮防区，成功奔袭云飞子西沟防地。陕州日军连夜出动增兵菜元川，要从东面压向二道原，完成对民军的合围。

独立大队四面受敌命悬一线。李志斌别无他求，只求弟兄们打出血性，打出中国爷们儿的骨气。同时希望尽可能多保留一点抗日种子，留得青山在，不怕没柴烧。他派李麦贵到罗大炮、李志荣阵地上传令，要他们审时度势伺机突围，尽量保存力量。实在突不出去，就撤进村里。寨子，成为民军求生的唯一希望。

九月二十五日清晨，北线鬼子率先向罗大炮阵地发起攻击。

炮火呼啸着倾泄过来，阵地上一片火海。炮击过后，鬼子像黄蜂一样发起集团冲锋。民军没有坚固工事，阵地被炮火打的百孔千疮。经过无名高地激战，罗大炮部伤亡惨重，又经炮火打击，只剩下二百多人。罗大炮命令部队收缩防守，防止战线过长火力分散，被敌人一举突破。

敌人距离阵地五十多米远的时候，罗大炮下令开火。十几挺轻重机枪同时吼叫起来，冲在前面的敌人成片倒下，后边的趴在地上，用掷弹筒打机枪。民军的火力减弱了，鬼子从地上爬起来冲向阵地。民军的轻重武器猛烈开火，敌人又丢下大片尸体缩了回去。

太阳升起来了，二道原被涂成一片血色，阵地上弥漫着硝烟，空气里飘着血腥气味。

在短暂的平静里，山里红像一只蝴蝶在战壕里飞来飞去，忙着为伤员包扎伤口。被炮弹撕去胳臂和大腿的伤员，倒在战壕里惨叫着。山里红心里清楚，这些伤兵没有生还希望。两个医生被炸死了，没有人能拯救他们。形势严峻到这个份上，即使健壮的弟兄，也未必能活着出去。但这些伤兵，都是跟着罗司令多年的弟兄，她不忍心看着他们如此痛苦，她愿意徒劳无益地为他们扎绷带。阳光照着山里红，她像一朵盛开的花儿般漂亮。弟兄们看到美丽的花朵开放在战场，就想起自己的女人。为了保护妻女姐妹不受鬼子蹂躏，他们决心血拚到底。

山里红来到罗大炮身边，他拉住她的手说："红红！趁鬼子还没有冲上来，你赶快回寨子！告诉李司令，我过去当土匪大杆子，现在当民军司令，带领弟兄们打鬼子，死得值！我一生祸害过不少女人，可有了你以后，再也没有祸害过谁，我向你承诺的话做到了。拥有你这个土匪婆娘，我艳福不浅，死得更值！"

山里红拿开他的手："罗哥别说了，我不走……要活一起活，要死死一块儿！"

罗大炮紧紧抓住她的手，眼里充满泪水："你必须走！托你告诉我哥哥两件事，一是我衷心地感谢哥哥给我指明抗日这条路，我死了也是英雄，子孙后代是抗日英雄的后代，不是土匪的孽种；二是我死不瞑目啊！罗大炮不是让小鬼子打败的，是让咱们中国人打败的，痛心啊……"

这个曾经杀人越货的匪首，今天与鬼子血拼的汉子，从来不会掉眼泪的男人，眼睛被泪水模糊了。他不怕小鬼子不怕死，能死在抗日战场，是他最好的归宿。他是愤怒，愤怒不是败在鬼子手里，而是败在同种同族的败类手里。是这些败类背后捅刀子，葬送了大好的抗战局势。

十几个弟兄默默围了过来，他们像罗大炮一样泪眼汪汪充满悲愤。

罗大炮放开山里红的手，喊叫着："孙益智……孙益智……"

没有回应。

他的目光定格在趴在重机枪上、已成血人的孙益智身上。良久，他喃喃说道："孙益智，你小子跟上爷十年了，你也会死吗？你这条叫驴……"

大家的眼睛都投向孙益智，一片默哀。

大个子候大山从老柿树下牵来夫人的白马，催促说："夫人走吧，别难为罗爷！"

山里红瞪了他一眼，说："我就是不走！"

罗大炮火了，高声说道："你必须走！你不知道肚子里怀有我的种吗？你是不是想让我绝后啊！你一定要给我保住这条根！将来孩子长大了，世道还像现在这样，就让我儿子当土匪，别当他妈的什么狗屁国军民军！宁可相信世上有鬼，千万别信当官的臭嘴！"

他说到孩子，山里红不再固执己见。她和罗大炮吻了，又和弟兄们一一吻了。谁都知道这是生死之别，都吻得格外深情。

山里红安全到达寨子里的时候，阵地失陷了。罗爷死得像小个子一样，趴在九二式重机枪上。他身上布满枪眼，面前横七竖八躺着鬼子的尸体，。

后来，山里红生下一个儿子。日本投降后，她生活在李家村。直到土改时，才带着孩子返回洛宁老家。

日军攻破北边一线阵地后，很快推进到李家村外围，依然采取先炮轰，再冲锋的老一套。第一波攻击遭到民军猛烈抵抗，鬼子像潮水般呼啸而来狼狈而退。敌人再次炮击，民军下到地坑院避炮。炮击停止，他们又进入阵地。从树木、土堆、碌碡、砖墙后边射出的子弹，打得敌人尸横遍野，进攻一时受阻。

神保信一进攻西沟得手后，气势汹汹向村里扑来。无名高地上的鬼子也向北推进，在与寨子一沟之隔，直线距离不到二百米的对面沟坳架起了迫击炮。

李志荣中队放弃阵地撤回村里。他的任务是阻击东沟之敌，但鬼子并没有直接发起东线攻击，而是派出两个中队埋伏在沟里，企图把民军压到沟里一举歼灭。李志荣在敌人分割包围前，完全可以率部突围下沟，即使中敌埋伏，也不会全军覆没。但他选择回村，他要与李志斌同生共死。

李家村四虎虽然辈分不同，但亲如兄弟。李志龙先走一步，李双合组织乡亲们躲避战祸离开了村庄，眼下只剩他和李志斌两只虎了。李志斌尚在村里，他若选择突围，李志荣就不是李志荣了。

炮击过后，鬼子发起了第三次冲锋。这次鬼子学精了，不像前两次往前猛冲，被民军一阵猛打死伤一片。他们吃了亏才知道对手不是不堪一击的农民武装，战斗力完全可以和国军相比。他们猫着腰慢慢逼近村子，钢盔在阳光下面闪着青光，好像遍地西瓜在滚动，又像一地王八在搬家。

鬼子冲到离民军阵地不到一百米时，突然卧倒在地。

一个戴眼镜的翻译官，单膝跪地喊道，“李双合、李会长——别开枪！我是你的朋友——何翻译！”

他见没有动静，就慢慢站起来喊话：“李会长！小林太君在我身边呐！他说你们是老朋友！李家村的老百姓和皇军大大的亲善呐！在庙会上，小林太君是看在你的面子上，才把李家村的人统统放走！小林太君对你不薄啊！”

李志荣高声回道：“有话快说，有屁快放！”

何翻译：“小林太君说，只要你们放下武器，他保证你们的生命安全！你们看见了吧！大军压境，玉石俱焚呐！小林太君是为你们着想啊！”

砰的一枪，单膝跪在何翻译身边的小林，身体向后一挺倒下了。何翻译喊话的时候，小林跪在旁边不停地打手势，兰红玉的步枪号住了他。

一个军官把指挥刀向前一指，鬼子哗一下冲向村子。

民军的轻重武器同时开火，子弹暴雨般洒向敌人。几个鬼子冲进了民军阵地，后续敌人受到寨子里射出的炮火打击，丢下一片尸体，又败退下去。白玉娃挥着大刀冲向鬼子，砍瓜切菜般解决了他们。

战斗开始前，李志斌把配备给各中队和收复村子新缴获的六门小炮，隐蔽在寨子里，意在麻痹敌人，等到紧急时刻突然打击。敌人经过几次攻击，发现民军火力虽猛，但缺乏炮火，就肆无忌惮发起集团冲锋，妄图一攻定局，结果被突如其来的炮火打得一败涂地。

李志斌从望远镜里看见千米之外，几辆军车拉着山炮开进野地里。炮车一停，炮兵就忙着调整方向，一门门黑洞洞的炮口指向村里。他知道这种大炮的威力，土寨子在它面前就是豆腐，一发炮弹就能把寨墙炸碎，民军没有与它抗衡的资本。

情况危急，他让白玉蛟保护山里红先从寨洞下沟，寨里民军跟着下沟。又派李麦贵到村外阵地上传令李志荣、白玉娃撤进寨子。

洞口下边是一道五米高的立崖，这是先人们防止刀客从沟里上来偷袭切下的断壁。下了立崖是连绵十里，衔接甘山的茂密林坡。只要躲进林坡，鬼子纵有千军万马，想抓获民军，犹如大海捞针。白玉蛟把两条牛皮绳绑在洞口的木桩上，把绳头放下崖，他抓着绳子先溜下去，然后接山里红下去。李司令特意交代，要不惜牺牲保护山里红。他知道司令的意思，山里红怀着罗爷的种，罗爷死前唯一的希望就是保住这条根。

寨里的三十多人都下了沟，李志斌催促兰红玉下去，她却坚持和他一起走。她的倔劲上来，他说不动，只好听之任之。

鬼子的大炮对准村子，随时会开炮。李志斌放下望远镜，心情异常沉重。他本想依靠寨子和鬼子做最后一拼，但在大炮面前，这道屏障就成了不堪一击的摆设。眼下唯一的希望是在敌人炮击前，让寨外的弟兄撤下沟，尽量多保留点火种。

兰红玉趴在丈夫身边，悲愤地说："志斌，咱们是败在盛子才、霍军礼这些内鬼手上，不是败在鬼子手上！我们抗击的是几千鬼子，弟兄们打出了血性，我们值得骄傲！"

李志斌说："没有家贼，引不来外鬼！我后悔没听你的话，没有提防霍军礼，才造成现在的败局！我更愧对王怀德，他是替我死的！"

她突然问他："抗战胜利了，你打算干什么？"

他说："想过三十亩地一头牛，老婆孩子热炕头的农家生活！"

她摇着头说："大丈夫志在四方，你不是那种鼠目寸光的人！抗战胜利了，蒋委员长要你出山做官，不比种地好吗？"

他也摇着头说："别说蒋委员长早把我忘了，就是记着我，我也累了，是心累。我这半生，南征北战枪林弹雨，与日寇血战，受同胞谋算，真的是心碎了。看看盛子才的作为，就知道国民政府气数将尽。我只想安宁，不想自讨苦吃！"

兰红玉欣慰地笑了："这才是我的男人！不过，我可不愿过老婆孩子热炕头的日子！"

他说："你的心思不就是教书嘛！我们把那笔募款拿出来建所中学，你来当校长行吧？"

她说："我不当校长当老师！我要把知识传授给学生，让他们都成为栋梁之材……"

从沟对面飞来的炮弹落在刚撤进村里的人群里，天空血肉横飞，弟兄们呼叫着拥进寨子。北边的敌人也开始炮击，宽厚的寨墙瞬间就被炮火摧毁了。炮击一停，鬼子就会发起进攻。如果不在敌人进攻之前下沟，部队就会全军覆没。

一发炮弹落在马厩里，大青马被炸死，受伤的骡马倒在地上哀叫着垂死挣扎。棕马挣脱缰绳跑到李志斌身边，蹄子在地上不停地刨着，催促主人上马。他双手捧着马头，把脸贴上去亲了亲，然后在它身上拍了一掌，马儿嘶鸣着跑出了寨子。李志斌默默注视着在炮火里奔跑的战马，在心里祈祷：逃条命吧，别撞上鬼子的子弹！

炮声停了，敌人又开始进攻。

寨洞里的民军突然跑出来，依附断垣残壁打击冲进村里的敌人。

李志斌边用步枪射击，边焦急地喊叫李志荣组织弟兄们下沟。李志荣抱着机枪来到他身边，气喘吁吁地说："出洞口被沟对面鬼子的机枪封锁了，根本下不去沟。横竖是一死，咱和小鬼子拼了！"

李志斌命令集中火力压制沟对面敌人的机枪，他冲进寨洞组织突围。

兰红玉抱着一挺机枪向沟对面扫射，十几挺机枪跟着扫射，敌人的火力一时被压制住了。

突然，一颗炮弹飞来，兰红玉的机枪哑火了。白玉娃见她受伤，抱起她钻进土洞里，来到李志斌跟前，傻傻地看着李司令。

攀绳下沟的民军，大都中弹掉到沟里，洞里的人调过头往洞外挤。情况危急，这样下去只有死路一条。

兰红玉看着李志斌，焦急地说："跳崖……快跳崖……"

一句话提醒了李志斌，他大喊一声："跳！"抱着兰红玉率先跳下断崖滚下山坡。

躲开枪弹隐身密林，李志斌发现兰红玉浑身是血双眼紧闭，静静地躺在他的怀里。他摇着她喊叫，她却再也醒不来了。他把脸紧紧贴在她的脸上，泪水像小溪一样默默流淌。是她，在跳崖时，用受伤的身体为他挡住了枪弹。

又一阵猛烈炮击，炮弹轰塌了寨洞，民军唯一的救命通道被切断。

鬼子喊叫着冲进村里，李志荣、白玉娃共六十八人被俘。鬼子把俘虏黑布蒙眼反绑双手，头朝下插进一口水井里。

白玉娃从惨叫声里判断出鬼子杀害他们的方式，没等敌人动手，他就抢先跳到井里。两天后，他从死人堆里爬出井，成为六十八人中，唯一活下来的人。

最后一个跳崖活命的民军是李麦贵。

李志斌和他把兰红玉埋在沟里，然后一路潜行，在甘山找到突围出来的民军，共五十五人。他把大家组织起来，重整旗鼓打游击。

敌人原计划扫荡二道原三天，由于县东八路军发起铁路沿线攻击，炸毁军列，破坏铁路，消灭鬼子、黄州建国军一百多人；李铁锤义勇军趁甘山据点增兵二道原之际攻击据点；晋南八路军频繁出击，敌占区治安形势不稳。所以，攻陷李家村后，松直少将电令长岭喜二联队返回晋南。村上尚武命令陕州日军返回防地，确保陕县桥头堡稳固。

攻占李家村后，鬼子在二道原实行了三光政策，据《陕州报》载：

> 九月二十五日，五千日伪军围剿二道原抗日民军。鬼子攻占李家村后，纵兵血洗二道原。共烧毁房屋五百间，破坏窑洞两千四百孔，屠杀牲畜二千八百头，杀人两千余口，奸杀妇女一百余人。这些魔鬼公然对藏在地坑院里的老百姓使用毒气弹，造成四十余口遇害。霍军民等二十名男子被杀害后，鬼子将人头挂在树上示众。在东沟搜捕民军的几个鬼子，将一哺乳妇女轮奸后，用刺刀挖下乳房，让哭喊的孩子吃奶取乐。沦陷后的二道原，天空飘着腥风血雨，地上血流成河，成为一座血原……

第三十二章

一日清晨，李双合像往常一样，站在山上眺望村庄。跑进大山几个月了，望乡成为他的习惯。这片山里藏着二百多人，本村的、外村的，当地的、外乡人，他操着每一个人的心呐。他像每个人一样，急切盼望鬼子快走，又不敢相信鬼子会说走就走，逃亡日子会突然结束。今天，他蓦然发现飘扬在二道原上空的膏药旗不见了。他瞪大眼睛由近及远地仔细搜寻，真的没有看见一面鬼旗。他不敢确定鬼子走没走，甚至怀疑鬼子在玩花样。谨慎起见，他派李老五下山打探。

李老五悄悄回到李家村，村里到处是被炮火炸塌的窑洞和断垣残壁，空气中散发着酒精气味，村庄宁静得就像漫长黑夜。鬼子兵营里死气沉沉，军用帐篷像几座硕大的坟丘。他小心翼翼地走进帐篷，里边一片狼藉，地上扔满烟蒂、酒瓶和罐头盒子，一个鬼子也不见。

小鬼子跑了！他惊喜地跑出帐篷，脱掉白色褂子，挥舞着跑到沟边，对着山沟迭复高喊："鬼子跑了……"他要把喜讯以最快速度、在第一时间传递给乡亲们，让他们分享喜悦，结束跑日本餐风宿露的日子。他看见沟里有了人影，看见人头向他张望。他来回跑动，可劲儿喊着。为了增加可信度，他又在"鬼子跑了”话前，加上“我是李老五”……

他一喊出名号，山沟里当即传来回声。有人走出树林，可着嗓子喊叫：“小鬼子跑了！”一传十、十传百，一沟传一沟、一山传一山，喊声越传越远，越传越响。刹那间，山里沸腾了，成千上万的人们从沟里、山里、树林里、山洞里，从近处、远处，从一切可以藏匿的地方，从四面八方向原上拥来。

李老五停止了喊叫，他相信所有乡亲都得知“鬼子跑了”的消息。李保长也能听到，他这会儿肯定带着乡亲们奔跑在回家路上。

他喊累了，嗓眼干涩，喉咙里仿佛架着沙子般难受，连出气都不顺畅。他太饿了，早上没啃一口馍，没喝一滴水，就匆匆下山，一口气走了八里山路，肚子饥得咕咕响。他返回村里，回到烂院，刨出藏在柴草堆里的面粉。他要在自己家里，吃上一碗热乎乎的手擀面。整天钻在山里，白天不敢生火，吃冷馍、喝凉水，生怕暴露。只有夜幕来临，才能吃顿热饭。汤水不匀，他得下胃病，本来人就消瘦，如今更是骨瘦如柴了。

案板上落满灰尘，锅盖、水缸盖还是他盖的原样，看样子鬼子没有下院。他想，有富人的好院子，鬼子下他的烂院弄嗦？他打来井水，把案板、锅灶清洗干净，然后和面擀面。随着节奏鲜明的噔噔声响，面张在案板上卷起铺开，铺开卷起。笑容挂在他的脸上，他高兴自己创造三个第一：第一个确定小鬼子跑了；第一个向人们报喜；第一个跑日本回村，吃上家里饭。

面条擀好后，他开始生火烧水。一灶柴火两碗水，一袋烟工夫就开饭。他划着洋火，点着穰柴，引着硬柴，他想起儿子李麦贵。还是去年自卫队收复村庄时见的面，才短短几个月，但儿子明显长高了，也胖了点。儿子跟着他又矮又瘦，家里又穷得叮当响，他真担心讨不下媳妇。这下好了，麦贵跟着他大爷打鬼子，成了抗日英雄，再也不是缺吃少穿的露沟子穷汉。自古美女爱英雄，等到麦贵随他大爷回来，只怕上门求婚的女子要排成队了。那时，他可要擦亮眼睛，百里挑一选媳妇。他在心里兀自庆幸，送子当兵这步棋走对了。

火苗在灶膛猛蹿，烤得他黑瘦的脸庞泛起了红晕，脸上热，心里更热。水锅响了，马上就开。他准备切面，切好面，锅也滚了，正好下面条。可是，他的沟子刚离开木墩，还没有站直身子，突然一声巨响，人就血肉横飞了。

李双合在村外听到爆炸声，掂着双枪跑进村里。他从冒着烟火的废墟里，找到面目全非的李老五。看着被炸塌的锅头、土炕，他全都明白了，是鬼子把炸弹塞进炕筒，制造的血案。

乡亲们怀着悲痛的心情埋葬了李老五。这个把“鬼子跑了”喜讯，第一个传递给人们、第一个回到村里的穷人，却没有喝上一口热汤，就被鬼子埋下的炸弹要了命。他用鲜血告诉大家，魔鬼跑了，魔影还在，隐患尚存，必须警惕。

人们像传递“鬼子跑了”喜讯一样，飞快地传播着李老五的死讯。谁也不敢轻易生火做饭，家家打掉锅头火炕搜寻隐患，不时传出从灶膛、炕筒搜出炸弹、炸药和炮弹的恐怖消息。

昨天擦黑，李志斌发现草庙山大批鬼子悄悄下山，去了头道原方向。后半夜，山路上汽车轰鸣，车灯雪亮，满载鬼子的兵车和炮车，一辆接一辆开向山下。他想着鬼子要撤，但撤向哪里？他不得其解。拂晓时分，他们伏击了一辆从甘山据点开出的军车。几乎没有遭到抵抗，就灭了三十多个鬼子，抓获一名汉奸。经过审问，他才得知日本已经宣布战败，陕县日军奉命渡河，向山西八路军投降。鬼子唯恐撤离途中遭到抗日武装袭击，才连夜撤走。

小鬼子说来就来，说走就走，这是他家吗？狗日的丧尽天良，坏事做绝，大限刚到，说走就走了？太便宜这帮畜生了。李志斌一怒之下，亲手崩了那个汉奸。天亮后，他带着民军冲进甘山据点，十几座炮楼已人去楼空。队员们抬走鬼子丢弃的四挺重机枪，炸掉了所有炮楼。

中午时分，自卫队回到久别的村庄。亲人相聚，欢声笑语，整个村庄处在胜利的喜庆里。李双合早上就派人杀猪宰羊，在场里摆下酒席，迎接壮士回村。人们端起酒碗，纷纷敬向凯旋的子弟兵。

李志斌看着队员们兴高采烈地大块吃肉，大碗喝酒，心里想着罗大炮、云飞子、李志龙、李志荣……想起那些与他同甘共苦，战死的众多民军。一千多弟兄呐，仅剩下五十多个，他心里像压块石头般沉重。

李双合知道侄儿此刻想什么，也理解他的心情。他和侄儿碰了一碗酒，先喝一口，见他没喝，就放下酒碗开导说："老侄，胜利了，小鬼子跑了！在这普天同庆时刻，牺牲的弟兄在九泉下，也会笑逐颜开！"见他还在发愣，他就端着酒碗去敬别的弟兄。

李志斌没有看到李麦贵，想着一定是去了李老五坟头。这个机灵的小兵，可怜的孩子，跟着他在枪林弹雨里滚爬摸打，却在普天欢庆的时刻，失去了唯一的亲人。他还是个孩子，丧父之痛能把他击垮。他悄然离开酒席，向村外走去。

李老五地无一分，李双合念他是个穷好人，就把他埋在村口他的地里。

李志斌出了村，看见李麦贵戴着孝帽，跪在父亲坟头恸哭。

他走到坟前，轻声说："老五啊，你虽一生穷苦，但有两件事做得光彩，让我刮目相看。一是国难当头，你深明大义，送独子参军打鬼子，这不是人人都能做到的。你叔我敬你，给你一鞠躬！"

李麦贵忽地站起来挡住他，说："大爷，你是我大长辈！长辈给晚辈鞠躬，大逆不道，鞠不得的！"

李志斌说："死者为大，你大应该受我三鞠躬！"

李麦贵头一回听说死者为大，稍一愣怔，大爷已深鞠一躬。

"第二件，是你第一个把鬼子跑了的喜讯传给乡亲们，给大家带来惊喜和欢悦。你是报喜使者，叔给你二鞠躬！"

"老五啊，你不该死！跑日本最艰难的日子都熬过去了，你却死在鬼子投降的时候，这笔账当然要记在小日本头上。是你用生命示警，乡亲们才排除了隐患。是你以一人之命，救了众人之命。你的血没有白流，你死得值！叔给你三鞠躬！"

李麦贵没想到大爷对大大如此评价，如此敬重，他叫一声大，又跪下呜呜哭了。

李志斌说："老五啊！你别担心麦贵，他是个好娃，他不是只有你一个亲人。你走了，他大爷还在，我也是麦贵的亲人！我会呵护他、保护他，会看着他成人成才！老五侄儿，你安心地走吧！"

李麦贵听得动情，哭声又大了。

"孙子，节哀吧！大爷命令你回去吃饭，饭后有任务！"

李志斌头前走了。李麦贵抹把眼泪，跟在后边。

酒席上响着酒碗碰撞的叮当声，肉香酒味在村庄飘荡。

李志斌没有入席，他独自来到土寨子。曾经一座完整的寨子，已被炮火夷为平地，化作废墟。他站在土堆上，感慨万端，那场你死我活的激战又浮现在眼前。他仿佛看到心爱的战马在炮火纷纷中奔驰，仿佛看到弟兄们与鬼子拼死相搏，战场上血流成河……蓦地，他看见了寨洞，就走下土堆疾步向前。他以为寨洞也被炮火摧毁，没想到却保存完好。这可是一条立下大功的救命通道，因为有它才有鬼子扑不灭的民军火种。他走进洞里，摸黑向出口走去。黑暗中，他仿佛看到从对面射来的密集炮火，兰红玉在他怀抱里焦急地喊叫"跳崖……"，他抱着爱妻滚下了山坡……此刻，爱妻就站在洞口下边的山沟里、在绿荫蔽天的万木丛中向他微笑……他向她快步走去，但走到黑暗尽头，依然是一片黑暗。他豁然心亮了，出口被鬼子的炮弹炸塌了……

他从寨洞出来，看见李双合和白玉蛟站在外边。

李双合说："席上不见你，想着你就是来这达了！"

李志斌说："你不在席上和大家喝酒，找我干啥？"

李双合说："小大和你的心情一样！喜庆之日，咋能不想念战死的弟兄？可是，你想想，他们为嗦死的？不就是为了打走小日本吗？不就是为了今天吗？他们在地下看到今天，不知有多高兴呢！咱们应该高高兴兴才是！"

李志斌叹口气说："小大说的对，都应该高兴！"

李双合说："这就对了！百废待兴，眼下有许多事情等着我们做呢！"

白玉蛟忽然红着脸，叫了一声："司令……"

李志斌疑惑地问："啥事让你吞吞吐吐？大姑娘似的，这可不像你的性格！"

白玉蛟一个立正，胸膛一挺，说："司令骂我吧，我有事瞒着你！"

李志斌惊讶地看着他。

白玉蛟说："我哥哥投了国军！你惦记着他，他却瞒着你！"

李志斌冷冷地问："啥时候的事儿？"

白玉蛟："三个月前，我哥见到了山里红，他觉得对不起司令，不让她告诉你！"

白玉娃从井里爬上来，没有进甘山寻民军。李司令对他有恩，能打善战是个英雄，他理应追随左右。但经此恶战，九死一生，他对民军心灰意冷。民军毕竟不是正规军，受奸人暗算，被鬼子围剿，处境困难，前景暗淡，遂舍他而去，潜往灵宝投了国军。

山里红突围后，李志斌一心要保住罗大炮的血脉，即派白玉蛟护送她，连夜过了鬼子封锁线，进入灵宝国军防区，在山民家里静养待产。白玉蛟不时前往灵宝，给她送去大洋和补品。一支国军部队驻在村前山上，营部扎在村里。山里红意外见到了白玉娃，他胯下吊着手枪，是个排长。

白玉娃的死活下落，牵着李志斌的心，他处处打听，却没有音信。他嘴上没说，心里却想，肯定没有这个人了。在他眼里，白玉娃是义气之士。他如果活着，定会奔他而来，断然不会音信全无。现在，猛然听说他投了国军，他一下子蒙了。

“背信弃义的东西!”他在心里骂着，嘴上却说：“人各有志，不可强求，由他去吧!”

“还有!”白玉蛟心想司令一定会破口大骂，没想到他一句没骂，于是，就把哥哥的意思和盘托出，“我哥要我投国军，他在那边等我!”

李志斌愣了一下，心平气和地说：“你兄弟二人随我打鬼子，我待你们亲如兄弟。鬼子跑了，我待你们还是弟兄一般。作为大哥，你听我一句话，别去当兵，回家去吧！亲人在依门相望，盼着你们回去呐!”

白玉蛟说：“家没啦，全被鬼子毁了!”

李志斌又愣了一下，对李双合说：“树高千丈，落叶归根。小大，你回头给玉蛟些安家钱，让他重新建个家吧!”

李双合满口答应。

“我不要!”白玉蛟摇着脑袋说，“我不投国军，也不回老家!司令对我有不杀之恩，又领我走上正道，大仁大义，如同再生。我哥背你而去，已经不仁不义，我为他脸红。我不能背你离去，落得不义之名。我告诉司令这些秘密，就是要表明铁心跟着司令，生是司令的人，死是司令的鬼!”

李志斌心里一热，伸出巴掌，轻轻拍在白玉蛟肩头，说：“好兄弟！洛宁是你的家，李家村也是你的家，大哥收下你了！等到天下太平，你想回去时，大哥亲自送你回洛宁!”

第三十三章

午后，李志斌和李双合就眼下要办的事情，进行了商量。

李双合说："烈属们无不惦记着死去的亲人，都想早日把他们的遗骨迁回安葬。尤其是亲人惨死在井里的烈属，都在等着这一天。我想，埋在头道原和别处的弟兄，迁葬问题稍后再说。眼目之下，得先搬上井里的骨骸，让死者英灵得到安息，烈属心灵得到安慰。"

李志斌不同意。鬼子在原上杀害两千多军民，有的遗骸能找到，有些尸骨难寻。死在井里的六十多人，更是难辨彼此。有多少事情急等着要做，如果都忙着迁葬，二道原灵幡飘动，一片白色，惊扰死者，累及活人，岂不乱套了？

山河处处掩忠骨，神州哪里无英灵？二人商定，对井里的亡灵，三天后进行公祭。对埋在外乡的烈士，可由烈属们酌情择机迁葬，自卫队暂不做安排。

李双合提议让烈属按风俗祭奠。李志斌的意见是，可按风俗习惯祭灵，但不可完全按风俗操办。可设集体灵桌，供烈士牌位，统一时间上香、烧纸、奠酒。但禁用纸马、纸楼、摇钱树、聚宝盆等纸扎，减少没必要的浪费。也不设礼桌、席饭，一切从简。花圈由民军统一制作，限定十个。民军按军人方式悼念，三奠酒三鞠躬三鸣枪。

李志斌说："烈士都是英雄，不是普通百姓，不能一祭了事。那是一口血泪井，是小日本杀人的铁证，也是民军抗战的见证。多年以后，我们这茬人没了，空口无凭，一切会被后人遗忘，但千年石头会说话。所以，我想在井旁立碑，正面刻上'血泪井'，背面刻写鬼子行凶的时间，死难弟兄名单。我们不但要让烈士英名长存，而且要让子孙后代铭记日军暴行！"

李双合说："还有寨洞！寨子没了，寨洞还在。若没有寨洞，民军就全完蛋了。那也是个值得立碑的地方，只是碑文咋写……"

李志斌想了一下说："就写'抗日洞'三个字！"

李双合两手一拍说："好！简单明了，内涵深刻！"

他们做了分工，李双合总管公祭操办，李志斌负责立碑事宜。二人又就民军去留、帮贫扶困、重建家园、生产自救等问题进行商议。然后，各干其事。

李志斌派李麦贵带着十个队员，去西沟接崖窑里的人回家。他亲自写好碑文，去镇上碑石铺定做石碑。路过学校的时候，他看见两扇大门东一扇、西一扇，分别躺在相距三丈远的地上。门垴由盛老爷子书写的那块"李家村学校"木匾，被炮弹炸得只剩下一个"校"字。他走进校园，里边更是一塌糊涂。民军司令部被夷为平地。几十间房子几乎全被炸塌，仅剩两间东倒西歪，强撑着没有倒下。地上尽是烂砖瓦片和木椽门窗。高大严实的院墙，被炸得七断八豁。他喃喃骂着"小日本……小鬼子……"愤然离去。

三天后，阳光灿烂，晴空万里。上午十点，由李双合主持公祭。李志斌走到灵桌前，奠过三杯酒，民军向立在井旁的石碑三鞠躬，对天三鸣枪。然后民祭，一切按议定程序顺利进行。人多得出乎意料，原上百姓大都来了，男女老少，人山人海。他们送来几百个花圈，从井边排成两行，一直蔓延到村外。

李志斌在人堆里看见了弟媳和王麻子。杜姣姣头顶孝巾，怀抱婴儿，王麻子戴着孝帽，站在她身后。他们像所有人一样，向血泪井鞠躬。李志斌又想起兰红玉，他年轻美丽的爱人，此刻正孤独地长眠在山沟里……不由一阵心酸，潸然泪下。

第二天，李志斌把爱妻的遗骨迁回父母坟旁，以军人方式安葬。他让李双合把队伍带回去，他独自坐在坟前，身后不远处站着杜姣姣和王麻子。他不离开，他们不走。

他在父母坟前磕了三个头，盘腿坐在地上，说："伯、妈，我把红玉送到二老身边来了。她是打鬼子死的，太年轻啊，才二十七岁，比我整整小二十岁！儿子头前的媳妇、女儿，被小鬼子飞机炸死了，红玉的父母也是被日本人打死的！是她，在生死关头，用身体为儿子挡住了鬼子的枪子儿。她是为我死的，我欠她一条命！红玉跟上你儿子，从河北到豫西，在枪林弹雨里滚爬，没享过一天福，受的都是苦，却从来没有叫过苦。你们在下边千万别难为她，要替儿子照顾好她！儿子将来百年了，我会代她好好孝顺二老……"

他抹一把泪水，起身坐到新坟前，轻声说道："红玉，我把你交给咱伯咱妈了！二老说你是个好媳妇，是个女英雄，给他们长脸！你就在下边好好陪着二老吧！我会经常来看你，你也能经常见到我。当先生是你的最大愿望，我决定用那笔钱重建学校。虽然你不能教书了，但看到新学校，你一定会高兴。新学校以你的名字命名，叫红玉学校……"

忽然，马蹄声起。

李志斌回头望去，只见几个保安团在地头跳下马，一个戴墨镜穿军装的刀疤脸，边摘墨镜边向他走来。

这不是兰德贵吗？他来干啥？

当日，兰德贵趁鬼子扫荡二道原，对直属大队尚未形成合击之势，率部逃往灵宝。日军投降后，国军东进占领陕州，他被委任为保安团中校团长。

兰德贵叫着“李司令”，伸着手大步走来。

李志斌没有和他握手，冷冷地问：“兰司令！你找我有何贵干？”

兰德贵笑容满面地说：“祝贺李司令，大好事！”

李志斌警觉地看着他。

兰德贵说：“承蒙胡将军抬举，任命兄弟为陕县保安团团长！上峰有令，保安团的任务不单纯是剿匪，土匪可以收编，剿共才是首要任务……”

“还要打？”李志斌惊讶地瞪着眼睛。

兰德贵说：“不打行吗？你是当过大官的人，咋就不明白一山难容二虎、一朝不容二君的理呢？”

李志斌沉默一下，问：“你找我干啥？”

兰德贵毕恭毕敬地说：“兄弟我一向佩服李司令的才识和胆略！我向上峰极力举荐，由你出任保安团副团长。你我兄弟一块儿共事，何愁县东共匪不灭！我是特意前来给你报喜，只要你点点头，西安方面的委任状随后就到！”

李志斌摇着头说：“日寇侵占二道原一年零三个月，残杀我同胞两千余众。仅李家村被害男丁就达三百余口，可谓处处闻哭声，家家有寡妇。日本鬼子刚走，国共又要起干戈，再打下去只怕孤儿寡妇都成牺牲品了！”

兰德贵不满地拉着长脸说：“李司令给个准话！干，还是不干？”

“实难从命！”

兰德贵把墨镜又架到眼上，咄咄逼人地说：“上峰有令，地方武装全部纳入保安团！李司令既然不愿出山，就把武装交出来吧！”

李志斌说：“行！不过，请兰司令宽容两天，待我和弟兄们商量后再交!”

兰德贵脸上露出了笑容:“承蒙李司令赏脸,给你一天时间,改天兰某再上原拜访!”

李志斌望着兰德贵离去,脸上挂着轻蔑的笑容。

民军和鬼子的拼杀,是必须一搏的血战。赶走了强盗,国土满目疮痍,人心思治,国家急需休养生息,百姓无不期盼安居乐业。可是,政府又要发动内战自相残杀,多灾多难的中国,何日才能还百姓以安宁呢?他忧心忡忡,心情沉重。

回到村里,他让李双合带着人,把机枪弹药藏进崖窑,他不能让这些杀人武器再沾血腥,只留下十几条破枪打发兰德贵。然后宣布,解散民军。

兰德贵又上了原,得知李志斌解散武装,留给他一些破枪,气得七窍生烟。他意欲发难,又惧李司令威望,遂电报西安请求制裁。上峰复电:李公解散民军,虽违收编指令,但无投共之举。念其抗战有功,不欲褒奖,亦不欲处罚。

天擦黑,李志斌扛着镢头,刨出埋藏在大槐树下的皮箱子,里面装着三百大洋、四十根金条。他提着箱子来到李双合屋里,把它交给他。

李双合看着黄澄澄的金条,满脸疑惑地问:“老侄,嗦意思?”

李志斌说:“这些财富,是我当专员时,在冀南筹集的抗日经费。一部分抚恤烈属用了,剩下的都在这儿。赶走了小鬼子,再不用我们动刀动枪了。我想把这些钱用在济危扶困、重建学校、举办公益事业上!”

李双合说:“老侄啊,你的想法对头!凡你要做的事,小大没有反对过。辈分上我是你大,实际我把你当师傅。你要小大做嗦,只要动动嘴,小大跑断腿都无怨言。可你把皮箱提来咋的?”

李志斌笑道:“小大是保长,是乡亲们最直接的父母官。打仗听我的,治村你当家。你要当家,当然得理财!”

李双合见他执意这样，就说：“你可别想当清闲掌柜，大事还得你拿主意！”

李志斌见他不再推辞，说：“学校名字我定下了！”

“叫嗦？”

“红玉学校！”

李双合沉思一下，明白了用意，连声说：“好！”又说：“你想咋盖？最好画出图纸，我叫匠人照图盖房就是了！”

李志斌说：“具体事宜，你看着办吧！我要离开一段时间，有大事要办！”

李双合看着侄儿，不解地问：“还有比咱商量过的，更大更急的事儿吗？”

李志斌说：“我要找政府，给牺牲的兄弟讨名分。县府战前就言明叫清，为抗战捐躯的人要追认烈士。我不能让弟兄们当无名无分的口头烈士，要让他们成为名正言顺的真正烈士！”

李双合一向对他言听计从，听了这话，却不以为然地摇着脑袋：“盛子才活着时你找他，他嘴上干答应，就是不办事。他都没了，你找谁讨名分？咱们与国民兵团决裂了，是不讨政府喜欢的民军。政府不找咱们茬子，就谢天谢地了。你找政府讨说法，那些混蛋认这壶酒钱吗？”

李志斌绷着脸，斩钉截铁地说：“认得认，不认也得认！”

夜色深沉，万籁俱寂。

李志斌躺在炕上辗转反侧，想着奋勇杀敌，血洒战场的兄弟——罗大炮、云飞子、李志龙、李志荣……一千多条生龙活虎的年轻生命……他难以入眠。手表在枕边沙沙沙沙轻轻走着，他打开手电看看时间，时针指向凌晨四点。他索性点灯，穿衣起床。

他来到崖上，天上阴云密布，不见一颗星星，夜静得没有一点声息。他眼前浮现出李双合心灰意冷的面孔，耳边响起他近乎绝望的声音："……找谁讨名分……找他们讨说法……那些混蛋认这壶酒钱吗？"

他何尝不知希望渺茫！八年抗战，无数军人为国捐躯，无名英雄成千上万。军人尚且难保都有名分，甚至没人知道他们是谁，何况民军？民军既不是正规军，也不是地方军，除了乡亲们认可，官方除了控制吞并、无端猜疑、暗中算计，何时公正对待过他们？

时下，百姓还没有喘过气来，战火却又要燃起。他知道，此时向官方讨名分，不合时宜。但想到死去的弟兄，他就心潮澎湃，讨说法的强烈欲念就迫不及待。他要趁国共两军战端未开之机，争分夺秒讨说法。炮声一响，政府忙于战事，谁来给他说法？

虽然希望渺茫，但只要有一线希望，他就会去争取，决不会放弃，且责无旁贷。他豁出去了，县府不行去行署，行署不行去省城，省城不行去重庆，直到见老蒋。他虽然信心不足，但劲头不减。

于是，他不再犹豫，精神百倍地出了村，踏着夜色向城里方向大步走去。

这时，从远处隐约传来枪炮声。